W0410090

MERIDIANE

Aus aller Welt

Band 38

»*Kommt zur Morgenröte, guter Freund, zur Morgenröte kommt!*

Wir erkannten uns wieder, wir sind uns abhanden gekommen, *Freund, den ich am meisten liebte.*

Ich, behilflich bei meiner Geburt. Ich, bei meinem Tod.

Und ich ginge durch alle Wüsten dieser Welt und selbst tot folgte ich dir, dich suchend, denn du warst der Ort meiner Liebe.«

Alejandra Pizarnik,
Auszug aus dem Stein des Wahnsinns

Er war müde, gebrochen. Ausgeplündert und im Stich gelassen von seinen beiden Töchtern, saß er in seinem kleinen blauen Haus wie König Lear in seiner Hütte und wartete auf das Ende. Laßt König Lear in Ruhe, sagte ich zu meinen Kusinen, sie hörten mir aber nicht zu. Sie hatten König Lear in seinem kleinen blauen Haus zurückgelassen und ihn zwanzig Jahre dort vergessen. Nun wollten beide Cordelia spielen, fest verschworen, dem alten König, der um nichts gebeten hatte, eine letzte Freude zu bereiten. Diese letzte Freude, die in der Tat die erste, spät gewährte war, würde in seinem Kopf nur Chaos stiften, prophezeite ich, dem Kribbeln in meinem Stumpf vertrauend, der zu jucken anfing, kaum daß meine Kusinen davon gesprochen hatten, dem Vergessenen eine letzte Freude zu bereiten. Mein Stumpf hat mich immer vor Katastrophen gewarnt, fuhr ich mit erhobener Stimme fort; aber da sie ein für allemal beschieden hatten, meine Bestimmung, nichts Gutes geschehen zu lassen, ohne dessen Verwirklichung mit allen Mitteln hintertrieben zu haben, meiner Behinderung zuzuschreiben, hatten sie sich angewöhnt, dem Geschrei des Unglücksvogels keinerlei Bedeutung zuzumessen, nur die Jüngere versuchte manchmal, aufs äußerste gereizt, ihm Einhalt zu gebieten. Einarm, du gehst uns mit deinen Weissagungen auf den Keks, hat sie heute gefaucht. Wir waren bei der älteren meiner Kusinen, in ihrem funkelnagelneuen Haus. Die blitzblanke Küche, erst unlängst in Einzelteilen geliefert und in Windeseile montiert, spiegelte den dicken Bauch der Älteren und die langen Beine der Jüngeren. Wäre König Lear hier gewesen, hätte auch er die blitzblanke Küche, den dikken Küchenbesitzerinnenbauch und die langen braunen Nymphenbeine bewundern können. Meine Kusinen, seit Anfang August auf einmal ungeduldig, waren entschlossen, Lear so früh wie möglich herbeizuzitieren. Am besten wäre es, hatte die Ältere gemeint, eine längere Abwesenheit des Hausherrn, ihres Gatten, zu nutzen, eines Zürcher Emigranten und Schraubennagelhakenfabrikanten, der mittwochs allabendlich buddhistische Meditationssitzungen besuchte, sich sonntags stets in ein drei Kilometer von ihrem funkelnagelneuen Haus entferntes tibetanisches Gebetszentrum zurückzog und bei jedem Parisbesuch des Dalai Lama seine kleine Fabrik zusperrte, da er den Vorzug genoß, Zutritt zum inneren Zirkel Seiner Heiligkeit zu haben. Dieses Jahr hatte der große Lama seine Europatournee für den Herbst angekündigt, und der Weisheitsanwärter hatte schon jetzt, weit vor dem Sommer, sein Ränzel geschnürt, samt Tretern, Wörterbuch, *Totenbuch* und Klangschalen. Und während der Erleuchtete den Dalai Lama quer durch Europa kornakierte, würden meine beiden Kusinen König Lear ciceronieren, der solange in dem mit großen rosa Elefanten frisch tapezierten künftigen Kinderzimmer des funkelnagelneuen Hauses logieren könnte. Zwischen der Wiege und der großen weißen Kommode, die noch geliefert werden mußten, wäre genug Platz für die englische Couch, die meine Kusine in einer plötzlichen Anwandlung gekauft und provisorisch in einer Eßzimmerecke plaziert hatte. Das Kribbeln in meinem linken Handgelenk wurde zum Brennen, je mehr die Pläne meiner Kusinen an dem blitzblanken Tisch Form annahmen. Ich war am Spülbecken stehengeblieben. Im Wasserhahn spiegelten sich in einer Schale zur Pyramide getürmte rote Äpfel. Mit der rechten Hand griff ich mir einen und rollte ihn, um den Juckreiz zu lindern, mit dem Ende meines Stumpfs auf dem Tisch hin und her. Einarm, du ekelst uns an, sagte meine jüngere Kusine. Sie entflocht ihre übereinandergeschlagenen langen Beine, stand auf, nahm sich auch einen Apfel und rieb ihn, um ihn vorm Hineinbeißen zu polieren, an ihren ausgefransten Shorts, für die sie einer alten Jeans die Beine abgeschnitten hatte. Währenddessen hatte die ältere meiner Kusinen aus der Lade unter dem Ausguß einen Notizblock geangelt, den sie auf ihrem dicken Bauch abstützte. Leise murmelnd kritzelte sie flink eine Zahlenkolonne aufs Papier. Ich legte den roten Apfel auf die Spitze der Pyramide zurück. Das Kribbeln war immer noch nicht weg. Ich schabte den Stumpf an meinem Hosenbund. Die Berührung mit dem rauhen Stoff milderte den Juckreiz. Meine jüngere Kusine war an die Gartentür getreten. Sie stellte sich auf die Zehenspitzen und schleuderte den Apfelbutzen hinaus; er landete im Kirschbaum von gegenüber. Lears Urlaub wird teuer, murrte Dickbauch, verstimmt von der Aussicht, die Kosten tragen zu müssen, da die langen Beine höchstens das Nadelgeld einbrachten, und auch das nur, wenn sie geruhten, sich unter den telefonbewehrten kleinen Schreibtisch des Marktforschungsinstituts zu begeben, von wo aus ihre Inhaberin die Vorlieben des gemeinen Volks erkundete, indem sie Unbekannten Fragen stellte, die sie so zum Gähnen fand, daß sie sich dabei fast den Kiefer verrenkte *Tee oder Kaffee? Brot oder*

Müsli? Konserven oder Tiefkühlkost? Slip oder Schlüpfer? Frage der Marktforscherin an die Eigentümerin des funkelnagelneuen Hauses *Unter welchen Bedingungen würden Sie eine Person im dritten Lebensabschnitt für eine begrenzte Zeit bei sich aufnehmen? Nur wenn sie mit Ihnen in direkter Linie verwandt ist. Nur wenn sie jahrelang von Ihnen vernachlässigt wurde. Nur wenn sie den Eindruck macht, sich im voraus erkenntlich zeigen zu wollen.* Das war der Punkt. In Lears Antworten auf die Einladung meiner Kusinen war nicht der geringste Wille zur Dankbarkeit spürbar. Zum Beweis suchte die Ältere nach dem letzten Brief, den sie in einem ihrer Kochbücher verlegt hatte. Der verdammte Brief. Wo hatte er sich bloß versteckt? Wahrscheinlich beim Rösti, das sie zuzubereiten gelernt hatte, falls der Zürcher Emigrant einmal Heimweh bekäme. Beim Rösti war er nicht. Dann fielen ihr die Lammnierchen wieder ein. An den Tag konnten sich alle noch erinnern, ekelhafte Angelegenheit. Mußte alles in den Müll. Der Brief blieb unauffindbar. Das Große Salatbuch wurde geschüttelt. Umsonst. Es flog auf den Boden, gefolgt von der Kunst des Fondue. Meine Kusine sank auf ihren Stuhl zurück, stieß einen erbitterten Seufzer aus und streichelte ihren Bauch, um den durch das Tohuwabohu aufgebrachten kleinen Prinzen wieder zu besänftigen. Er war zum Kampf bereit, der Sproß der Weisheit, der künftige Erbe der blitzblanken Küche. Beifällig legte meine Kusine die Hand auf ihren Bauch. Das wird Krach geben, sobald er zu lallen anfängt, sagte sie. Das künftige Idiom des kleinen Prinzen bereitete übrigens noch Kopfzerbrechen. Französisch natürlich, das war die Diplomatensprache im funkelnagelneuen Haus. Der Vater jedoch träumte davon, dem Paradieskorn den Keim des Germanismus einzupflanzen, den die Mutter, um nicht ins Hintertreffen zu geraten, mit besonderen Samen befruchten wollte, den vom Wind der Erinnerung angewehten Stäubchen des Vietnamesischen. Immerhin war es die Sprache König Lears, unser Kindheitskauderwelsch, von dem ich behauptete, ich hätte es vergessen, ganz wie meine jüngere Kusine, die nie auch nur ein Sterbenswörtchen von Lears Gebrabbel verstand. Warum den Brief also suchen, man müßte ihn übersetzen, und die ältere meiner Kusinen hatte keine Lust mehr, die Dolmetscherin zu spielen (für die sorgfältig epilierten langen Beine, die, wären sie in den Tropen geblieben, die Sonne gemieden hätten, und für Einarm, die die Nabelschnur zerrissen hatte und schon beim Klang dieser barbarischen Mundart panisch das Gesicht verzog wie eine Schwerkranke, die, gerade noch einmal davongekommen, eine Tröpfcheninfektion fürchtete). Eine mußte den Tempel schließlich hüten. Und da Einarm bei der bloßen Erwähnung des Herkunftskaffs Klagelieder anstimmte, während die langen Beine sich ärgerlich ver- und entflochten, hatte Dickbauch im Finish durch Aufgabe der Gegner die Gedächtnistrophäe und den höchsten Tugendpreis ergattert. Nun hieß es noch, den Ruf ihrer Tugend zu festigen und dem lange vernachlässigten Greis eine letzte Freude zu bereiten, indem sie ihm die Gelegenheit bot, sein Kaff zu verlassen, die Meere zu überqueren und der klug komponierten Ausstellung häuslicher Tugenden (die kleine Familie – die blitzblanke Küche – das Kinderzimmer), die er eröffnen und einweihen dürfte, Beifall zu spenden. Es würde sie höchstens einen Monat kosten, wenn er drei Wochen bliebe. Zeit genug, ihn durchs Haus zu führen, ihn am Glück schnuppern und den Wohlstand betasten zu lassen, bevor sie ihn zurück in die Tropen schickte, wo er dann von seinem Ausflug ins Paradies träumen könnte, während er in seinem kleinen blauen Haus auf den Tod wartete. Meine jüngere Kusine hatte sich wieder an den Tisch gesetzt, einen Stuhl zu mir hingeschoben und ihre langen Beine darauf gelegt. Sie hatte nichts anderes vorzuweisen, wenn Lear kam, nur ihre braungebrannten, nervösen, rassigen langen Beine, mit denen sie im Steeple-chase der Welt die Hindernisse überspringen und sich über das Leben, wie sie es sah, hinauskatapultieren würde auf eine Umlaufbahn hoch über der blitzblanken Küche, eine Umlaufbahn mit einem unsichtbaren Knoten am Ende, der sich eines Tages um den Hals der Hausherrin zusammenziehen würde. Diese war gerade mit der täglichen Abwägung der Last in ihrem Bauch beschäftigt und ahnte nichts von der drohenden Gefahr, sondern beglückwünschte sich dazu, endlich der vorehelichen Periode und ihrer eigenen langweiligen Gesellschaft entronnen zu sein. Der Schraubennagelhakenfabrikant mit seinem Päckchen tibetanischer Weisheiten war ihr gerade recht gekommen. Nach ein paar Monaten schon hatte das verkümmerte Pflänzchen, belebt vom neuen Tropismus des gesunden Menschenverstands, seine Kräfte wiedererlangt und blühte sichtbar auf. (Nur Einarm hatte immer was auszusetzen. Sie stierte auf den vollen Bauch, kratzte sich am Stumpf und sonderte scheußliche Gedanken ab wie ein nach Tod stinkendes Krüppelpflänzchen, das die Laren vertrieb und den Untergang des neuen Hauses beschwor.) Meine Kusine war fest entschlossen, ihr Heim und ihre *kleine Familie* vor den stummen Verwünschungen Einarms zu schützen, die sich schon immer darin gefallen hatte, das Unheil herbeizurufen. (Sie war wie ein Rotweinfleck auf einer klaren Stirn, wie eine offene Wunde auf glatter Haut, mit ihren dunklen Kleidern, ihrer fehlenden Hand, ihren verschnittenen Haaren, Augen wie zwei schwarzen Kugeln, die einem das Mark in den Knochen gefrieren ließen, und ihrer Waisenstimme, die immer schrie *Eristnichtirr! Eristnichtirr!* Und dann diese ekelhafte Manie, den Stumpf an allem zu reiben, was in Reichweite war, Tischtüchern, Servietten, Kissen, Tagesdecken – und jetzt sogar an Äpfeln!) Alles in allem betrachtete meine Kusine die Leichtfertigkeit ihrer jüngeren Schwester mit milderem Blick. Die Kleine hatte eben keine anderen Sorgen als ihre langen Beine. Die zeigte sie ein bißchen oft, sofern sie nicht gleich einladend ihren Nabel herausstreckte; doch Zutritt zu dem funkelnagelneuen Haus wurde ihr ohnehin nur an Tagen gewährt, wo Schraubennagelhaken seine Meditationen hatte. Wenn sie auch von der drohenden Schlinge nichts ahnte, witterte sie doch die von Einarm und Langbein, der Pythia und der Nymphe, ausgehende Gefahr für die Laren ihres funkelnagelneuen Hauses; beide waren darauf versessen, das Glück der *kleinen Familie* schon im Vorfeld zu zerstören, die eine, indem sie alle Gegenstände mit ihrem unheilbringenden Pfriem zeichnete, die andere, indem sie ihren Fohlenkörper vor dem glasigen Blick des Weisheitsanwärters rekelte, der plötzlich Funken sprühte, bevor er sich vor dem vereinten Ansturm alemannischer Umsicht und tibetanischer Mäßigung alsbald wieder verschleierte. Die ältere meiner Kusinen hatte sich wieder erhoben, um noch einmal ihre Rezeptbücher durchzublättern. Sie mußte uns diesen Brief vorlesen, in dem König Lear den Gleichgültigen spielte. Als ob er nicht die geringste Lust verspürte, sich mal was Schönes zu leisten und seinem verfallenen Palast in Saigon den Rücken zu kehren, von dem aus er die Säulen der neuen weißen Villen wie Moderpflanzen aus dem Boden wuchern sah. Saigon war, sofern man König Lear Glauben schenken wollte, von der Moderpflanzenkrankheit befallen. Riesige Moderpflanzen aus Beton reckten sich zum Himmel und ließen wiederum immer mehr Moderpflanzen auf Pfoten aus der Erde wachsen. Die Moderpflanzen seien im Begriff, Saigon zu ersticken, habe König Lear geschrieben. Betonmoderpflanzen erhoben sich aus den Ruinen der alten Paläste, und nach der Regenzeit spuckten Flugzeuge aus aller Welt Moderpflanzen auf Pfoten ins faulige Bett des Kommunismus, in dem es von dieser neuen Art nur so wimmle. Es rieche nach der Regenzeit so neureich in der Stadt, habe König Lear in einem anderen Brief geschrieben. So könne man sich jetzt allen Ausschweifungen hingeben. Die ältere meiner Kusinen erinnerte sich noch an die Zeit, da sie sich eingebildet hatte, ein Gruß an Onkel Hô, eine Danksagung an die Befreier Saigons am Ende jedes Briefs würden das kleine blaue Haus mitsamt seinen Bewohnern vor den Unbilden des Kommunismus schützen. Jetzt mußte man sich in Saigon zuviel mit den Moderpflanzen herumschlagen, als daß man noch ein Auge auf die Ergüsse der Flüchtlinge oder das Geschmiere der alten Leutchen haben konnte, die nie aus irgend etwas Profit gezogen hatten, die in ihren verfallenen Palästen geblieben waren, um auf den Tod zu warten und die Welt zu beobachten, die sich ohne sie weiterdrehte. Zwanzig Jahre war er nicht aus dem kleinen blauen Haus gekommen, in dem meine Kusinen ihn zurückgelassen hatten. Aus seinem maroden Palast hatte er in dem Jahr, als Saigon den Besitzer wechselte, den Exodus der Flüchtlinge beobachtet. Und jetzt sah er die Moderpflanzen zurückkehren. König Lear saß am Fenster und grinste. Inmitten der neuen weißen Villen sackte der marode Palast in sich zusammen wie ein Greis in einem Bett voller Jungfrauen. König Lear verfiel. Er ging mit kleinen Schritten. In der Regenzeit machten ihm seine Gelenke zu schaffen. Wenn er keine Lust mehr hatte, herumzusitzen und seine Knochen knarzen und klagen zu hören, ging er in das Gärtchen vor seinem maroden Palast und kümmerte sich um die Blumen. Von weitem betrachtet, sehe es eher wie ein Grab aus, nicht mehr ganz frisch, aber gut gepflegt, hatte König Lear der älteren meiner Kusinen in einem Brief geschrieben, in dem er um Zwiebeln und Samen bat. Er wünschte sich Blumen aller Art für seinen Palast, rare und wilde, bunte und blasse, duftende und geruchlose, Sonnenwenden und Wunderblumen. Man bräuchte sie ihm bloß zu schicken. Er würde sie dann schon zum Sprießen bringen. Selbst verschiedene Arten kreuzen. Das war ihm plötzlich so eingefallen. Vor gut zehn Jahren. Eine Schrulle. Damals wuchsen noch keine Moderpflanzen in Saigon. Rund um das blaue Haus standen noch die alten Paläste, doch die Stadt kam vor Hunger fast um. Auch König Lear. Der Hunger muß ihm aufs Hirn geschlagen haben, sagte die ältere meiner Kusinen. Blumen zu züchten war seine fixe Idee. Statt Pakete mit Lebensmitteln ließ König Lear sich Tulpenzwiebeln schicken.

Vom Wiederkäuen der Erinnerungen war meine Kusine hungrig geworden und am hellichten Nachmittag von einer plötzlichen Gier überfallen, die Reste des am Vorabend Gekochten sich einzuverleiben: Sogleich wurden die Kalmane à la provençale aus der Kälte geholt, auf kleiner Flamme erwärmt und von der Armen starren Blicks und ohne weitere Worte zwischen den Zähnen zermalmt, als fordere der Kauakt sie mit Haut und Haar. Meine junge Kusine saß ihr gegenüber, die langen Beine unterm Tisch, den Blick in den Teller versenkt, in dem die letzten zwei Kalmane, mit geknofeltem Fleisch gestopft und nach Tomaten duftend, ihren Abgang erwarteten, und leckte sich die Mundwinkel. Sie hätte sie gern gekostet, die trotzköpfigen Kopffüßer, schon um die Zeit totzuschlagen (die ihr zu lang, viel zu lang war sonntags mit Dickbauch und Einarm, der Ameise und der Laus, Tugendbolzen und Schreckschraube). Und niemand da, die langen Beine anzubeten. Schraubennagelhaken hatte sich verkrümelt nach dem Mittagessen. Mit seiner Miene eines alten Pfadfinders, der das Kamasutra büffelt, stets auf der Hut und bibbernd vor Schiß, auf die Finger zu kriegen, war er wohl kein idealer Verehrer, doch als Sonntagszerstreuung in der blitzlangweiligen Küche und Versuchskarnickel fürs Verführungsprotokoll mochte der Zürcher Ersatz schon hingehen. Solang der Mann durchs nagelneue Haus schlich, war die Atmosphäre vielversprechend elektrisch aufgeladen (Dickbauch guckte wie ein Gefreiter, der mit harter Hand regierte, während Einarm sich mit dem Stumpf übers Kinn strich und die Gesellschaft mit einem wissenden Blick bedachte, darauf lauernd, daß der angekündigte Verstoß wie ein Blitz in das Haus des Glückes krachte). Und in diesem Dreieck liefen die langen Beine hin und her und beschrieben so erregende Kurven, daß dem Mann die Augen übergingen und die Gattin würgen mußte. Meine junge Kusine saß, ihrer blauen Ballerinas ledig, barfuß und vornübergeneigt auf ihrem Stuhl. Ihr Blick glitt von dem Mund, der schmallippig und gewissenhaft am Kalman kaute, zu dem Stumpf, der sich auf den Ausguß stützte und dort Ringe zog auf dem rostfreien Stahl. Sie holte eine Zigarette aus dem Päckchen, das die Tasche ihres in der Taille geknoteten Hemdes ausbeulte, und zündete sie an. Sofort zwang ein Grunzen von gegenüber die langen Beine unter dem Tisch hervor zur offenen Gartentür. Energisch wedelte die Ältere meiner Kusinen die schädlichen Kringel fort. Dann räumte sie den leeren Teller mit den Resten roter Sauce vom Tisch und hielt ihn unter heißes Wasser. Die Nymphe stand mit dem Rücken zur Küche vor der Gartentür und rauchte. Dann warf sie den Stummel ins Gras, wühlte mit den nackten Füßen im Rasen, stemmte die Hände in die Hüften und wiegte den Oberkörper von vorn nach hinten und von links nach rechts. Die hochgesteckten Haare wippten im Nacken. Sie breitete die Arme aus, holte tief Luft und wirbelte in einer Pirouette herum. (Vom Garten aus betrachtet, blitzte die Küche immer noch vor Langeweile. Einarm hatte sich nicht von ihrem Platz am Ausguß gerührt. Die Arme verschränkt, starrte sie Dickbauch an, die überm Gefrierschrank hing, ganz absorbiert davon, Kalmane im Winterschlaf und Blöcke bereiften Aases zu zählen. O diese Monotonie sonntags zwischen Montgolfiere und totem Holz!) Stünde König Lears Ferienreise nicht auf der Tagesordnung, hätte Langbein sich längst aus dem Staub gemacht. Aber da war kein Entkommen. Der Langeweile nicht und dem ausgemergelten Alten nicht, der aus seinem Puppenhaus gelockt, aus dem Flugzeug geholt und durch die Straßen der Stadt karriolt werden sollte. Meine junge Kusine verließ herzhaft gähnend den Garten und näherte sich der Küche. An der Schwelle hielt sie inne, prüfte ihr Spiegelbild in der Scheibe und zupfte sich zärtlich einen Halm vom Schenkel. Dickbauch hatte die Vorratstruheninventur beendet und sich wieder hingesetzt – ihre Art, die Sitzung für wiedereröffnet zu erklären; doch die hübschen braunen Beine konnten sich nicht von der Küchentür lösen, in der sie ganz entzückend wirkten. So wohlgeformte lange Beine, für Gipfelstürme wie geschaffen und doch dazu verdammt, sich unter einem niedrigen Schreibtisch zu verkriechen, den lüsternen Blikken der Bürohengste ausgesetzt, die selbst in der Tinte saßen und sich nicht so bald daraus befreien würden, statt längst über alle Berge zu sein. Ein tiefer Seufzer lähmte den Leib des Füllens, das unter dem jähen Ansturm so vieler schwerwiegender Gedanken über sein erbärmliches Schicksal fast in die Knie ging. Mit düsterer Miene, leerem Blick und verzogenem Mäulchen setzte sie sich wieder an den Tisch, und um sich Mut zu machen, streichelte sie lange ihre Schenkel, befühlte ihren ganzen Reichtum, spürte die Glätte und prüfte die Spannkraft; obwohl sie doch schon am Morgen wie jeden Sonntag nach der Wachsbehandlung und der Mandelölmassage mit einem nur für diesen Zweck bestimmten roten Band gemessen worden waren. Stelzchen, um jeden Jüngling auf Erden in Verzweiflung zu stürzen, hatte Theo im Büro verkündet. Die ganze Weltliteratur für einen Jungmädchenschenkel, hatte Theo, der immer einen Spruch vom Feinsten auf Lager hatte, auch gesagt. Damals war er ein Gott gewesen für das Schätzchen, das mit klopfendem Herzen auf ein Wunder hoffte, das den eintönigen Alltag verändern würde, weil Theo ihr erschienen war, wenn auch fürs erste in der Verkleidung eines Angestellten, genau wie sie damit beschäftigt, Konservenesser von Tiefkühlköstlern zu unterscheiden. Herrgott Theo sprach ziemlich viel, und seine Worte waren so erregend, daß das Schätzchen, vom Goldstaub, den der Alchimist und Traumjongleur ihr in die Augen streute, ganz geblendet, mit den Hufen scharrte. Er würde die schönen Stelzchen aus dem Loch, in dem sie steckten, retten, dann müßte sie keine Tasten mehr tippen, um irgendwelche Nummern zu wählen und Gespräche zu führen mit Unbekannten, die sich auf den unverhofften Glücksfall stürzten und, während sie ihre Vorlieben verrieten *(Tee oder Kaffee? Brot oder Müsli? Konserven oder Tiefkühlkost? Slips oder Shorts?),* ihr zu der *bezaubernden Stimme* gratulierten, die sie *sehr, ja leidenschaftlich* gerne mochten, wie die tiefgekühlten Erbsen aus dem Fragebogen. Das Schätzchen am andern Ende der Leitung spielte mit, ließ sich wie eine Prinzessin von hohem Geblüt, die weiß, daß sie bald ihre Krone wiedersieht, zu ein paar Vertraulichkeiten herab, bevor sie den Abflug machte in ein Anderswo aus Schall und Rauch, von dem Feuermaul Theo tagtäglich schwärmte. Theo der Obermacker nämlich hatte einen langen Arm und hielt sich ständig Leute warm, die nichts andres taten als darauf zu warten, ihm mit Hand und Fuß zu Diensten zu sein. Ein Anruf, und das hübsche Fohlen würde mitten ins Leben springen und alle überholen im gestreckten Galopp und den Bürohengsten vors Schienbein treten, einem Verein, dem anzugehören Theo durch des

Schicksals abartigen Ratschluß nur deshalb gezwungen gewesen war, um an jenen Gestaden zu stranden, an denen die langen Beine, die er nach diesem Ratschluß retten sollte, sich im Sande verliefen. So redete Theo die ganze Nacht und malte seine whiskytriefenden Metaphern aus, vom guten Whisky, den das Schätzchen kaufte, voll. Sie las ihm jeden Wunsch von den Augen ab, ihrem Herrn und Meister, der über die Stelzchen und den Futon gebot, auf welchem diese nach seinem Willen die gefährlichsten Figuren vollführen sollten. War der Damm erst im Sturm genommen, mußte nur das Umfeld noch unter seine Kontrolle kommen. Ohne Zeit zu verlieren, ließ der Eroberer sich häuslich nieder in der Mansarde an der Rue Glacière, der Gletscherstraße, ein passender Name, fand er, was die Bewohnerin betraf, die nach Gewährung der üblichen Zärtlichkeiten in den ersten Wochen bald von tödlicher Kälte war. (Die Süße knauserte gräßlich mit ihrer Gunst, erzählte Theo jedem, der es hören wollte, nie ließ sie sich gehen, nie ihrem Körper ein Stöhnen entlocken, der sich aalglatt jedem Ansturm entwand, die Vulva blieb verschlossen, die spitzen Brüste ließen sich nicht kneten, und mit dem Gleichmut antiker Skulpturen, die der Berührung des Profanen trotzten, widersetzten die schönen Stelzchen sich dem Streicheln; nur bei lingualen Huldigungen schmolz der Eisklotz – folgsam fügte er sich der Zunge des Eroberers, die ihn von den Ohren bis zu den Zehenzwischenräumen leckte, dann die Schenkel hoch bis zu den Lippen, und, nachdem der ganze Saft verströmt war aus der tiefen Spalte ihrer Scham, erst die ganze Wirbelsäule rauf und runter mußte, bis sie sich endlich schmatzend, schlappend Eingang schaffen konnte zum Allerheiligsten unter dem Sakrum.) Just dieser Eingang juckte jetzt, und meine Kusine, auf ihrem Stuhl schaukelnd, zupfte an den Shorts, deren Reiben den Reiz hervorrief. Dann löste sie ihre Haare und schlang eine Strähne um den Finger, um die Spitzen zu prüfen. Die ältere meiner Kusinen hatte Bleistift und Block aus der Schublade unter der Spüle gefischt und gegenüber auf dem Tisch bereitgelegt. Sie glättete mit ruhiger Hand ihr blauschimmerndes Haar, kontrollierte ihren Knoten, griff mit Daumen und Zeigefinger in den Ausschnitt ihres weiten grünen Seidenhemds, um ihren Büstenhalter zurechtzurücken, kniff die Augen ein wenig zusammen und überflog die vor dem Intermezzo mit den Kalmanen à la provençale in Angriff genommene Zahlenkolonne. Sie hakte Punkt für Punkt der Liste ab, schiefe Blicke Richtung Ausguß werfend, wo ich die Stellung hielt, seit das Eßzimmer mit dem sich biegenden Mittagstisch geräumt worden war und die ganze Gesellschaft im Anschluß daran zum Handkuß kam, weil der Herr und Meister des Hauses die Gelegenheit zum Anlaß nahm, um vor seinem spirituellen sonntäglichen Rückzug hinter verhängten Fenstern mit uns gemeinsam den Dienst am Fortschritt zu zelebrieren und die Küchenausstattung vorzuführen, komplett dem letzten Schrei entsprechend, bestechend mit ultrastarker Dunstabzugshaube, Luftreiniger und Ultraschallgerät zur Vertreibung von Mücken und Legionen fliegender Insekten. (Nur gegen die üblen Vibrationen der Pythonisse mit der fehlenden Hand gab es kein Mittel.) Meine Kusine streichelte ihren Bauch wie zur Beruhigung des kleinen Prinzen und um sich zu schützen gegen die Verwünschungen und Flüche, an denen ich sicher gerade feilte, tückisch in meiner Ecke darauf lauernd, meinen Köcher gegen sie zu verschießen. Sie biß sich auf die schmale, rosa bemalte Unterlippe und ging ihre Berechnungen im Geiste noch einmal durch. Die letzte Tröstung König Lears fiel in der Bilanz doch recht schwer ins Gewicht. Schließlich hatten die Hochzeit, das neue Haus, die gesuchte Einrichtung mit den elektronischen Träumen in alten Möbeln die Goldgrube im Ehelager des Weisheitsaspiranten mit seiner umsichtigen besseren Hälfte allmählich erschöpft. Die hatte sich schon in den Hintern gebissen, daß sie die Organisation dieses Wiedersehens nach zwanzig Jahren an sich gerissen hatte. Doch die dramatische Saite, die seit je in ihr vibrierte, schwoll zum Zerspringen, um ihre ergreifende kleine Melodie endlich zum Erklingen zu bringen. So ließ der bevorstehende Urlaub König Lears ihr ganzes Wesen schwingen, das sentimental und praktisch, träumerisch und vorausplanend war. Endlich wurde ihr Hang zu tränenreichen Zeremonien befriedigt, wo sie als Priesterin allein kraft ihres Erstgeburtsrechts für einen geregelten Ablauf und das rechte Maß an Gefühlsaufwallungen sorgen konnte. Darauf hatte sie lange gewartet, auf diese Feierlichkeiten zum Gedenken an ihren Verrat. So könnte sie's ihm zeigen, dem König Lear, wie weit sie es gebracht hatte auf dem geraden Weg ins vollkommene, vollkaskoversicherte Glück, ein nagelneues Haus auf dem Rücken, ihren kleinen Prinzen im Bauch und den erleuchteten Oberpfadfinder im Arm. Ihr wurde ganz warm bei dem Gedanken an all ihre Schätze, die sie den Sioux gleich listenreich erobert hatte, und sie fühlte sich von den in ihr tobenden Wogen des Stolzes überflutet. Das Kommen König Lears wäre die Krönung dieser beachtlichen Karriere. Warum sollte meine Kusine auf die Sensationen dieses packenden Generationenspektakels verzichten, den schlichten Gruß des scheidenden Greises, der sich vor dem kleinen Prinzen verneigt, dessen Auftritt ihm zeigt, daß sein Leben vergeigt ist? Sie war voller Lebenslust, seit sie mit ihrer *kleinen Familie* schwanger ging. Jahrelang hatte sie ihre Lore allein durch den Nebel geschoben. Jetzt kam die Lokomotive von selbst in Schwung und fuhr in die richtige Richtung. So sah sie mit Genugtuung den kleinen Zug auf dem rechten Gleis und entwickelte in ihrer Begeisterung eine echte Bahnhofsvorsteherweltanschauung, nach der die Züge nicht lange verweilten, sondern sich beeilten, um schnell zur rechten Zeit das Ziel zu erreichen. Schon sah sie Lear auf das Ziel zuschleichen in seinem wackligen Waggon kurz vor der Endstation. Am andern Ende des Lebens stand schon der kleine Prinz in Warteposition und ließ die Motoren rotieren. Mit seinem Luxuszug würde er den wackligen Waggon aufs Abstellgleis bugsieren. Denn aus den Gräbern wachsen die Geschlechter, sagte meine Kusine gern, eine Anpassung der Seelenwanderungslehre an ihre philosophierende Dummheit, und: Solange es Leben gibt, gibt es Hoffnung. Sie glaubte nämlich fest an eine andere Existenz, wo die Schüler, die durch die Prüfung rasselten und so ihr Leben vermasselten, nachsitzen mußten und schwitzen, um später in der Spitzenklasse einen Platz zu besitzen. Mit Gold und Ruhm hatte das nichts zu tun, denn klüger als ihre tollkühne Schwester streckte meine Kusine die Schneckenfühler nur nach einem bescheidenen, aber beständigen Aufstieg aus, das Haus mit ihrer *kleinen Familie* auf dem Rücken war schon ein Sieg. Also beschloß sie aufzupassen und keinen Centime mehr zu verprassen. Schluß mit der Unvernunft. Die glanzvolle Zukunft des kleinen Prinzen verlangte nach vollen Kassen. In ihrem Programmierungswahn machte die Mutter sich daran, das Leben ihres Sohns vom ersten Schrei an bis zum letzten Atemzug zu gestalten, es von der Wiege bis zur Bahre zu verwalten. Ein Besuch König Lears war in den Büchern des Glücks nicht enthalten. Hitzewallungen und Schüttelfröste ließen ihr Blut kochen und zugleich gefrieren, als sie versuchte, die Kosten dafür zu kalkulieren. Doch mochte es beim Kassensturz auch krachen, sie würde auf keinen Fall darauf verzichten, das Wohlfahrtsunternehmen einzurichten. Und für die Ankunft des Ahnen wollte sie einiges springen lassen, um ihr funkelnagelneues Haus den Edelhütten-Standards aus den Schöner-wohnen-Publikationen anzupassen, deren Lektüre sie erst in letzter Zeit ein wenig hatte schleifen lassen, um sich mit Manualen über die Kunst zu befassen, kleinen Prinzen eine glänzende Zukunft angedeihen zu lassen. Und was den alten Lear anging, von den Reisekosten mal ganz abgesehen, müßte man ihm gleich eine neue Ausrüstung verpassen, denn mit seiner tropischen Kledage wäre er eine Blamage auf den hiesigen Straßen. Und wenn er erst von Kopf bis Fuß ausstaffiert wäre wie ein König, müßte man ihn mit Vergnügungen bombardieren und seine Sinne elektrisieren, bis ihm die Augen, die er ohnehin bald schließen müßte, übergingen. Und der ganze Aufwand nur, um den alten König noch ein wenig zu amüsieren. Sie verdiente einen Orden, die Brave. Denn es war ein echtes Wagnis, den Stockfisch aufheitern zu wollen. Es war nicht einmal sicher, daß er den Köder schluckte und sich fangen ließ, was schließlich hieß, aus dem blauen Haus in die blitzblanke Küche verschleppt zu werden, um dort etwas aufgepeppt und wiederbelebt zu werden und mit allen Wassern geputzt, ausgenommen und benutzt zu werden, wie es den Fischerinnen gefiel, die allmählich die Angst befiel, sie machten einen schlechten Fang. Lear war kein Schwätzer. Das fand auch meine jüngere Kusine, die ihn nur in den ersten paar Jahren ihres Lebens gekannt hatte, doch diesen Umstand bestätigt fand durch seine lapidaren Briefe, die nur die Ältere verstand, der Ton erschien ihr kalt, wenn sie sie übersetzte, wobei sie sich glücklich schätzte, daß sie nun, da die Ursprungssprache sich verflüchtigt hatte aus dem Hirn der jüngeren Schwester, die einzige war, an die Lear Briefe sandte, das war die Rache für die Jahre im blauen Haus, wo sie trotz Erstgeburtsrechts zu kurz gekommen war, weil ihr der Platz im Herzen König Lears genommen war. Der alte Einfaltspinsel hatte sich einwickeln lassen durch die kleine Krabbe, die noch keine langen Beine hatte, doch schon die ausgeprägte Gabe, sich Leute zu angeln. Dann hatte der Wind sich gedreht. Die Ältere hatte die Ursprungssprache nicht verschmäht und pflegte sie, um Lears Rebusrätsel zu lösen. Am Ende seines Lebens, das sie in ihrer grenzenlosen Ergebenheit durch diese Traumreise ergänzen und überglänzen wollte, gehörte der Alte ihr. So sonnte sie sich in ihrer Seelengröße und ging dabei die ominöse Zahlenreihe durch, zu der man noch ein hübsches Sümmchen addieren müßte für einen Abstecher an die Küste. Denn meine Kusine liebte das Meer. Ein atavistisches Gefühl. Das wenigstens hatte sie mit dem Greis gemein. In seinen Briefen erzählte er oft von seinen Spritztouren nach Vung Tàu. Frühmorgens nahm er den Bus. In einem schäbigen Hotel stieg er ab. Dessen Fenster gingen auf eine Baustelle, wo man einer großartigen Moderpflanze dabei zusehen konnte, wie sie wuchs und die kleinen Häuser verschlang. Seit einiger Zeit roch es auch am Strand so neureich. Am Horizont durchfurchten Motorboote die Weite vor dem Kap. Stundenlang saß König Lear im Sand und sah den auf dem Ozean glitzernden Booten zu. Lange hatte er keine Boote mehr in Vung Tàu gesehen. Sie riefen komische Erinnerungen in ihm wach. Vor zwanzig Jahren hatte er an demselben Platz gesessen, die nackten Füße im Sand vergraben, und den Booten nachgesehen. Das gleiche Spektakel, dazu kam die panische Angst. Das war zwei Wochen nach dem großen Debakel. Die Zeit der Reichen war abgelaufen. Die Flüchtlinge strömten aus Saigon, das jeden Moment fallen würde, wie die zuletzt Gekommenen sagten, ans Meer. Sie trugen die gleichgültige Haltung von Leuten zur Schau, die nur hier waren, um frische Luft zu schnappen und eine kleine Runde mit ihrem Außenborder zu drehen. Nachts drängten sich die Schatten in den Booten, um auf dem Schiff, das sie auf offener See erwartete, vor der Pest, die Saigon heimsuchte, das Weite zu suchen. Wie Diebe machten sie sich davon, ohne das Haus versperrt, das Schwimmbad geleert, das Zweitauto in die Garage gestellt zu haben. Sie waren aus dem Bett gesprungen, hatten den großen Wagen ohne den Chauffeur genommen und waren nach Vung Tàu gekommen, grün im Gesicht, mit roten Augen und Gebeten an den Gott der Reichen auf der Zunge, der sie doch jetzt, wo sie ihre Villa samt Schwimmbad, chinesischen Antiquitäten, amerikanischer Bar, spionierendem Chauffeur und verräterischen

Dienstboten den Kommunisten überlassen hatten, nicht im Stich lassen konnte. Während sie darauf warteten, ihren Seelenverkäufer zu besteigen, stolzierten sie steif wie Schildwachen auf und ab. Die Frauen wiegten die Hüften auf ihren gefährlich hohen Absätzen, die in ihrem ausgehöhlten Innern wertvolle Schmuckstücke bargen. Die Männer mischten, den Blick fest auf den Horizont gerichtet, vielleicht zum letzten Mal den Rauch ihrer Zigarre mit dem Staub der Ahnen. Von Zeit zu Zeit schoben sie die Hand unter die Jacke, um die Devisenbündel zu befühlen, die notfalls als kugelsichere Weste dienen könnten, wenn es richtig schlimm kommen sollte. In Vung Tàu machten sich als erste die Reichen dünn und verließen ihre geliebte Heimaterde, die sie über die Maßen gemästet hatte. Das Staatsschiff steuerte seinem Untergang entgegen, und die Lumpen planten die Machtübernahme, wenigstens wenn Lear der Königinmutter glauben wollte, die plötzlich vor der Tür des blauen Hauses stand, nach Jahren verächtlichen Schweigens, das sie nur ein einziges Mal gebrochen hatte, als ihre Tochter unter Hinterlassung zweier kleiner Waisenmädchen im Wochenbett verschieden war. Sie empfand den verfrühten Abgang als Wohltat, als Wiedergutmachung des Fehltritts, den ihre hirnlose Tochter mit der Heirat König Lears begangen hatte, und der Zeitpunkt war günstig, das Begräbnis war umsonst, denn Großmutter herrschte schon lange über das Bestattungswesen des Landes – seit Raubtiergedenken hatte kein Schakal mehr so saftiges Aas gefunden. Nach Jahren hochmütigen Schweigens also machte Lady Schakal auf der Flucht halt vor dem blauen Haus. Sie mußte so schnell wie möglich fort. Ständig stach ihr der Gestank der Lumpen in die Nase. Sie sah ihren Kopf schon auf einen Pflock gespießt, den Rumpf gepökelt und den Rest den Hunden vorgeworfen. Die Glöckchen am Altar ihrer Ahnen hatten mitten in der Nacht gebimmelt. Dann war der Gott der Reichen ihr im Traum erschienen, um sie zu warnen. Im Morgengrauen hatte sie ihre Truppen gesammelt und die ganze Familie in ihren Riesenschlitten gestopft. Und plötzlich, vor den Toren Saigons, stand ihr mit einem, mit einem einzigen Schlag das Bild der zwei Waisen vor Augen. Sie mußte meine Kusinen retten. Mußte sie König Lear entreißen, in den Riesenschlitten stopfen, wo all die Kinder und Enkel hockten, die sie noch unter der Fuchtel hatte. Gesagt, getan. Mit ihrem Riesenschlitten kreuzte Lady Schakal vor dem blauen Haus auf und packte meine beiden Kusinen ein, deren Augen vor Freude glänzten, als sie mit ihr auf eine Spritztour ans Meer fuhren, von der sie nie mehr wiederkehren sollten. Ein paar Tage nach der Entführung erhielt König Lear ein großes Foto von einem fliegenden Fotografen, der aus Vung Tàu zurückkam, wo die Flüchtlinge sich einen Spaß draus machten, sich zu verlustieren wie die Armen, sich vor der Linse zu postieren und den doppelten Preis zu bezahlen für das Bild von ihrem letzten Augenzwinkern aus dem Lande ihrer Ahnen. Da sah man Lady Schakal posieren, dünn und vertrocknet in schwarzer Seide, die Haare straff nach hinten frisiert, schmallippig und unerschütterlichen Blicks, das Meer im Rücken, inmitten ihrer Brut. In der ersten Reihe, ganz links außen, drückten meine Kusinen sich aneinander, zogen den Kopf zwischen die Schultern und sahen drein wie zwei Küken, die ins Nest eines Kondors geworfen wurden. Die

Küken fuhren aufs Meer hinaus, in einem Motorboot, das sie, die Nacht durchschneidend, an Bord eines wartenden Schiffes brachte – erste Etappe einer Flucht nach Frankreich, wo Lady Schakal Immobilienanlagen, ein Bankkonto und einen Teil ihrer Nachkommenschaft vorfand, die sie als Vorhut vorausgeschickt hatte. Das Foto vierfach gefaltet in seiner Tasche, nahm König Lear den ersten Bus nach Vung Tàu. Zwei Tage und zwei Nächte blieb er am Ozean sitzen, die Füße im Sand vergraben, dem Brummen der Motorboote lauschend, die den Einfall der Dunkelheit abwarteten, um die Flüchtlinge einzuladen und sich vom Ufer zu entfernen. Nach der ersten Woche begann die Flut der Riesenschlitten zu versiegen. Die Boote trieben verlassen im Wasser. In der zweiten Woche waren die Nächte still und der Strand wie ausgestorben. Der Bus fuhr nicht mehr nach Vung Tàu. König Lear ließ sich auf dem Rücksitz einer Honda nach Saigon mitnehmen, wo die Kommunisten gerade einmarschiert waren.

Vielleicht sollte man den Aufenthalt am Meer doch lieber vergessen. Er würde zu vieles aufrühren. Die ältere meiner Kusinen war der Ansicht, eine Woche auf dem Lande täte es auch. Die Aussicht auf Picknick im Grünen und Abende am Lagerfeuer mitten in der Pampa veranlaßten meine junge Kusine, deren langen Beinen, soviel war klar, die Sonnenanbeter am Strand viel mehr zupaß gekommen wären, Grimassen zu ziehen. Doch ohne einen Sou in der Tasche hatte die Nymphe auch keine Stimme. Die schönen Stelzchen hatten sich darauf gefaßt zu machen, eines schönen Sonntags im Herbst einer Kolonne Ameisen zum Fraß zu fallen. Meine junge Kusine zog noch eine Zigarette aus ihrer Tasche, nahm, die Zigarette unangezündet zwischen den Fingern, eine Denkerpose ein und träumte laut vor sich hin. Wie schön doch so ein Wochenende im Grandhotel wäre. Oder ein Abend in einem Vergnügungspark wie dem Prater, den sie in einem Detektivfilm gesehen hatte, in Schwarzweiß. Das mochte sie, Rufe, Gelächter, Lichter, Gedränge vor den Schießbuden und den Automaten, die Hand im Mund der Wahrheit. Sie machte eine Runde mit dem Riesenrad und eine auf der Achterbahn. Sie naschte Zuckerwatte und sänge dabei, *jaja, wir fahrn zusammen Achterbahn! Hör auf zu maulen, einverstanden, jaja, wir fahrn zusammen Achterbahn. Doch das Gerüttel da, ganz einfach, jaja, ich schnall dich fest in der Achterbahn, jaja jaja.* Sie trüge einen flatternden weißen Plisseerock und würde von Dutzenden Augenpaaren im Umkreis verschlungen. Im Spiegelkabinett spränge ihr das Zerrbild einer Zauberfee entgegen, deren Nasenspitze schon angekränkelt war vor Groll. Jetzt kultivierte die Nymphe Kindheitsmuster und streichelte ihre saure Birne, die ganz glatt war, wenn man sie berührte, nur der Schwung ihrer Lippen war ob der erlittenen Unbill abwärts gekippt und glich seither der Mondsichel im morgendlichen Sinkflug. Jeden Morgen das gleiche Schauspiel in der Mansarde an der Rue Glacière: Meine junge Kusine stand vor dem Waschtischspiegel, hob die zum V gespreizten Finger an den Mund und schob die Mundwinkel nach oben. Flugs fiel die Sichel zurück in die alte Krümmung, und der Schleier der Enttäuschung, der sich kurz gehoben hatte, senkte sich wieder über ihr Lärvchen, war doch der Wirbelsturm der Hoffnung, mit seines Zauberstabes Spitze entfacht von Magier Theo, alsbald in den Staub der Enttäuschung zerstoben, der in den Augen der Nymphe brannte, ihren Teint verdarb, ihre Träume zerschrammte und ihre Tage grau färbte – was gar nicht nötig gewesen wäre, denn sie glichen ohnehin schon einer mickrigen Reihe unscheinbarer kleiner runder Kiesel, in phantasieloser Willkür falsch verteilt. Meine Kusine aber ließ die Hoffnung nicht fahren. Etwas würde passieren, und die Karten würden neu gemischt. Sie baute auf den Anblick König Lears. Erschien ihr die Aussicht auf ein Wiedersehen im Moment auch zum Gähnen, würde ein solches Ereignis sie zweifellos in ihren Grundfesten erschüttern. Es würde die kleinen grauen Kiesel ihres Alltags zartrosa tönen und den bitteren Staub hinwegfegen, der sich auf ihrem Herzensthron gesammelt hatte. So dachte sie vor sich hin mit gedankenverhangenem Blick, die immer noch unangezündete Zigarette zwischen den Fingern drehend, bis sie zerbrach. Sie nahm beide Hälften, riß vorsichtig das Papier auf und krümelte den Tabak auf den Tisch, machte daraus ein kleines Häufchen, das sie teilte und nochmals teilte, schob alles wieder zu einem Häufchen zusammen, das sie wieder teilte, nach einem andern Muster, und so weiter, hypnotisch langsam, ihr gegenüber die Schwester ließ in gleichbleibenden Intervallen, wie ein tropfender Wasserhahn, mit monotoner Stimme heruntergebetete Zahlen und Francsbeträge fallen. Ein Wunsch nach Schlaf lag über der blitzblanken Küche. Das Gesicht mit den halbgeschlossenen Lidern und dem Schmollmund in die Hand gestützt, Ellbogen auf dem Tisch, rieb meine junge Kusine sich die Nase. Nur noch ein paar Stunden rumzukriegen. Mit ein wenig Glück kam der Sonntagsmeditant noch vor dem Abendessen aus seinem Gebetszentrum zurück. Die Stimmung war trüb, es fehlte die Würze. Noch ein verunglückter Sonntag, bedrückt zwischen Dickbauch und Einarm – da kratzte die sich schon wieder am Stumpf. Das machte sie jedesmal, wenn sie beobachtet wurde. Und immer weniger begeistert, so schien es. Sie sollte ihren prophetischen Furor besser im Zaum halten. Um noch ein bißchen was davon zu haben, abends bei Tisch, das wäre viel widerlicher und wirkungsvoller. Blitz und Ungewitter obendrein, und die einarmige Sibylle wäre im siebten Himmel, von wo aus sie das Schauspiel des angekündigten Untergangs in Ruhe betrachten könnte. Sie spielte gern die Reine, Antigone oder Kassandra, die ganze Jungfrauenmenagerie rauf und runter. So von der Sorte unbefleckte Katakombe. Sie hatte genügend Leichen im Wandschrank, doch hinter den Kulissen ihres schlechten Gewissens zu stöbern war verboten. Darüber sprach sie nie. Die Gestörte wahrte ihr Geheimnis und wollte anderen Lektionen erteilen. *Laßt König Lear in Ruhe,* hatte sie gefordert, drapiert mit ihren dunklen Gewändern, ihren zu weiten Hosen und den zu warmen Jacken, die sie nicht einmal schwitzen machten. Das war nun wirklich verdächtig, ein Körper, der nie schwitzte, der nichts aus sich herausließ. Sie zog über das System her, umkreiste dich mit ihrer allwissenden Miene, ihren verschnittenen Haaren, diesem Ausdruck von Fräulein Mit-dem-Unglück-bin-ich-auf-du-und-du und ihrem Stumpf, der dich plötzlich ohne Vorwarnung in den Rükken stieß, genau zwischen die Schulterblätter. Und du vor Schreck am Schreien. Aber das war noch gar nichts gegen ihre inszenierten Dramen. Zum Beispiel, als sie mitten in der Nacht in der Mansarde an der Rue Glacière geklingelt hat und dann, Gesicht, Hals und Hand voller Blut, in der Tür stand. Das Rasiermesser hielt sie noch umklammert. Sie hatte an ihrer Hand, der Stirn, der Kehle ganz schön herumgesäbelt. Aber wenn man näher hinsah, waren es nur Kratzer. Nicht mal ein Kätzchen wäre dran verblutet. Es hatte sich gehütet, das Biest, sich im Gesicht ernsthaft zu verletzen. Nur ein paar Schmisse auf der Stirn, wie blutige Falten. Bestimmt war sie ganz ruhig vorm Badezimmerspiegel gestanden, den Stumpf auf den Waschbeckenrand gestützt, hatte mit der rechten Hand nach dem Rasiermesser gegriffen, sich ohne zu zittern ihre Maske geschnitzt und deren Wirkung erst im Spiegel überprüft, bevor sie in die Rue Glacière getippelt war, um sturmzuklingeln. Da stand sie nun im Treppenhaus, das nur von der Funzel im Flur beleuchtet war. Da stand sie mit ihrer ekstatischen Märtyrervisage, dem roten Collier um den Hals und dem ganzen getrockneten Blut auf der Stirn, als ob sie ihre Dornenkrone unterwegs verloren hätte. Man mußte sich um sie kümmern, weinen, weil sie so mies zugerichtet war, Tränen des Mitleids und der Angst vergießen. Das Biest war die ganze Zeit so kühl wie Marmor und guckte wie eine, die das Unglück nur zu gut kannte, auf die üblichen kleinen Freuden spuckte, jeden Morgen die giftigen Dünste der denkenden Köpfe inhalierte, die über ihr Lager wachten, und ihre Nächte damit verbrachte, Gemälde ihres Leidens zu zeichnen und zu zerstören, das einer höheren Gattung angehören mußte, *werbinichwohingehichwastuichundwarumüberhaupt,* ein Leiden, wie man's ins Büchern fand, ein Rattenschwanz von Gedanken um nichts und wieder nichts. Damit die Last nur ja schwer genug war, falls der Leichtsinn dich einmal anfiel, und Melancholie dein Los blieb für den Rest deiner Tage. Das Leiden nahm bei Einarm eine besondere Form an, mehr von der Sorte trübsinniger Dünkel, ein Hochmut aus dem Totenhaus. Bei den Dreierkonferenzen sonntags stand sie stets in ihrer Ecke, steif und stumm wie der Steinerne Gast. Und mit ihren Predigten und Prophetien schickt sie dich ins Feuer der Gewissensbisse, ohne sich auch nur die Mühe zu geben, die Hand auszustrecken, um dich hineinzuziehen. Wochenlang hatte sie die Narben davon zurückbehalten, besonders am Hals. Sie kaufte sich ein rotes Halstuch. Und trug es so, daß man nichts anderes sah (Mademoiselle wollte halt von der Gefahr noch etwas haben). Sie trug eine stolze, verwundete Miene zur Schau, die ihr echt nicht schlecht zu Gesicht stand und ihrem Märtyrerdrama sogar ein wenig Tiefe verlieh. Sie kriegte es immerhin, als armes Ding durchzugehen. Dabei, wenn man sich's überlegte, konnte man's gar nicht besser treffen als sie, mit ihrer Invalidenrente, die ihr alle Zeit der Welt ließ, hatte sie nichts zu tun, als sich das Hirn zu zermartern und sich anzustrengen, sich noch etwas unglücklicher zu machen, um den düstern Köpfen, die über ihrem Lager wachten, recht zu geben. Wirrköpfen, die ihr den Odem des Todes einbliesen. In ihrer Manie des Schlimmsten und ihren mißmutigen Moralpredigten machte sie alles mies und ging damit allen furchtbar auf die Nerven. Ein kleiner Schubs Richtung Abgrund, falls einem zuviel Schwung verblieben sein sollte, morgens aufzustehen und zu sehen, daß sich nichts verändert hatte über Nacht und die bleierne Last immer noch gleichviel wog. Mit siebzehn, da war das Marschgepäck des kleinen Soldaten noch vollgestopft mit Träumen, da hatte man noch geglaubt, einmal den Gipfel zu bezwingen, um seine Standarte dort aufzupflanzen, doch dann war man so oft abgestürzt, daß einem die Fahne abhanden kam, und allmählich fing man zu hoffen an, daß man sich wenigstens irgendwo in der Mitte des Weges halten könnte, denn die Illusionen waren in Bitterkeit umgeschlagen, und die Bitterkeit zog dir den Boden weg unter den Füßen. Mutlosigkeit war alles, was das Leben dich lehrte. Wo war die Kraft versteckt, die dich morgens antreten hieß wie der Klang der Trompeten, den Bus besteigen, der dich zum Marktforschungsinstitut brachte, den Aufzug nehmen ließ, der erst nach oben schwebte, wo das Büro der kleinen Fragensteller sich befand, dann nach unten, wo die Kantine der kleinen Fragensteller war, und von Zeit zu Zeit im Zwischenstock hielt, wo die kleinen Fragensteller vor der Kaffeemaschine große Pläne für eine glänzende Zukunft ausheckten? Das war jedoch bloßes Gerede, denn wie die Dinge liefen, und die gewieftesten der kleinen Fragensteller waren sich darüber einig, daß es nicht gut aussah, war es wohl besser, im Trott zu bleiben und den Gong des Schicksals abzuwarten. Ein Klingelschrillen zerriß den schläfrigen Dunst in der Küche und ließ sie wieder blitzen in ihrem blanken Sonntagshabit. Meine junge Kusine hob den Kopf, verstrubbelte ihre Haare und verscheuchte mit einer lebhaften Geste die immer wiederkehrenden Gedanken, die ihre Stirn verdunkelt hatten. Ihr gegenüber, das Auge noch abgestumpft von den Zahlen, die Ringelreihen tanzten und dazu das Wiegenlied vom Grab der Spargroschen sangen, sprang die Ältere auf und eilte, den Knoten, der sich gelöst hatte, korrigierend, zu dem riesigen Ofen, eingelassen in einen Streifen Ziegelwand, mit einer Leiste und großen Knöpfen aus Chrom, ein altes Teil, nach heutigem Geschmack zurechtgemacht und mit einer Uhr versehen, die ihn regelmäßig dazu brachte, lange gellende Pfiffe von sich zu geben, wovon man ihn nur abbringen konnte, indem man das unbewegte alte Backofenantlitz mit Schlägen traktierte. Und mit Fausthieben stellte die ältere meiner Kusinen die Stille des Offiziums wieder her. Seufzend lehnte sie sich mit dem Rücken an den Ofen und rieb sich die Augen. Reckte sich, massierte ihren Hals und legte sich gähnend die Hand auf den Bauch. Sie hätte es sich gern auf der englischen Couch gemütlich gemacht, die, für König Lear gekauft, vorläufig im Eßzimmer untergebracht war. Nachmittags lag sie da immer, um sich mit den Handbüchern über die Kunst zu befassen, kleinen Prinzen eine glänzende Zukunft angedeihen zu lassen. Wenn wir uns freundlicherweise dorthin begäben, meine junge Kusine und ich, könnten wir die Konferenz dort weiterführen, zu ihren Füßen, die Königin würde das sehr begrüßen, es würde ihr den Nachmittag versüßen, in lässiger Pose auf dem Sofa lümmelnd Schlachtpläne zu schmieden und jedem seinen Platz zuzuweisen in den umwälzenden Ereignissen, die da kommen sollten. Schließlich befand sie sich in einem Zustand, wo ihr das zustand. Und sie hatte auch de facto die Macht mit ihren vollen Taschen und ihrem wachen Verstand. Ohne die Königin würde der Ahne noch ewig in seiner Ruine hocken, denn meine junge Kusine würde bloß die schönen Stelzchen umeinander schlingen und wieder entflechten, und tiefe Seufzer würden aus ihrer Seele dringen, die Bände sprächen über ihre ohnmächtige Melancholie.

Wohin sie auch schaute, sah die Königin sich den Beweis erbringen, daß sie unersetzlich war in diesem entscheidenden Moment: als Wächterin des Schatzes und alleinige Wahrerin des Schlüssels zum Geschwafel König Lears, das ohne sie ein totes Buchstabengeraffel geblieben wäre, so wie die Aussicht auf ein Wiedersehen zerstoben wäre im dichten Nebel, in dem die langbeinige Phantastin ihre Luftschlösser baute. Die ältere meiner Kusinen war so klug gewesen, alles zu bewahren, klingende Münzen ebenso wie ihre schlingernde Beherrschung der alten Sprache. Sie befolgte Großmutters Lehren eisern. Was man zu fassen kriegte, zu packen und zu behalten, was man kriegen konnte, Altes und Neues nie liegenzulassen, sondern aufzuheben nach dem Gesetz der maximalen Erhaltung, das war das erste Gebot Lady Schakals, welche nicht mehr am Leben war, um der Besitzerin des funkelnagelneuen Hauses ihren Segen zu geben, die es in ihrer Ergebenheit so genau nahm mit der Einhaltung der Regeln, daß vom Kochbuch bis zu ihrem tadellosen Knoten alle Dinge an diesem Ort nur zu existieren schienen, um der Hommage an die verblichene Lady zu dienen. Inmitten modernsten Komforts dank technischer Innovation lohte die Flamme der Tradition, bewacht von der Vestalin mit den vollen Formen und mit heiligem Eifer angefacht. (Einarm und Langbein hatten schon lange die Fliege gemacht, mit ihnen war im Ernstfall nicht zu rechnen – die Fahnenflüchtigen! die sich so bemühten, die Flamme zu ersticken und die Glut auszutreten, um keine Spur zu hinterlassen, die sie verraten könnte. Sie ließen sich nicht packen, und wenn man noch so sehr versuchte, sie an den Wurzeln zu zwacken. Einarm vertiefte sich lieber in eins ihrer Bücher, die sie ständig in der Tasche mit sich schleppte, statt sich am Stumpf zu kratzen, obwohl er juckte, während die langen Beine, in denen es leise zuckte, rasch zum Ausgang strebten, bevor die Diskussion womöglich den Kopf erreichte.) Letztendlich stand sie ganz alleine da, meine Kusine, mit Kugelbauch, Dickkopf und dem Herz am rechten Fleck, hegte ganz allein die schönen, starken und gesunden Wurzeln. (Ganz im Gegensatz zu dem verrotteten Stamm, an dem Einarm krankte, und den fliegenden Wurzelfasern, die sich um lange, schlanke Beine rankten. Es war ein Elend, die beiden Verwirrten in den Klauen des Drehwurms zu sehen. Mal waren sie elegisch wie aus dem Gleis gesprungene Geisterzüge. Mal hektisch wie auf dem Wasser tanzende Kreisel. Je nach Laune trugen sie eine Leidensmiene zur Schau, tags drauf war ihnen alles wieder scheißegal. Mit ihrem kaputten Kompaß brachten sie nicht viel mehr zustande als solche Albernheiten, es war ein Trauerspiel.) Weshalb meine Kusine mit dem Kugelbauch und den kräftigen Wurzeln sich auch dazu gratulierte, über einen gut geübten gesunden Menschenverstand zu verfügen, an dem müßiger Kummer gar nicht erst ankoppeln konnte, und sich der Geschichte gewachsen zu zeigen, wenn die beiden Vergeßlichen zwischen Scham und Verachtung, Angriff und Gewissensbiß schwankten, wie eben jetzt, da sie auf sich gestellt einander gegenüberstanden Aug in Auge in der blitzblanken Küche.

Ich lungerte am Spülbecken herum und trank ein großes Glas Wasser. Meine junge Kusine fegte den über den Tisch verstreuten Tabak in ihre Hand und stand auf, um ihn in den Abfalleimer unter dem Ausguß zu werfen. Dann füllte auch sie ein Glas mit Wasser und stürzte es in einem Zug hinunter. Eine Perle schimmerte auf ihrer Unterlippe. Ihre Hand glitt flink in meine Jackentasche und zog das kleine Buch, das ich eingesteckt hatte, heraus. Auf gut Glück schlug sie es auf und begann darin zu lesen, mit aufgerissenen Augen und dem Gesicht einer wißbegierigen Schülerin. Wenn das Schätzchen so die Wimpel hißte, tat man als gewiefter Gegner gut daran, seine Sinne zusammenzureißen, um die drohende Charmeoffensive abzuweisen. Die Taktik des Schätzchens war unverwüstlich und ertragreich. Sie selbst war jedesmal verblüfft von dem Ergebnis. Sie auszunehmen wäre wesentlich schwerer. Sie würde sich, wenn sie im Leben mehr Schwein gehabt hätte, ihr Vermögen jedenfalls nicht mit ein paar netten Worten aus den Rippen leiern lassen. Obwohl... wenn man es recht bedachte, hatte Herrgott Theo, der jetzt auf seinem Sockel schwankte, sie ganz schön geschröpft. Sechsunddreißig Monate genoß er bei ihr nun schon Kost und Logis und hatte dafür im Gegenzug mit Engelszungen von einem göttlichen Morgen gesungen; doch seither waren die Monde verflogen über der Mansarde, die, seit das Schätzchen Ende letzten Jahres ein Kätzchen aufgegabelt hatte, das als Vermittler zwischen ihnen dienen sollte, nach Katzenpisse stank, und Theo der entlarvte Charmeur sah sich von da an abgewiesen, wenn er sich vor dem Schätzchen brüsten wollte mit der Macht des Zauberstabs, den er sein eigen nannte. Denn das Schätzchen unterhielt sich lieber mit dem Kater, der träge beiden Parteien sein Ohr lieh und von beiden Seiten Zärtlichkeiten einstrich, daß einem ganz merkwürdig wurde ums Herz.

Nun, da es ihr wie Schuppen von den Augen fiel und die Gesellschaft des Stubentigers ihr in jeder Hinsicht angenehmer war, grübelte meine Kusine viel, wie sie ihn loswerden könnte, den Schmarotzergott. Kaum hatte der sich nämlich in der Mansarde eingenistet, hatte er gleich ganz auf die Markterforschung verzichtet, um fulltime Pläne zu schmieden für einen rasanten Aufstieg. Doch bis der brillante Stratege die entsprechende Freitreppe fand, brauchte er Speis und Lager, ganz zu schweigen vom Trank, dem Whisky, den er täglich genoß und der, getragen von einer Hausse wundersamer Verheißungen, nach Einbruch der Nacht in Größenwahn zerfloß. Um in aller Ruhe Däumchen zu drehen, während er seinen Schlachtplan entwarf, hatte der versoffene Stratege keinen andern Ausweg gesehen, als sein Schätzchen noch ein Weilchen, nur noch ein Weilchen, ein paar Monate vielleicht, arbeiten zu schicken ins Marktforschungsinstitut. Und meine Kusine hatte dagegen keine Widerworte gefunden. Das Hauptproblem war, den Rockschoß ihres Gottes festzuhalten und das bißchen Alltagskram von ihm fernzuhalten, damit er derweil den Kometen umgestalten konnte, mit Johnnie Walker vollgesogen auf dem Futon kauernd wie eine megalomanische Zecke. Und sie ging sogar gern zur Arbeit. Noch vor dem Weckruf erhob die Muntere sich, um frisch ans Werk zu gehen, sie machte Überstunden, kam spät nach Hause, die Arme von Einkäufen beladen, die sie in der Mittagspause schnell erledigt hatte, statt in die Kantine zu gehen, wo die kleinen Fragensteller Pläne ausheckten, das enge Gewand, in dem sie steckten, einen Fingerbreit zu erweitern, um endlich ihre Flügel zu entfalten und, die Fenster des Instituts zerbrechend, davonzufliegen. Frage des in den Lüften schwebenden Interviewers an den aus dem Schlaf gerissenen Passanten in seinem beflissenen Bemühen, rechtzeitig den Kopf in den Halsring zu schieben für diesen Tag: *Sind Sie schon manchmal davongeflogen? Nie – öfter – selten. Und welcher Umstand hat Sie dazu bewogen? Wollten Sie weg aus dem Büro? Dem Auto? Der Metro? Weg vom Familientisch? Dem Ehebett? Ihrer entsetzlichen Einsamkeit entgehen?* Meine Kusine gab keinen Centime auf solche Phantasien. Sie war nicht anfällig für Pennälerutopien, läppische kleine Fluchten. Sie könnte, auch wenn sie mit den Füßen auf der Erde blieb, noch sehr hoch steigen mit ihren langen Beinen, mit denen sie sich endlich einen Manager aufgegabelt hatte. Sie brauchte nur Geduld zu haben. Um ihren Appetit zu reizen, breitete Manager Theo allabendlich seine grandiosen Projekte vor ihr aus, den Mund voll der Genüsse, die sie, kaum war sie zu Haus, in ihrer Küchenecke gezaubert hatte, um ihn zu laben. Die Stimme Theos übertönte das Brutzeln des Bratens. Manager Theo geizte nicht mit Special effects. Einmal warfen seine Projektoren eine neuerrichtete Filmproduktion in übernatürlichem Licht an die Wand (denn Schönstelzchen sollte selbstverständlich zum Film), am nächsten Tag zur gleichen Stunde, es war Zeit für den Aperitif, wurde das Bild schon überstrahlt von einer Künstleragentur, die an derselben Stelle stand. Das alles sei keine Phantasterei. Theo habe eben ein großes Tier getroffen, mit dem er ein Herz und eine Seele war bis zu seinem Dolce far niente. Das große Tier sei bei der Partie dabei. So wäre die Finanzierung der Künstleragentur auch keine Hexerei. Nun müßten nur noch die schönen Stelzchen auf den Markt geworfen werden.

Dann heiße es, Mansarde mit Futon und Heizplatte good bye. Für seine Prinzessin würde Theo Paläste nach Maß aus dem Erdboden stampfen. Sie müßte nur einen wählen aus seinem Katalog. Ein Penthouse. Oder besser noch ein kleines Häuschen nur für sie zwei, renoviert nach dem allerletzten Schrei, vom Dach bis zum Garten, zwei Autos dabei, ein schicker großer Schlitten und ein smarter Mini, der zweifelsfrei der angemessene Rahmen sei, um ihre Beine zur Geltung zu bringen. Die Luftschlösser Theos des Lügenbarons nahmen zur Stunde des Pastis Gestalt an und stürzten beim morgendlichen Erklingen des Weckertons holterdipolter in sich zusammen. Und die schönen Stelzchen beschritten wieder den Kreuzweg zum Marktforschungsinstitut. Doch nichts konnte meiner Kusine damals den Glauben rauben, sie baute auf die versprochenen Wunder und schuftete hart und wartete auf ihren Durchbruch. Es sollte noch zwei ganze Jahre dauern, bis das Schätzchen dem Säufer nicht mehr traute und ernüchtert sich von seinen Tiraden genarrt sah. Die zwölf Monate, die ihm noch blieben, verharrte der Schmarotzergott hartnäckig wie ein Bandwurm im Paradies, aus dem er längst vertrieben war. Denn wenn er es auch noch schaffte, sich in der linken Futonhälfte festzukrallen, die von der rechten durch ein unsichtbares Schwert getrennt war, sah er sich doch nach und nach entwöhnt von allen Annehmlichkeiten Edens. Johnnie Walker trockengelegt. Frigo-line leergefegt. Das Schätzchen kam immer noch spät nach Hause, mußte sich aber vorher in Gesellschaft eines lustigen kleinen Fragenstellers laben. Nun gut! Dann eben Krieg. Das konnte sie haben. Jedem sein Schützengraben. Zur Hölle mit dem von den Kanthariden geküßten blutigen Leichnam Cupidos. Nach zwei Jahren künstlicher Paradiese, wo sie damit beschäftigt waren, einander den Rücken mit der Glanzbürste zu karessieren, kam die Zeit der gezückten Messer, genug Gelegenheit, einander die Schwarte mit Dolchen zu vertikutieren – wenn man mit Lust und Liebe dabei war, doch sie waren nur noch selten mit Lust und Liebe dabei, weil die Gleichgültigkeit gewaltsam Einzug gehalten hatte mit ihrer Maske aus Kreide, dem Bernsteinblick und den kleinen Ekelfalten um den Mund. Sie blieb stets die Siegerin. Nach den Gefühlen stumpften auch die Messer ab. Wozu sie noch aus der Scheide ziehen. Das würde den Kadaver vor dir auch nicht mehr berühren. Könntest ebenso darübertrampeln. Treten auf die Trümmer des Glücks. Die Wrackteile des gestürzten Gottes lagen überall herum. Meine Kusine sprang drauf, wenn sie ging. Und putzte sich, wenn sie kam, die Füße daran ab. Das Knirschen der Scherben tat ihren Ohren wohl. Der Kadaver aber hatte sein letztes Wort noch nicht gesprochen. Er machte noch ein paar Zuckungen, sorgfältig ausgeklügelt in der Stille der Mansarde, wo das neu hinzugezogene Kätzchen umherschlich und die Telefonleitung gekappt war, da das Schätzchen keine Lust mehr hatte, aufzukommen für die fruchtlosen Wahnideen, mit denen der Freibeuter den zweiten Sekretär eines großen Tiers umschmeichelte, dem er telefonisch um den Bart strich, bis er am andern Ende der Leitung schnurrte und wie der Kater, wenn er ihn streichelte, seine Huldigungen mit königlichem Gleichmut hinnahm. Das roch schon von weitem nach Niederlage. Der Plagegeist wurde aufgefordert, seine Sachen zu packen und sich zu bremsen in seinen megalomanischen

Tiraden. Er mußte also das Register wechseln. Der Schwall der wundersamen Verheißungen verebbte und wurde von einem Wirbelsturm der Tränen und geschluchzten Klagen abgelöst, der meiner Kusine entgegenschlug, kaum daß sie vom Institut nach Hause kam und die Tür zu ihrer Dachkammer aufschloß. Schluß mit dem Bluff. Heraus mit den Geigen und Taschentüchern. Vorhang auf für die Kakophonie aus Jeremiaden und Tremoli. Der Komödiant zog seinen letzten Trumpf, das Auge voll Tränen, die Wange bläulich, der Atem schwer, das alte Seidenhemd verknittert und offen über dem Bauch, fettfleckig der Flanellanzug, ein Fuß im löchrigen Pantoffel, der andre im schwarzen Seidenstrumpf, die Zigarette im Mundwinkel zitternd. Das ganze Arsenal des großartigen Verlierers, der, sich der Not ergebend, anschwamm gegen den Strom kleinlichen Geltungsdrangs und mit dem Kopf gegen eine Wand des Unverstands rannte. Jetzt, wo er durchgefallen war mit seiner Taschenspielerei, gab Theo voll Demut den Büßer, beginnend mit dem allabendlichen Confiteor, getreu seiner neuesten psychologischen Trouvaille, nach der man zuerst die Eitelkeit der Schätzchen beschwört und dann, bevor es zu spät ist, ihre guten Seiten, ihren Trieb zu trösten, ihren Erlösungswahn. Schicksalsversehrt zieht am besten, das reizt die Tränendrüsen und macht begehrt bei den Süßen. Du mimst nur deinen Sturz, schon sind sie zur Stelle und reichen dir die Hand, die kleinen Nightingales. Um sich in deinen panischen kleinen Hundeaugen zu betrachten und sagen zu können, das immerhin sei ihr Verdienst und auch nicht zu verachten. Daß du sie auf Rosen betten solltest und daß nun sie dich retten. Wenn du dann noch gefährlich krängst und dich ungelenk verrenkst in bedenklichen Posen, wenn es dir schließlich gelingt, mit deiner Reue Auswurf in kleinen Dosen abzusondern, werden sie vor lauter Mitgefühl ihren Verstand an den Nagel hängen. Alles in allem also ist es kein Kunststück, die Liebe der Schätzchen zu erringen. Wenn sie nicht mehr auf deinen Bluff anspringen, mußt du ihnen nur erlauben, dich ein bißchen zu verachten. Das finden sie erhebend. Und von der belebenden Höhe ihrer restaurierten Eigenliebe betrachten sie dich wie ein kaputtes altes Spielzeug, das zwar repariert ist, aber gleich wieder zerbrechen kann, wenn sie mit ihren kleinen zarten Fingern zu fest drücken. Und mit einem kaputten alten Spielzeug ist es immer noch besser als allein. Das säuselst du ihnen ins Ohr, damit sie es sich noch einmal überlegen. Jetzt, wo du sie auf einen stuckverzierten Sockel stellst, wo du dich zu ihren Füßen wälzt, wo du ihnen zu Ehren auf die Tränendrüse drückst, wo du zum allabendlichen Appell mit dreißig verschiedenen Weisen zu seufzen paradierst, die du extra für sie komponierst, die kleinen Biester, und in den höchsten Tönen tremolierst. Sie können dich jetzt nicht schassen, mitten in der Spielzeit. Wie das wohl ist, allein in der verwaisten Mansarde, ohne den alten Köter, der ihnen aus der Hand frißt? Ohne das Lamento des entthronten Potentaten. Nur Kälte, Schweigen, Einsamkeit. Und um die Schatten zu vertreiben ein kleiner Fragensteller von Zeit zu Zeit. Ein Gast der mäßigen Art, mit engbrüstiger Einbildungskraft und ständig trockenfallendem Phantasiereservoir, nur beim üblichen Hin und Her entfährt ihm ein improvisiertes kleines Air. Schon ist der Speicher wieder leer, so schnell kommt ihm nichts mehr, und sei's auch ordinär, nach dieser Heldentat, die den ganzen Mann gefordert hat, der sich anschließend auf den Rücken rollt – und voll ertönt der Kehle Gold. Und die Schätzchen liegen da mit weitgeöffneten Augen und starren zur Decke und hören, wie die kleine Lokomotive mit Stentor-Energie zur Abfahrt in den großen Schlaf pfeift, und wittern, wie es im Zimmer nach Bockspisse stinkt, seit der Satyrlehrling sich noch schnell die Socken auszog. Da behielt man doch besser den netten alten Köter mit seinem vertrauten Schweißgeruch, seinen leicht entzündlichen Äuglein und seiner prächtigen Schnauze, die nur zum Vergnügen seines Frauchens den Lüsten und den Leiden Laut gab. So bettelte jaulend der Köter, schon etwas bedripst vom reißenden Strom des palinodierenden Denkens, doch fest entschlossen, seine Stellung keinen Fußbreit zu räumen. Theo versuchte sich wieder einzuschmeicheln, indem er sich aalglatt und katzenfreundlich gab. Ganz Unterwerfung, triefte er vor Honig und Salböl. Der Coup war äußerst erfolgreich. Der Kadaver in voller Levitation erlebte eine komplette Palingenese. Das unsichtbare Schwert, das den Futon in zwei Hälften teilte, flog auf und davon. Wie in den ersten Tagen konnte Theo über die schönen Stelzchen verfügen, die der Abstinenz ein wenig müde waren und sich daher, als es allmählich Abend wurde, verführen ließen zu ein paar schmutzigen Figuren, begleitet von Schwenkungen des Hinterns, die jeden Schoßhund zur Verzweiflung treiben konnten. Theo trieb die Verzweiflung auf die Spitze. Denn mit den Schätzchen konnte man nie wissen, was der Morgen brachte. Zwei Nächte war die Mansarde ein Pandämonium, in dem Theo der Eroberer brüllend die wiedergewonnene Erde durchpflügte, nachdem seine Hundenase voller Ekstase den Glücksfall erschnüffelt hatte und seine Pfoten jedem Quadratzentimeter der vernachlässigten Haut seinen feuchten Gruß entboten. Am dritten Tag waren die Saturnalien nur noch Erinnerung. In einem Anfall von Würde verschlossen sich die schönen Stelzchen wieder in entschlossener Reserve, und die Rue Glacière erwies sich wieder ihres Namens würdig. Die Dachkammer wurde zum Waterloo, und unter dem Zeltdach aus Zank und Groll heizten Theo und sein Schätzchen, die schneller zogen als ihre Schatten, den Zwist an bis zur Weißglut. Auf zur nächsten Runde. Die Gewindeschneidmaschinen setzten sich wieder in Bewegung, die Schimärenschrotmühle ließ es ihm Räderwerk knirschen, zersplitterte Illusionen zwängten sich wie Zargen in die Leiber. Das versprach ein schönes Gangrän. Eiternden Haß. Dick verschorfte schwarze Galle. Blieb am Ende nur die Lovectomie. Die schnelle, schmerzlose Ablation, nach der jeder seiner Wege ging, mit ein paar hängenden Fasern, doch Herr seiner Systolen. Mehr erwartete meine Kusine nicht, nur einen klaren Schnitt des unsichtbaren Schwertes, der sie ein für allemal befreite von diesem Köter, der gar keine Sprüche vom Feinsten mehr hecheln konnte, mit denen das Schätzchen vielleicht doch noch zu erweichen gewesen wäre. Seine Stunde hatte geschlagen, unwiderruflich. Doch ein allerletzter Theatertrick rettete Theo, der schon auf dem Weg in die Verbannung war. Die zwei Nächte, in denen das Schätzchen erneut unter den Einfluß des gestürzten Gottes geraten war, hatten Spuren hinterlassen. Im Bauch der Abtrünnigen keimte sein Samen. Theo der Verbannte, in letzter Sekunde zurückgehalten, fiel fast in Ohnmacht, so überwältigt war er von den Gefühlen. Ein Bandwurmsegen! Die neue Rolle, auf dem Silbertablett serviert. Der Köter könnte sein Revier behalten und müßte bloß das Register wechseln. Er triefte schon vor lauter Vaterschaft. Das Feuermaul spuckte von neuem Verheißungen und Schimären. Flugs war Herrgott Theo auf seinen Sockel geklettert, in froher Erwartung, bald seinen Erben inthronisieren zu können. Doch das Schätzchen sah die Chose ein wenig anders. Die Bannbulle war noch in Kraft, sie brauchte den Bettgenossen nur, um das Corpus delicti zu entsorgen. Ohne mit der Wimper zu zucken, kassierte Theo den Tiefschlag. Er brauchte nur ein paar Wochen noch Halt für seine Trematodensaugnäpfe, um in der Liebeshöhle auszuharren. Sie hatte schlicht nicht bedacht, daß Gelegenheit Diebe macht und Theo seine nebulöse Aspiration auf die Vaterschaft ummünzen könnte in die entschlossen heroische Annahme des bevorstehenden Unglücks, das ihm zwar den Erben raubte, ihm andererseits aber erlaubte, sein Verliererkostüm neu aufzupolieren, was diesem einen wunderbaren neuen Glanz verleihen würde. Wieder brachen Versprechen und Klagen in brodelnden Strömen aus Theo Maul. Das Schätzchen sollte sich nicht sein Köpfchen zerbrechen. Dazu war Theo der große Beschützer ja da, er würde seine letzten Kreuzer zusammenkratzen, um seine Vaterschaft zu annullieren und seinen Erben auszuradieren, da die kleine Fragenstellerin nicht mehr mit Lust und Liebe bei der Arbeit war und bloß noch Pustekuchen mit nach Hause brachte, um ihn sofort in Nichtigkeiten umzutauschen. Diesmal war Theo aber auf dem Posten. Und sollte er mit den eigenen Händen das Fleisch von seinem Fleische ersticken. So sprach der pathetische Theo; doch die Tage vergingen, die Miete blieben sie schuldig, das Schätzchen, das seinen Braten noch im Ofen hatte, wurde ungeduldig und sah keinen andern Ausweg mehr, als Einarm schöne Augen zu machen an diesem Sonntagnachmittag, da sie, für einen Augenblick allein gelassen, nebeneinander standen am blitzblanken Ausguß des funkelnagelneuen Hauses.

Sie blätterte in dem Buch, das sie aus meiner Tasche gezogen und am Ausguß aufgeschlagen hatte, und pickte sich Satzstückchen heraus. Der Kopf war über die Seite geneigt, die Haare verdeckten die linke Hälfte ihres Gesichts. Hinter dem schwarzen Vorhang drang gedämpftes Kichern hervor, das wie das Niesen einer Katze klang und Interesse ausdrücken sollte, denn sie hatte gehört, die Süße, daß es unter Schöngeistern üblich sei zu lachen und ein kicherndes Schätzchen den Teufel im Hirn habe und daher doppelt entzücken müsse. Doch sprach der Teufel nicht laut genug, um das Zilpzalp zum Schweigen zu bringen, Kaskaden kleinlicher Kümmernisse, die ständig sprudelten und ihr den Kopf verstopften. Denn das enzephale Zwitschern störte den Empfang der Wellen, das Vögelchen drehte und wappnete sich mit einem Lächeln zur Tarnung seines ephemeren Interesses und kriegte die Satzstückchenatzung in den falschen Hals *(Kaum sieht das Tier, jedesmal voll Enttäuschung den Faden seines Daseins abgerissen, da erscheint das Licht schon wieder wie das Wetterleuchten)*. Eine Minute später quoll ihr Kopf über vom Kollern kruden Kleinkrams *(nicht schlecht der Zweiteiler aber zu teuer der hoch ausgeschnittene Slip läßt die Beine gut zur Geltung kommen aber er ist wirklich zu teuer)*. Und der steigende Sturzbach seichter Sorgen riß die aufgepickten Satzstückchen mit sich fort *(in diesem Licht leuchtet die ganze Zukunft des Tieres: in der Jagd auf ein anderes Tier, die Möglichkeit zu essen, zu schlafen, zu trinken, zu liegen);* am Ende begrub eine schlammige Flut nichtiger Nöte Herz und Hirn des Vögelchens, das im Schutt seiner Hirngespinste nur noch die Flügel hängen lassen konnte *(im Ausverkauf vielleicht aber der Sommer ist bald vorbei und nächstes Jahr sind sicher wieder Einteiler modern und jetzt ist auch nicht der richtige Moment die Spardose anzubohren die ohnehin schon löchrig ist wie ein Sieb).* Zucht war vonnöten, solange der Bauch zu schwellen drohte wie bei der Königin, die auf der englischen Couch im Nebenzimmer ruhte. Zwei Gebenedeite, rudernd wie Galeerensklaven mit Kurs auf das verheißene Land eines häuslichen Nirvana, ein Schauspiel, das die Tränendrüsen reizen könnte, doch um nichts in der Welt würde Schönstelzchen die Entstehung einer unförmigen Kuppel dulden, die mit ihrem ganzen gemeinen Gewicht auf ihren schlanken Säulen lasten würde. Schnelles Handeln war geboten, um den Abszeß zu öffnen, die Eingeweide zu befreien. Und Einarm wünschte doch nichts sehnlicher als dabeizusein. Kribbelnd vor Erregung, juckte sie schon der Stumpf ob der Möglichkeit, mitzumischen in einem dunklen Plan. Ihre einzige Hand drängte nervös danach, die Scheine aus dem Ärmel zu holen, um durch die Säuberung der Matrix dem Leib des Schätzchens seine tänzelnde Biegsamkeit wiederzugeben und die Lust auf Pirouetten, die sie noch weit bringen könnten, das würde sie wetten, wäre sie nur erst von Theo dem Wunderverkäufer und seinem Hochstaplersamen befreit, die beide derselben Grille weichen müßten aus ihrem Hort. Denn es war der Schönen fester Wille, alles zu ändern anläßlich der Ankunft König Lears, der nichts erfahren sollte vom Parasiten in ihrer Höhle und seinem Samen in ihrem Bauch. Sie würde ihren Körper sanieren, den Kopf renovieren, die Macht über die Mansarde konsolidieren, die Splitter des zerspellten Herrgotts Theo eliminieren und sich Lear erlöst präsentieren mit allen Allüren eines vereisten Idols. Denn sie war vereist. Oder vielmehr mißfiel es ihr keineswegs, einen Makel an sich zu konstatieren, eine Rührungsreserve, einen Mangel an Weinseligkeit und anzapfbaren Tränensäcken. Wie sollte sie sonst ihre Kälte erklären, wenn es galt, ihr Herz zu entdecken? Sie schniefte, sie schlug die Wimpern nieder, sie zwickte sich in den Arm, doch dann verhakte sich das Räderwerk an ihrem Makel, und das Herz blieb in seinem eisigen Sarg. Sie mußte sich schon die Lippen blutig beißen, wenn sie wollte, daß ein paar Tröpfchen die schneeigen Wangen hinunterrollten. Nie eine Heulsuse gewesen. Sie wollte nicht so ein Kalb sein mit roten, geschwollenen Augen wie ein schlafender Vampir, einem verzogenen Maul, das Muhmuh machte, und Nasenlöchern, aus denen der heiße Rotz floß. Doch wenn die Süße es auch abstoßend fand, ein Kalbsgesicht zu schneiden, waren ihr doch die Vorteile bekannt, die sich aus Tränen ziehen ließen. So hatte sie gelernt zu weinen, nur soviel, wie unbedingt not tat, um nicht das liebliche Lärvchen zu verderben. Sie litt in lässiger Pose, ihr Äußeres scheinbar nicht achtend. Eine Strähne fiel auf die schmollende Lippe, und der hochgerutschte Rocksaum rieb am Oberschenkel. Sie weinte erhobenen Hauptes, die Augen auf einen Punkt gerichtet, der nach ihrer Schätzung etwa drei Schritt weit entfernt lag. Proben vor dem Waschtischspiegel hatten ergeben, daß ihre feuchten Augen diesseits dieser Grenze blöde blickten und einen verzückten Schimmer kriegten, wenn sie jenseits sich verloren, was jedoch ihrem Ziel nicht dienlich war. Dieses Spiel durfte sie nicht verlieren. Sie hatte schnell begriffen, daß sie ihre Mitleidsader wringen konnte, wie sie wollte, ohne daß auch nur eine Träne kam. Keinesfalls sollte der Verdacht aufkeimen, die samtige Scheide zwischen den langen Beinen könnte scharfe Klingen umschließen. So mußte sie also Tränen vergießen. Und worüber, wenn nicht über ihr eigenes Schicksal und das unvermeidliche Welken der schönen Stelzchen, die angetreten waren zum fröhlichen Galopp und jetzt schon in einer Sackgasse steckten. Sie war eben nicht sehr selbstlos, das hatte sie mit vielen anderen gemein und fand nichts Schlimmes daran. Doch da sie als Sicherheit nur Falschgeld anzubieten hatte, blieb ihr keine Wahl. Sie mußte einen Hebel finden, die Schleusen zu öffnen. Also sammelte sie ihr ganzes Hirnschmalz, um darin die Frage zu mazerieren, die eins, zwei, drei gelöst war: Die mit Tränen geizenden, nur durch eigenes Leid zu reizenden Drüsen waren durch endlose Todesphantasien anzuheizen – die eigene Beerdigung als Serie in Technicolor, und sie nahm als unsichtbarer Ehrengast daran teil. Immerhin, einen Fleißpunkt hatte sie schon verdient, als sie ihrem Dez diesen Einfall entrungen, vermittels dessen es dem Gletscher gelungen war, ein paar heiße Salzperlen abzusondern, unter den besondern Umständen, die nun einmal die Demonstration einer den empfangenen Schlägen gemäßen Erschütterung verlangten. Wie in der Nacht, wo Einarm mit der rasiermessergeschnitzten Hexenvisage bei ihr angekommen war. Um zu beweisen, wie weit sie das Wühlen in den Trümmern ihrer Seele trieb, war sie zu allem imstand, Fräulein Ich-hab-das-Unglück-im-Blut. Mitten in der Nacht hatte sie an der Mansardentür geklingelt, viel zu pressiert, um dem Kusinchen eine Lektion zu erteilen in puncto Morbidität, dessen Köpfchen noch voller Grillen und Ammenmärchen steckte und das in seiner Unschuld davon träumte, die langen Stelzchen zusammenzufalten und in sein Gitterbettchen zurückzukehren, um am Däumchen zu lutschen, während die Ritter sich über das Lager des Engels neigten und ah und oh schrien vor diesem Wunder. So wie sie sich an ihrem Grabe beugten, stumm vor Kummer, wenn sie im gläsernen Sarg lag, in einem wunderschön drapierten, langen weißen Gewand, das sich so elegant um ihre langen Beine wand und sie gleichzeitig den Blicken der Ritter entzog, zur Strafe, daß sie so himmlische Stelzchen im Dreck des gemeinen Lebens waten ließen, wo täglich alles teurer wurde, Kaffee und Kippen, Katzenfutter und der Kantinenfraß im Meinungsforschungsinstitut. Und an diesen Bildern sich weidend, gelang es dem Unschuldsengel an diesem Abend, ein paar Tränchen hervorzupressen für Einarm, die keineswegs so leidend war, wie sie gern glauben machen wollte, als sie an die Mansardentür klopfte, wie eine zerfetzte Fledermaus in ihrem großen schwarzen Cape, aus dem nur der mit dem Rasiermesser traktierte Kopf heraussah. Die Fledermaus dachte, sie habe das Spiel gewonnen und dem Spatzenhirn die Melodie des Unglücks eingetrichtert. Denn das süße Spätzchen beherrschte die Tonleiter des Mitgefühls – es hüpfte um die Fledermaus herum, blickte mit feuchten Augen auf ihre Wunden und bot ihr am Ende sogar die Hälfte seines Nestchens an. Die Fledermaus warf das große schwarze Cape ab, legte sich auf den Futon neben das Schätzchen, das schniefend einschlief, zutiefst gerührt ob dieser guten Tat, die die Prinzessin noch schöner machte in ihrem gläsernen Sarg. Nur störte die Fledermaus neben dem Spätzchen auf dem Futon leider das Bild. Mit dem fatalen Gefühl, im falschen Film zu sein, fuhr das Vögelchen flügelflatternd und am ganzen Leibe zitternd aus dem Schlaf. Es spürte den eisigen Atem des Abendseglers an seinem Hals, der wahrscheinlich einen Anschlag plante, es würde unter dem großen schwarzen Cape begraben, erstickt von den weichen Flügeln, die im Moment noch ausgebreitet am Bettende lagen. Kalter Schweiß brach aus den Poren der Unschuld, die schnell geheilt war von ihrem Mitleidsanfall. Sie drehte sich um und lag von da an mit weit aufgerissenen Augen bewegungslos auf dem Rücken. Ihr machte der Sand zu schaffen, er juckte sie in den Augen. Das war die Falle. Um ihr Mißtrauen einzuschläfern, hatte Einarm sich die blutige Maske geschnitzt. Der Anblick der vielen Schnitte in der tristen Irrenvisage hatte die Empfindsame, die es vor Wut fast zerriß, wenn sie morgens im Spiegel über dem Waschtisch einen vorwitzigen Pickel sprießen sah in ihrem Gesicht, der ihr die zarte Haut vermieste, tief ins Mark getroffen. Und jetzt lag sie da, ganz nah bei der verletzten Fledermaus, die schlief oder sich schlafend stellte und deren schwarzer Pullover den Hals freigab, der milchweiß war, weil sie die Sonne scheute. Die rosigen Kratzer mit den Spuren getrockneten Blutes glänzten im Dunkeln auf der Haut wie Erdbeerschlieren in süßer Sahne. So richtig, um Lust zu kriegen, die Zunge rauszustrecken und dran zu lecken. Aber in dem Moment bewegte sich Einarm im Schlaf und legte den linken Arm übers Gesicht, daß er die Augen bedeckte und der Stumpf herunterhing. Hübscher Anblick. So richtig, daß dir das Kotzen kommen konnte. Der Ekel gewann die Oberhand. In der sauer gewordenen Sahne roch das Erdbeerrot nach Verwesung, und der Stumpf in Großaufnahme erschien mit seiner gräulichen Narbe und der geflickten Haut wie ein Knochen, den man aussagen konnte.

Die Ameisen nagten aufs neue an meinem linken Arm. Sie wurden wieder lebendig, es roch ein wenig nach Katastrophe, das hatte ihren Appetit geweckt. Der leise Gestank schwebte vermischt mit den Dünsten häuslichen Friedens in der blitzblanken Küche. Meine Kusinen merkten nichts. Auf der englischen Couch im Nebenzimmer ließ Dickbauch sich von den Tritten des kleinen Prinzen wiegen. Die langen Beine konnten aufgrund ihrer Länge den Boden nicht beben fühlen unter den Schritten der Katastrophe, die über das nagelneue Haus marschierte. Und just in dem Moment war der Besitzerin der schönen Stelzchen nach Herumhopsen zumut, so froh war sie, daß die Gefahr auf Dauer gebannt war. Mit ein paar feuchten Wimpernschlägen hatte sie Einarm die Groschen abgeluchst, die sie brauchte, um die Bürde loszuwerden, die das Schätzchen aufzublähen und in einen wandelnden Pilz auf Pfoten zu verformen drohte. Die langen Beine verließen den Platz an der Spüle, wo das Buch, kaum war das Spiel vorbei, vergessen liegenblieb, mit einer Grimasse des Ekels wurden die aufgepickten Satzenden zurückgespuckt. Doch keine Sorge, nichts ging verloren von diesen hirnverdrehenden Gedanken. Einarm rührte sie noch einmal durch und servierte sie einem mit dieser Pfaffenstimme, die keine Gelegenheit ausließ, deine Moral zu untergraben, genau an der Stelle zu kratzen, wo's weh tat, und dir Worte ins Ohr zu flüstern, mit denen du dir nicht so irre gern das Hirn abfüllen lassen wolltest. Worte von der Sorte, daß man noch glaubt davonzukommen, wo man doch längst in der Falle sitzt und dort im Kreis läuft. Ein bißchen Aufruhr da, ein bißchen Schwänzeln dort, und wenn du in der Ferne endlich ein kleines Licht siehst und dich drauf stürzt und dein feines, aber leider nicht mehr ganz frisches Fleisch dort anschleppst, ist es das Loch, das schon auf dich wartet. Wenn man ihr glaubte, war es am besten, die schönen Stelzchen zu falten, den Kopf in die Hände zu nehmen, ruhig sitzen zu bleiben und drauf zu warten, daß einem der Blitz ins Hirn fuhr oder die Würmer einem das Fundament wegfraßen. Und mit dem Stumpf, der ihr im Jackenärmel baumelte, war sie wohl gut beraten, auf der Hut zu sein. Die langen Beine aber waren geschaffen, Gigue zu tanzen vor den Augen der Gaffer. Wenn Einarm also ihre Litaneien intonierte, legte Schönstelzchen, nicht sehr erpicht auf Grübeleien, die nur zur Ermüdung der kleinen grauen Zellen führten, den Kopf in die Arme, krümmte den Rücken wie ein bedrücktes Schaf und versank in einen sanften Schlummer, wo die Verehrer mit gierigem Blick und geiferndem Maul im gedämpften Takt der Predigt um sie herumschwadronierten. Mußten die Sermone sich eigentlich immer durch denselben Trichter bohren – diese zum Anbeißen süßen Ohren, dazu erkoren, Lobeshymnen zu empfangen Tag und Nacht, mit einem System von Detektoren ausgestattet, die als Zensoren Predigtrückstände entfernten, Ohren, in denen es zu rumoren anfing, wenn ein Verlust des Kopfes drohte? Nichts zu machen. Einarm hatte sich wohl geschworen, nie lockerzulassen und ihre Taschen stets zu leeren, um einem schwarze Galle, Eiterbeulen, einen Vorrat schlechter Säfte zu bescheren. Ohne eine Predigt über die letzten Dinge obendrauf spuckte sie nie etwas aus von ihrem Hab und Gut. Als wären die schönen Stelzchen nicht schon genug aus der Bahn geworfen. Um sich noch zwischen Alpha und Omega hin- und herscheuchen zu lassen. In einem Winkel der sonnendurchfluteten Küche sitzend, die blauen Ballerinas neben den nackten Füßen, die Zehen vor Ungeduld zappelnd, nutzte meine junge Kusine eine kurze Feuerpause zwischen den Sermonen, um den in ihren Armen vergrabenen Kopf brüsk zu heben. Sie unterdrückte ein Gähnen, schüttelte ihre Haare, fuhr mit der Hand darüber, sprang dann mit einem Satz auf, beugte sich zur Gartentür, steckte die Nase hinaus, holte tief Luft, zupfte an den ausgefransten Shorts, die stramm auf ihren Backen saßen, wirbelte auf den Fersen herum und lächelte, ehe sie wieder den Schatten aufsuchte, ihr Spiegelbild in der Glasscheibe an, das liebliche Lärvchen, an dem die Reden (Gott sei Dank!) abgeglitten waren, ohne andere Spuren zu hinterlassen als ein schläfriges kleines Fältchen. Eine fette Ameise lief am Kragen ihres Hemds entlang, kletterte über den linken Hügel hinunter bis zu dem in der Taille geschlungenen Knoten, verirrte sich dort im Gewirr der Knitterfalten und stieg über die ganze Reihe der Knöpfe wieder hinauf, um dort unter den makellosen Stoff zu kriechen. Das reizende Frätzchen verzog sich zur zornigen Fratze. Auf der Pirsch nach der pieksenden Emse fuhr sich meine Kusine mit zwei Fingern in den Busen, doch die Kecke war schon bis zum Nabel gewetzt. Schimpfend und mit den Füßen stampfend öffnete meine Kusine den Knoten, schüttelte ihr Hemd aus, hob es hoch, schlug mit der Hand auf ihren nackten Bauch und brachte die Freche zu Fall, die rollte zu Boden und wurde auf der Stelle von einem wutzuckenden Zeh zertreten. Meine Kusine zog ihren Fuß zurück, steckte die Enden ihres Hemdes in die sich bauschenden Shorts und bedachte den Leichnam des Viehs, bevor sie ihn mit der Zehenspitze auf den Rasen schnippte, mit einem Rächerlächeln. Da ließ sich ein Grummeln hinter ihr vernehmen. Die ältere meiner Kusinen stand nach beendeter Siesta in der Küchentür, die Stirne runzelnd angesichts der bräunlichen Spur, die von der zerquetschten und in ihr angestammtes Revier zurückkartätschten Ameise übriggeblieben war. *Ich habe von Großmutter geträumt,* sprach meine Kusine, die Augen noch immer auf den Fleck fixiert, als wäre die Seele der verblichenen Lady in den zerfetzten Flügeln der fetten Ameise konserviert. Sie fühlte sich bemüßigt, uns ihren Traum zu erzählen. *Großmutter lag in einer Lade im Leichenschauhaus und hat die Stirn gerunzelt.* Die Falten hatten sich von ihrem Platz zwischen den Brauenbögen der Toten gelöst, um sich über der Nase meiner Kusine einzunisten. Meine Kusine hatte sich von Großmutters Gespenst den Kopf anfressen lassen, und die hatte die günstige Gelegenheit beim Schopf gepackt und ihre überhebliche, verkniffene Miene dem hautlosen Gesicht eingepflanzt. So kehrte die Lady in unsere Mitte zurück, mit ihrem strengen Knoten, ihren schmalen Lippen und den

Perlen in ihren Ohren, den kostbaren Perlen, die sie dem kräftigsten Sproß ihrer Brut hinterließ. Aufgeschreckt aus ihrer Siesta, hatte meine Kusine sich von der englischen Couch erhoben, um stracks in ihr Zimmer zu gehen und aus ihrer Schmuckschatulle die Perlen des Schakals zu wühlen, die sie sich an die Ohrläppchen steckte. Da sah sie Großmutter im kleinen Spiegel der Schmuckschatulle, mit ihren hängenden, nackten Ohrläppchen und diesen Augen, die einen buchstäblich spalteten, wenn sie einen von oben bis unten maßen. Großmutter runzelte die Stirn. Sie konnte sich an das eine Mal erinnern, da sie die Perlen in den Ohren meiner Kusine gesehen hatte: an dem Abend, wo sie *krepiert* war. Sie lag auf ihrem Bett, nicht gewaschen oder umgezogen, in ihrem alten Nachthemd, das seit Tagen nach Leichentuch stank; hinter der Türe hörte sie Flüstern. Die junge Brut von Lady Raffke hielt im Wohnzimmer Ratschlag. Eine Hand drückte die Klinke herunter und ließ sie sofort wieder los. Niemand kam. Sie wartete. Ihr Mund verzog sich wie ein Krake, der seine Beute fahren lassen mußte. Die Lider lasteten auf ihren scharfen Augen, die fürderhin dazu verdammt sein würden, in der Scheide zu verrosten. Der alte Kondor rief mit atemloser Stimme nach seiner Brut, er schrie sich die Despotenseele aus dem Leib, doch er bekam keine Antwort. Die Küken tuschelten im Vorraum, sie sagten sich Dinge ins Ohr, sie stießen einander an, welche es wohl wagen würde, als letzte einzutreten. Doch niemand kam. Getrappel war zu hören, ein nervöser Hustenanfall, ein Drehen am Türgriff, dann wurde es totenstill. Der Kondor schrie noch lauter. Doch das Getrappel ging weiter, als hätten sie nichts gehört. Auf einmal sagte eine der kleinen Verderbten *Sie ist krepiert!* Die anderen beiden kicherten lauthals. Salven irren Gelächters erschollen, nicht enden wollende Garben platzender Funken zur Feier des Todes von Lady Greif. Die kleinen Verderbten hechelten im Chor *Sie ist krepiert! Endlich!* Der Satz drang durch die Tür, kam pfeifend angeflogen, um sich ins Herz der kreischenden Lady zu bohren, und verschlug ihr die Sprache. Sie war so gut wie tot, geschlagen von einem unbekannten Feind, das Despotenmaul gestopft. *Krepiert!* Die junge Brut hinter der Tür ritt auf dem magischen Wort herum und schnalzte dabei mit der Zunge. *Krepiert.* Nie war derart Abscheuliches in Großmutters Ohr gedrungen, sie hatte die kleinen Verderbten stets dazu angehalten, anständig zu sprechen, ob auf französisch oder in der Muttersprache. *Krepiert.* Eine kalte Träne quoll unter den leblosen Lidern hervor. Der gekränkte Kadaver brauchte keinen mehr an seinem Lager. Da kamen die kleinen Teufel, sacht die Tür aufstoßend, im Gänsemarsch herein. Sie blieben am Fuß des Bettes stehen, mit verschränkten Armen, den Nacken gebeugt, die Lippen zusammengekniffen: Die Liegende hörte ganz deutlich das Wort, das ihnen im Kopf herumging *Krepiert! Krepiert!* Starr standen sie da, die Augen niedergeschlagen, um nicht wie irrsinnig kichern zu müssen. Dann machten sie auf dem Absatz kehrt und verließen mit gesenktem Kopf im Gänsemarsch langsam den Raum. Großmutter war wieder allein und wartete aufs Erkalten. Im Wohnzimmer stiegen neue Lachsalven auf, die bald wie durchnäßte Federbüsche in sich zusammenfielen. Die abrupt verstummte Brut entfernte sich auf Zehenspitzen. Mit einem gedämpften Laut fiel die Tür zu der verlassenen Wohnung ins Schloß. Und die

Treppe hinuntergestürzt. Schnell, schnell, hinaus! Ins Freie! *Sie ist krepiert!* Und gelaufen, um den letzten Bus zu kriegen. Und im Wahnsinnstempo durch die Stadt gesaust. Egal wohin. Nachts. In der Kälte. Mit offenem Mantel. Kein Schal. Die Haare zerzaust. Und beidfüßig in Pfützen gehüpft, um die Schuhe zu ruinieren, sich einen Schnupfen zu holen und prustend zu niesen wie alte Jungfern. Und in eine überheizte, überfüllte Kneipe eingefallen, wo Löffel und Baguettes schon auf den Tischen standen in zweifelhaften Behältern. Und süßsaure Suppe für drei bestellt, die in einer dampfenden Schüssel auf den fettigen Tisch kam. Und gierig die Suppe verschlungen mit Fisch und Tamarinde, das Leibgericht von Großmama, die nun allein in ihrem Bett lag, wo die eisigen Zungen achtsam an ihren Zehen leckten. Es war heiß in der Kneipe, die Hitze von Gerüchen schwer. Die kleinen Verderbten hatten ihre Mäntel einfach auf den Boden fallen lassen. Sie fischten das Gemüse aus der Schüssel, zerpflückten den Fisch und begossen ihre Schale Reis mit großen Löffeln Suppe. Die Jüngste, die schon die Längste war auf ihren schönen Stelzchen, legte sich eine Paprikascheibe auf die Zungenspitze und biß mit verzogenem Gesicht hinein. Und die zwei andern am Kichern. Auch die Pullover hatten sie ausgezogen und die Blusenärmel hochgekrempelt, um sich noch ungenierter mit den Ellenbogen auf den fettigen Tisch zu lümmeln. Das kreischte und gluckste aus vollem Mund, mit roten Wangen und glänzenden Augen. Die Große benahm sich ein bißchen besser als die zwei andern. Ständig mußte sie an ihren Ohrläppchen spielen. Sie waren noch da, die Perlen, auch die Augen des Kondors schwebten noch über der Suppenschüssel, die in Rekordzeit geleert und durch gedämpfte Kokosbällchen ersetzt war, das Lieblingsdessert der Großmama, die nun allein in ihrem Bett lag, wo die eisigen Zungen in einem Schweigen wie Packeis ihr die Schenkel wuschen. Die Küken pickten Tee trinkend an den Kokosbällchen, und das Gezwitscher ging von vorne los. Quatsch mit Sauce, von heißen Lippen triefend. Sie plapperten wild durcheinander, und die Speicheltröpfchen flogen fröhlich hin und her. Die Spitzen der eisigen Zungen hatten den Bauch der Toten erreicht, die allein in ihrem Bett lag und das Geschnatter ihrer Brut belauschte. Von Großmama sprachen die kleinen Verderbten nicht mehr. Es wurde französisch geplaudert, sie hatten sie völlig vergessen, die starr vor Wut in ihrem Bett lag, eisige Schröpfköpfe angesetzt, die ihr das Blut aussaugten. Drei kleine Verderbte, nur das Gewissen der Großen war ein klein wenig zerknautscht. Sie tastete nervös nach ihren Ohren – das Auge des Kondors war immer noch da, hing unverwandt über dem Tisch. Und während die anderen weiter französisch tschilpten, entfleuchte ihr von Zeit zu Zeit ein Triller in ihrem Geburtssingsang, wie ein Tribut an die gebieterische Lady. Das schaukelte auf den Stühlen mit geblähten Lippen und gefülltem Bauch, die Arme bis zu den Haaren voller Kokosraspel. Die Wildlinge hatten's nicht eilig, nach Haus zu kommen. Vor ihnen lag noch die ganze Nacht, um zwitschernd und mit den Armen schlagend wie im Käfig aufgewachsene Vögel und vom Äther ein wenig betäubt durch die Stadt zu flattern. Und über die Straßen zu hüpfen und den Schnabel zu heben und ihn an die erleuchteten Schaufenster zu kleben. Und die ersten Zigaretten zu erstehen, die sie hustend und laut lachend rauchten. Und schließlich zum Bahnhof zu gehen, die letzten Züge fahren zu sehen und mit erregter leiser Stimme die Namen der fernen Städte zu krähen, die auf der Anzeigetafel stehen. Und zitternd in den Wartesaal zu fliehen und dort ganz steif zu sitzen, eng aneinandergeschmiegt, dem bärtigen Alten gegenüber, der auf einer Bank lag, den Rumpf mit Zeitungen umwickelt, und laut von Hartwurst träumte. Als ihnen die Augen zuzufallen drohten, sind alle drei mit einem Satz gleichzeitig aufgesprungen. Und kauften am Automaten in der Schalterhalle von ihren letzten Groschen eine Dose Bier. Mit schiefem Maul hat jede einen Schluck getrunken. Dann stellten sie die halbleere Dose am Ausgang des Bahnhofs geräuschlos neben einen Körper unter einem Haufen Fetzen ab. Allmählich begann Müdigkeit die kleinen Teufelinnen zu quälen. Sie gingen hintereinander, langsam, mit gesenktem Kopf. Sie klapperten mit den Zähnen, verschränkten die Arme, um den Mantel zu schließen. Und dann zum Fluß geschlurft, um die Farbe des Wassers bei Dunkelheit zu erkunden, weit vorgeneigt, und vom äußersten Rand der Kaimauer mit den Schuhspitzen ins Leere zu kicken. Und den Kai entlang im Gänsemarsch, die Arme ausgebreitet, die Beine wie Seiltänzer setzend, stets in Gefahr, vom Leeren angehaucht zu werden und vom Fluß verschlungen. Und die Treppe am Ende des Kais, die glitschigen Stufen bis zu den letzten, moosbedeckten, hinunter und da stehengeblieben, die Füße im eiskalten Wasser. Und zur Krönung des Ganzen reichten die drei Irrwische einander die Hände, bereit, wie ein gottloses Rosenkränzchen hinunterzurollen, und sicher, erst herausgefischt zu werden, wenn die eisigen Zungen Großmama ganz aufgegessen hatten bis zu den

Wurzeln ihrer Haare und die Erkaltete aus ihrem Bett gehoben und in der Erde versenkt war. Dann fischte man sie heraus alle drei, stäche sie ins Herz, und sie erbrächen das ganze schwarze Wasser, kratzten sich die grünvioletten Flecken von den Wangen, sprängen mit einem Satz auf und kehrten zurück in das Zimmer, wo Großmama nicht mehr wäre unter dem Kruzifix, wo sie Gebete murmelte von früh bis spät und ihre Wut hinausschrie gegen die Kommunisten, die ihr alles genommen hatten, ihre Häuser im alten Stil mit dem perfekten Dienstpersonal, ihre Villa mit Schwimmbad und Moi-Gärtner, ihren großen Wagen mit dem pockennarbigen, treuen Chauffeur, ganz zu schweigen von ihren Totengräbern, ihren Dutzenden von Leichenwagen und Tausenden von Kränzen, ihren Zeremonienmeistern, Bankettausrichtern, grandiosen Blaskapellen, ihren Priestern auf Stundenlohnbasis, den allzeit bereiten Mönchen und ihrer superschicken Sargträgertruppe in weißer Uniform mit goldenen Knöpfen, Tressenmütze und passenden Handschuhen. Hatte sie erst mit ihrer schneidend scharfen Zunge das Kommunistenheer enthauptet, nahm Großmutter außer Atem, zerzaust, doch immer noch bebend vor Zorn, sich ihr anderes Haßobjekt vor und durchbohrte König Lear mit einem Hieb ihrer Klauen, den Spinner in dem kleinen blauen Haus, der seine beiden Töchter für zwei kostbare Statuetten verkaufte. Auf dieser Geschichte ritt Großmutter immer herum. Wo doch der Gekreuzigte, der über dem Bett hing, selbst Zeuge dieses Frevels war. Während sie nämlich dort weilte, um die zwei Waisen in ihrem Riesenschlitten, der vor dem kleinen blauen Haus stand, zu entführen und Saigon so schnell wie möglich zu verlassen, hatte Lear einen

Moment der Zerstreutheit genutzt, ihre Krokoledertasche durchwühlt und unter den Augen des Gekreuzigten, der in derselben Tasche reiste, um der Erhabenen als Talisman gegen die drohende Lynchjustiz der wachsenden tobenden Horden kommunistischer Lumpen beizustehen, die zwei kostbaren Statuetten gemopst. Großmutter drehte und wendete ihr Bild König Lears auf dem Grill ihres Wahns, doch der durchbohrte Filou entglitt ihren Fingern und grinste ihr ins Gesicht. Das hinderte Großmutter nicht daran, dem Saigoner Schurken, dem es gelungen war, ihr die zwei Waisen aufzuhalsen, um in seinem kleinen blauen Haus verschanzt das Leben zu genießen, in ihrem Exilantenlager den Prozeß zu machen. In des Gekreuzigten Heiligenschein saß sie auf ihrem Bett und betete die lange Litanei ihrer Klagen mit dem Rosenkranz herunter. Schallende Salven von Flüchen, in schrillem Vietnamesisch gegen König Lear geschleudert, zerrissen an ganz unerwarteten Stellen ihren in schleppendem Französisch geleierten Ave-Singsang. Dann holte Lady Schakal tief Luft und bekreuzigte sich, mit dem Munde mahlend wie ein Krake, der seine ganze Tinte gespuckt hat, wobei sie sich im stillen eingestehen mußte, daß der Diebstahl der steinernen Statuetten ihre Bekehrung durchaus gefördert hatte. Denn auf der Flucht aus Saigon hatte Großmutter die zwei Steine, die Jade-Figur und den zum Buddha geschnittenen Smaragd, neben dem Kreuz in ihre Krokotasche gesteckt. Zwei Beschützer waren besser als einer, wenn die Erde unter den Füßen der Reichen bebte. Der Buddha mit dem fröhlichen Mondgesicht und dem prachtvollen Bauch ließ sie im Stich, schon lange bevor sie fliehen mußte aus Saigon. Während die andere Wache mit dem ernsten, dornengekrönten Antlitz und dem langen, mageren Leib, die bis zum Ende in der Krokotasche reiste, nicht nur Leib und Seele der Lady Schakal, sondern auch die Brillanten in ihrem Mund, das Gold in den Absätzen ihrer Schuhe und den Gürtel mit Devisen schützte, der unterm Hemd kratzte auf der nackten Haut. Großmutter zog die Lehren aus dem Abenteuer und diente in ihrem Exil hinfort nur noch einem einzigen Meister, der als Schutzpatron des Königreichs über dem Bett hing, gekreuzigt und zum Versteck umgemodelt, von der Hehlerin mit funkelndem Kies gespickt und mit Goldschotter vollgestopft bis in den hintersten Winkel seiner Leibeshöhle. Nachts sperrte sie ihr Zimmer von innen ab. Nach dem Erwachen inspizierte Lady Schakal alle dreizehn Verstecke, von der falschen Naphthalinkugel mit ihrem schönsten Geschmeide bis zu der alten Schachtel, die lauter klebrige Bonbons enthielt, nur an dem harten, gelben in der Mitte, dem von rosa Papier umhüllten, das aussah wie ein Siegelring, konnte man sich die Zähne ausbeißen. Morgens beforschte die Lady jeden Hort ihres im Zimmer verborgenen Schatzes. Erst dann ging sie ins Bad, sich frisch zu machen, wenn sie die Tür zu ihrer Räuberhöhle hinter sich verriegelt hatte. Den kleinen Verderbten war es nicht gestattet, das Zimmer zu betreten, außer um unter dem wachsamen Blick des Schakals, der in einer Ecke saß und sie nicht aus den Augen ließ, das Bett zu machen, Staub zu saugen, die Möbel und das Kruzifix abzustauben.

Als der Kondor seine Flügel bleiern werden fühlte, warf er die Brillanten einen nach dem andern ab, dem schlauen

Fuchs in den Rachen, der eines Tages vor der Tür zur großen düstern Wohnung stand, um der Verbannten, Erniedrigten, Beraubten die Mitgliedschaft in der Liga für ein neues Vietnam zu verkaufen, deren Präsident und einziges aktives Mitglied er selbst war, der schlaue Fuchs, der in der Uniform der Offiziere der alten antikommunistischen Armee (das Herz klopfend vor Heimweh unter der Kette seiner Orden und verblichenen Rosetten) bei den Verbannten, Erniedrigten, Beraubten (die er in einer elektronischen Datei erfaßte) vorsprach und aufrecht für die Auslöschung der Lumpen eintrat, die die Macht an sich gerissen und die Armee geschlagen hatten, deren Uniform er trug. Der schlaue Fuchs erschien unter zahllosen Dienern und Komplimenten zum Diner, an dem er mit einem Seufzer hungrigen Stolzes teilzunehmen bereit war (Verbeugung), wenn auch ausschließlich zu dem Zweck, die kleinen Verderbten (anklagend erhobener Zeigefinger) ein wenig politische Mores zu lehren (großkotziges Französisch), wo sie der kommunistischen Hydra (Zähneknirschen) doch nur dank der wohltätigen, heldenhaften, unvergleichlichen (kriecherische Geste) Lady entkommen seien (Verbeugung), fortgetragen in deren Klauen, die der Schmeichler mit dem Balsam des Pfennigfuchsers in ewiger Ergebenheit (öliges Lächeln) so lange salbte, bis sie Gold und Brillanten fahren ließen. Gold und Brillanten, Banknotenbündel und Devisen fielen dem schlauen Fuchs in die Pfoten, der (das Herz vor Heimweh unter der Kette seiner Orden und verblichenen Rosetten klopfend) bald rundum saniert von dannen schlich, um die Vorzüge seiner Liga anderswo zu loben, und ganz vergaß, mit seinen Dienern und Komplimenten der Lady, die nur zwei Perlen für sich behalten hatte, seine Aufwartung zu machen, als sie im Sterben lag und von dem Denkmal träumte, das ein erneuertes Vietnam zu Ehren seiner Retterin errichten würde, und die Stirne runzeln mußte bei dem Gedanken, daß niemand mehr die kleinen Verderbten an ihre Kindespflichten (vor Autorität bebender Zeigefinger) der unvergleichlichen Lady gegenüber erinnern würde, deren wohltätiger Schatten, wie sie sich schwor, die kleinen Verderbten verfolgen würde. Brrr! Die ältere meiner Kusinen fröstelte, eine Hand auf dem Bauch, mit der andern rieb sie sich den Arm – Großmamas Heimsuchung hatte ihr das Blut gefrieren lassen. Ich hatte das Buch wieder aufgeschlagen, während meine jüngere Kusine, die es am Ausguß liegengelassen hatte, die Reste der toten Ameise mit einem feuchten Tuch entfernte, ein lustiges Liedchen auf den Lippen. Die hinter den Ohren hochgesteckten Haare entblößten ihr plötzlich wieder fröhliches Gesicht mit dem zum Pfeifen keck gespitzten Mund, sie wiegte ihren Körper und zeichnete mit dem feuchten Tuch unter der Spitze ihres nackten Fußes Linien und Kreise auf die Kacheln. Das Wischtuch tanzte Twist hinter dem Stuhl, auf dem die ältere meiner Kusinen in der Spätnachmittagssonne saß. Eine Hand auf dem Bauch, streichelte sie mit dem Finger der andern die Ohrläppchen mit den Perlen, der kostbaren Gabe der sterbenden Lady. Dafür hatte meine Kusine gelobt, Rechenschaft zu fordern von dem Strolch, sobald sich die Gelegenheit bot. Sie würde sich also zu König Lear, wäre er erst hier und läge im künftigen Kinderzimmer, ans Sofa setzen und den Greis zum Geständnis seines Verbrechens zwingen. Die Statuetten konnten sich schließlich nicht in

Luft aufgelöst haben, hatte die Sterbende immer wieder gesagt und den Gekreuzigten dafür zum Zeugen angerufen. Und da der pockennarbige Chauffeur nach gründlicher Grübelei befreit war von jeglichem Verdacht, kam nur noch König Lear in Frage, der nach der Lady tiefster Überzeugung mit ruchloser Hand die Statuetten geraubt und seine Brut mit einer Kopfnuß beurlaubt hatte, damit sie herausfinde, ob es anderswo weniger nach Gaunereien roch. Und jetzt plante die Brut, dem alten König Lear eine kleine Tour durchs blitzblanke Paradies in diesem glänzenden Anderswo zu spendieren. Anschließend würde der Besucher postwendend in sein blaues Haus zurückgeschickt, in dem Blumenduft den Geruch des Elends überdeckte. Vor seiner Heimkehr würde der alte Gauner allerdings am Halfter unters kaudinische Joch geführt, das Großmama errichtet hatte. Der Schurke würde dran glauben müssen. Darüber wachte die wohltätige Lady, die dem Verhör beizuwohnen gedachte. Die Schlinge war gelegt. Er stürzte nicht gesenkten Haupts hinein, aber er würde kommen, von der Witterung des Wiedersehens angelockt und geblendet vom Blitzen des funkelnagelneuen Hauses, das sich unversehens in eine Folterkammer verwandeln würde. Meine Kusinen würden ihn an den Füßen kitzeln, bis er gestünde, der Lump, der sich den bauchigen Buddha unter den Nagel gerissen hatte. Tag und Nacht würden sie ihn überwachen, den alten Betrüger, der den Verlassenen spielte, wo er doch seine Brut dem Schakal in den Rachen geworfen hatte, kaum daß er dazu aufgefordert worden war. Meine Kusine massierte sich den Nacken. Dort hatte der Schakal, bevor er losließ, seinen Abdruck hinterlassen. Von Zeit zu Zeit wurde sie wieder gepackt und in das Zimmer geschleppt, wo Großmutter König Lear erst mit dem Kruzifix erschlug, bevor sie Haschee aus ihm machte. Es kam meist abends und jaulte, das Gespenst des Schakals. Am Bett, in dem meine Kusine sich unter der Last ihres Gewichts um und um drehte wie eine verirrte Montgolfiere in dem vergeblichen Bemühen, den sicheren Boden des Schlafs zu erreichen, auf dem der Schraubennagelhakenfabrikant längst weich gelandet war, wenn man dem regelmäßigen Pfeifen jenseits des breiten Rückens vertraute, der kerngesund und felsenfest gebaut war aus alemannischem Hausverstand, schön glatt verputzt mit tibetanischem Lack. Nachts, wenn das Geheul des Schakals ihr fast das Trommelfell zerriß, krümmte sich meine Kusine unterm Federbett zusammen. Sie legte den Kopf an die feste, glatte Wand und lauschte im Dunkeln mit aufgerissenen Augen dem friedlichen Pfeifen des Schläfers. Von Zeit zu Zeit brach das Pfeifen ab, und der Träumer fuhr entsetzt, daß er den Besuch des großen Lama vergessen hatte oder den Weg ins Gebetszentrum nicht mehr finden konnte, aus dem Schlaf. Doch er verschanzte sich gleich wieder hinter dieser Wand, die einem befestigten Bollwerk glich, ohne die kleinste Schramme von derlei Gewissensqualen, und das Gepfeife ging von vorne los. Den Kopf an die Wand gelehnt und von dem ruhigen Zischeln eingewiegt, das den Schakal, der kläffend nach seinem Schatz verlangte, zum Schweigen zwang, fand meine Kusine am Ende manchmal eine Handvoll Schlaf; meistens aber lag sie mit aufgerissenen Augen im Dunkeln und fragte sich, was sie je an diesem Zischeln hatte finden können und wie viele hundert Nächte sie es noch hören würde hinter der festgefügten Wand – auf die man sich verlassen konnte, dagegen war auch gar nichts einzuwenden, aber heiratet man eine Wand, auch wenn sie festgefügt war aus gesundem alemannischen Hausverstand? Und im Bett verhieß das keinen Schauder und keinen Genuß, auch wenn sie gelackt war mit tibetanischer Weisheit, aus einem Guß, viereckig und sauber, das roch nicht nach Laster, nach geilem Bock, nach Speichelfluß und Eiern mit Schwanz, das duftete nach Pflanzenseife und Lavendelsäckchen in der Wäsche, das legte sich auf dich drauf, ohne zu kitzeln, das rieb sich an dir, bis die Hüftknochen schmerzten, das zuckte ein wenig, und dann war's vorbei. Man konnte höchstens sein Mütchen dran kühlen, das Herz und den Rest. Ansonsten war das so fest gebaut, so undurchlässig, daß du dahinter Zuflucht suchen, dir den Kopf dran blutig stoßen und laut schluchzen konntest, ohne daß es sich rührte noch wankte. Als ob es dich nicht seufzen hörte und dich wälzen, dich unter dem Federbett verkriechen vor dem Gespenst, das am Fußende heulte. Als ob das bescheuert wäre, festgefügt, wie es war. Als ob du unbemerkt vor Angst dahinter krepieren könntest. Als ob die Gespenster der Vergangenheit dich an die Wand stellen könnten und das Gewehr anlegen, und das Bollwerk spürte gar nicht, wie die Geisterkugeln deine Haut durchsiebten. Als ob das wirklich nichts andres wäre als eine Wand, die nachts zischelt, um dich in Sicherheit zu wiegen, und das war's. Preß nur dein Ohr daran, um etwas Neues zu erfahren, du wirst schon sehen! Fingere nur herum, das wird sich nicht rühren. Kratz nur daran, wie eine lebendig Begrabene an ihrem Sargdeckel kratzt, das gibt keinen Fingerbreit nach. Schlag nur mit Fäusten drein, das wird sich nicht öffnen. Und war doch aus gutem Stoff, wie man ihn gern zu Hause hatte, schwer und grob und ordentlich vernagelt, wie geschaffen dazu, Grillen und Gespenster abzuwehren. Ein Bollwerk, das in die Zukunft, ins Licht, in die Sonne ragte, aber auf der andern Seite, wenn man nachts den Kopf dran lehnte, war es kalt. Tödlich kalt. So kalt wie das Grab, das man teilt, wenn einer schläft und der andre nicht, wenn einer pfeift wie ein voller Wasserkessel und dem andern die aufgerissenen Augen im Dunkel verbrennen, wenn einer sich auf seinem Stück Land entfaltet und der andere ruhelos rackert auf seiner Pacht. Vergeblich versuchte meine Kusine, Feuer zu legen an der Wand, die das nagelneue Haus zusammenhielt samt seiner blitzblanken Küche und dem mit rosa Elefanten tapezierten künftigen Kinderzimmer – das ganze Arsenal des Glücks, das meine Kusine im Sturm zu nehmen angetreten war als braver kleiner Soldat, der gern im Gleichschritt marschierte, nie eine Abkürzung nahm und allerhöchstens in den langen, auf der Pacht durchwachten Nächten manchmal ein wenig von den Abenteuern träumte, die vor dem Mauerbau passierten, bevor der kerngesunde Rücken ihr das Licht der Sonne nahm. Denn als sie sich noch nach dem Stecher sehnte, dem Halbgott, der sie mit seinem Stachel verwöhnte, sprang die Kapriziöse wie ein Teufel im Karree, zähmte ein Steckenpferd nach dem andern, verschoß alle Pfeile aus ihrem Köcher, lernte Gitarre in zehn Lektionen, tanzte Tango und erwarb eine Pauke, die bummtschack machte, orderte Farbe, stellte eine Staffelei auf und erstand einen Kasten, der klickklack machte, entwarf Kleider und nähte sie auf einer Maschine, die zickzack machte, stutzte Bonsais, kaufte einen Zimmerspringbrunnen, der flickflack machte, büffelte Küchenchinesisch und zelebrierte die Teezeremonie mit einem zarten Service, das sie ratzfatz bezahlte, aber sie konnte klickklacktschackbummzickzack machen, wie sie wollte, die Tage folgten einander je länger je lieber, in dem Drunter-und-Drüber aus den Überresten ihrer verfehlten Berufungen herrschte tagein tagaus derselbe Überdruß, ohne daß die Vorsehung ein Einsehen hatte und der erwartete Retter holterdipolter vom Himmel fiel, um sie mir nichts dir nichts von ihren Schrullen zu kurieren und das ewige Heckmeck ihrer Pläsierchen zu entwirren. Ihr Kopf war völlig verdreht und ihre Börse leer von diesem ewigen Hin-und-Her, so sehr war sie mit bebendem Herzen stets einem Stückchen Seelenersatz hinterher, mit dem sie ihre Bude ausstaffieren konnte. Unter den Überresten ihrer verfehlten Berufungen hatte der Retter, der vom Himmel fiel, eine Verwirrte aufgespürt, die nach Penetrierung gierte und nichts mehr begehrte, als ihre Grillen zu verlieren und statt dem ganzen Klickklacktschackbumm ihre blitzblanke Küche zu polieren, den Seelenersatz zu stornieren und dafür ein plärrendes Gallertpäckchen zu generieren, das zu jeder Tages- und Nachtzeit quiekquakte. Denn vor lauter Zickzack hatte die Verwirrte nicht mehr an das Ticktack des Alters gedacht. Während sie im Quadrat sprang, spielte die Zeit gegen sie Tricktrack. Und kaum war es aus mit dem ganzen Klickklackbummtschack, verfiel die Standuhr auf dem Friedhof der Steckenpferde in ein wildes Ticktack. Der Retter kam gerade recht, die reife Frucht zu pflücken. Grün wurde Violett. Die Rose war fast verblüht. Die Zeit der Jugend, die gnädig den leeren Köcher bedeckte, verweht. Nachdem sie ihre Marotten zum alten Eisen geworfen hatte, weihte die Verwirrte ihr Leben dem in ihr Bett geworfenen Retter, dem stillen Block, dem aus dem Himmel herausgebrochnen Stückchen Glück. Ein glatter, makelloser Ziegel, rechteckig, trocken, mit geraden Kanten, das Herz der Mauer, die aus ihm emporgewachsen war und ihr ohne Ankündigung die Sonne nahm. Doch baute die Verwirrte sich an dieser Wand einen richtigen Unterstand aus Ziegeln von gesundem Hausverstand, in dem sie ihren Kopf bergen konnte und bald auch ihren neuen Halbgott, der erst quiekquak, dann klickklacktschackbummkrickkrack machen würde, um sich ein Scheibchen Seele abzuschneiden, bevor er sich selbst einen Unterstand schüfe mit einem plärrenden Halbgott drin, der quiekquak machte, bevor er die Schellen zum Klappern und die Steine ins Rollen brachte. Mit großem Tamtam und ohne einen Gicks. Bis der Halbgott am Ende den Kopf zwischen die Paukenbecken quetschte. Zoing! Dann war Schluß mit lustig. Und der Halbgott würde unter seiner Humusdecke stumm dem Ticktack der Ewigkeit lauschen. Humus, das war es, was dem nagelneuen Haushalt fehlte. Ein Haufen nahrhafter Dreck für die kleine Blume der Sinne, die schon müde wurde und das Köpfchen hängen ließ. Im ausgedörrten Bett der Phantasie kümmerte sie dahin. Und der Garten ihrer Zärtlichkeiten war ein ordentliches Gemüsebeet, wo nur das Notwendigste steht in Reih und Glied. Mochte meine Kusine in ihrem nagelneuen Unterstand auch so tun, als wär' sie taub, es kroch doch jeden Morgen das Klackklack der Zellenschlösser in ihren Gehörgang und danach das leise Tacktack der tropfenweise destillierten Langeweile. In dieser gähnenden Leere wartete meine Kusine auf den erlösenden Schrei ihres Retters, des Engelchens, das endlich ja sagte, ja, aber zur Zeit noch stumm die Trommel rührte, indem es mit den Füßchen die Wand seiner Höhle traktierte, ging auf und ab und konnte doch den Tropfen nicht entgehen, die von der Decke fielen, wo ihre ständigen Seufzer allmählich einen Beschlag aus Langeweile hatten entstehen lassen. Um die Dunstglocke zu vertreiben, aß die Gefangene ständig, sie kochte und kaute, kaute und kochte in trauter Zweisamkeit mit ihrem kleinen Kästchen, das quakte und quakte, wenn es nicht Tschackbumms hinspuckte neben die superstarke Dunstabzugshaube, die alle Bratengerüche schluckte, nur nicht die Ausdünstungen ihres Spleens. Es gab nichts zu tun, und meine Kusine dachte nur an das eine: essen und kochen, kochen, kauen und verdauen. Speisen, für die sich die Mühe lohnte. Schwere, fette, stark gewürzte Speisen, die Dampfwölkchen aufsteigen ließen, die einem auf der Zunge und im Magen lagen, die den Bauch erhitzten und schwer aufstießen die ganze Speiseröhre hoch und einen in den Grundfesten erbeben ließen. Meine Kusine kaute langsam und machte es sich bequem, sie war der Kapitän und ganz allein an Bord, nur das Radio quakte, kam aber gegen den Weltschmerz in ihrem Herzen nicht an. Dann drehte sie der quäkenden Stimme, die die Toten vom andern Ende der Welt und die Leichen der Chancenlosen zählte, die Luft ab, weil auch das die Leere ihrer Seele nicht erfüllte. Und in der Stille ihres nagelneuen Hauses roch sie den Duft des golden gerösteten Rösti und hörte sich das Fleisch zerbeißen, das in einer dicken braunen Sauce lag. Kochbücher stapelten sich im Schrank. Wenn meine Kusine mit dem Kochen und dem Essen fertig war, schnappte sie eine von ihren Schwarten und legte sie vor sich hin auf den großen blanken Tisch. Mit gerunzelter Stirn, sich die Lippen leckend und die Geschmacksrezeptoren auf Habtacht, blätterte sie in den Seiten auf der Suche nach der Superspeise, einer Roßkur gegen den Überdruß, die sie sich selbst verschreiben und König Lear verordnen könnte, wenn er kommen würde, um die gähnende Leere ein wenig zu füllen. Sie wollte ein Wunderrezept finden, um die Papillen des Greises zu entzünden, der in seinem Mutwillen den Hinterhof des blauen Hauses in eine Küche verwandelt hatte, um dortselbst zu grillen.

Er kochte mit Kohle, nach Rezepten, die er selbst erdichtete, wie er seine Blumen züchtete, indem er die Ingredienzen seinem Gutdünken nach gewichtete. So verrichtete er tränenden Auges, die Nase im Rauch, vormittags seine Küchenpflichten im Hinterhof des blauen Hauses, er schürte die Glut, kürte die Gewürze, grillte Aale und dressierte Geflügel. Saigon sei gut versorgt, seit die Flugzeuge Moderpflanzen in die Stadt transportierten, schrieb König Lear in seinen Briefen. Er ging frühmorgens auf den Markt, wenn er nicht zu sehr an seinen eingerosteten Gelenken litt. Er ging mit kleinen Schritten, begleitet von seinem Freund, dem Priester mit der fadendünnen Stimme (die Worte kämpften, um aus seinem Mund zu kommen, sein knochiges Gesicht zog sich zusammen, vor Anstrengung schwollen die Adern in seinem faltigen grauen Hals, die Lippen formten die Worte, doch es klang heiser). Lear hielt den Kopf gesenkt und lieh sein Ohr der Stimme, die geschrien hatte, bis sie brach, in jenen Schreckensnächten in dem feuchten Loch, wo nur die Ratten auf der Lauer Antwort gaben, in einer dunklen Ecke kauernd, wo der Mond nicht hinschien. Die zwei Greise verbrachten viel Zeit auf dem Markt, ließen sich in der Menge treiben und schauten und kauften. Der Priester überragte die Masse mit seiner hohen Gestalt; doch manchmal gaben seine Beine nach, sie waren weich geworden in dem feuchten Loch. Dann brauchte er den Arm König Lears. Er klammerte sich an den Freund, und seine Augen blickten entsetzt um sich wie in den Vollmondnächten, als die Ratten zum Angriff übergingen. Einen Augenblick lang war er wie versteinert, dann richtete er sich auf, löste sich von Lear – und die Silhouette seines Schädels schwebte wieder über der Menge. Das sah von weitem aus wie ein auf eine Lanzenspitze aufgespießter Puppenkopf, ein komischer Totenschädel mit seinen weißen Haaren, seinem sanften Blick und diesem Trugbild einer Stimme, die sich im Tohuwabohu verlor. Nach ihrer Heimkehr machten die beiden Freunde eine Runde durch den Garten des blauen Hauses. Die Blumen drängten sich dort wie die Menschen auf dem Markt. Die Sonne stand hoch am Himmel, wenn sie den Hinterhof betraten. Lear machte sich am Feuer zu schaffen. Der Priester nahm in einer Ecke Platz. Sie sprachen wenig – über die Frische der auf dem Markt gekauften Waren oder die Samen und Zwiebeln in dem kleinen Päckchen, das gerade angekommen war, von der älteren Tochter an König Lear gesandt. Der träumte von einem kleinen Teich inmitten seiner Blumen. Einer Mückenpfütze. Einem Tümpel, wo er Aale züchten und Wasser zum Blumengießen holen könnte. Der Priester saß aufrecht auf seinem Stuhl, die Hände auf den Knien. Ein klarer Himmel, kaum angekratzt von einem Streifen Dunst. Ein reiner Himmel, der die verkrümmten Leiber in den feuchten Gräbern nicht gesehen hatte. Ein stiller Himmel, der nicht erzittert war, als aus dem Abgrund Schreckensschreie stiegen. Ein unerschütterlicher Himmel, der den aus den Tiefen dunkler Löcher zu ihm emporgereckten Händen keine Leitern zuwarf aus Mitleid. Der Priester schaute dem Dunststreifen zu, wie er zerfaserte und unter dem blauen Zeltdach allmählich verschwand. Wie meine Stimme, sagte der Priester zu König Lear. Wie meine erstickte Stimme. Wie diese wörterzerraspelnde Stimme, die nicht mehr heulen, nicht mehr flehen, nicht mehr singen, nicht mehr beten, nichts mehr erbitten mochte von dem Großschlachter da droben, der den Flehenden die Stimmbänder zerschnitt und den Unbeugsamen die Sehnen durchtrennte. Der Quieker, wie König Lear ihn in seinen Briefen nannte, der Quieker las nicht mehr die Messe, hatte aber in der Kirche seine Ecke. Einen kleinen dunklen Raum, mit geschenkten Möbeln eingerichtet. Ein Tisch, zwei Stühle, ein Sessel und ein Bett hinterm Wandschirm, Devotionalienkrempel an der Wand, darunter saß der Quieker den ganzen Tag in seinem Sessel und zog seine Märtyrernummer ab vor den Gläubigen, die kamen, um den Heiligen zu sehen, um den Heiligen zu berühren, um aus dem Mund des Heiligen einen krächzenden Ton zu empfangen. Eine richtige Jahrmarktsbude, habe der Quieker einmal gesagt. Mit mir als Hauptattraktion. Der da sitzt wie ein himmlischer Bettler, die Almosenschale auf dem Tisch, den Heiligenschein zurechtgerückt, Ergebung mimend vor den armen Gläubigen, die ganz eingeschüchtert die in ihrer Tasche zerknüllten Scheine kneten und sich kaum trauen, den Blick zu dem Märtyrer zu erheben. Sie bekreuzigen sich.

Sie würden mir gern die Hand küssen, vor mir auf die Knie fallen, mir die Füße waschen. Sie legen ihre zur Kugel gerollten Scheine in die Schale. Sie schämen sich, daß sie dem Heiligen nicht mehr geben können. Die Tränen treten ihnen in die Augen, wenn sie mich quieken hören. Ich mache Anstalten aufzustehen. Sie regen sich auf, protestieren, sie zwingen mich, mich wieder hinzusetzen. Sanft berühren sie des Heiligen Leib. Diesen Leib, den die Kommunisten nicht brechen konnten. Dies starke Gerippe, das mißhandelt wurde, in Ketten geschlagen und in ein feuchtes Grab geworfen. Und doch zurückgekehrt ist, nicht zerbrochen, aber schwer beschädigt kam es angekrochen, um sich da hinzusetzen unter dem Devotionalienkrempel. Sie glauben, ich hätte mit den Söhnen des Großschlachters rivalisiert. Sie glauben, ich hätte mich verstümmeln lassen aus Liebe zum Großen Entbeiner, der auf seinem Massengrab hockt und mit den Knochen Unschuldiger in seinen Zähnen stochert. Sie glauben, die Stimme wäre mir gebrochen, weil ich Ihn nicht leugnen wollte. Sie glauben, ich hätte gebetet in meinem feuchten Grab, und durch mein Gebet sei mein Blut getrocknet, mein Hunger gestillt und mein zerbrochenes Gerippe geheilt worden. Ich habe vor Entsetzen geschrien. Vom Grunde meines Lochs hab' ich den Großen Tauben angerufen. Daß Er mich rausholt. Daß Er mich dem ungläubigen Mob entreißt, den politischen Kommissaren und den johlenden Wärtern. Ich habe geschrien. Die johlenden Wärter haben mit Gewehrkolben auf mich eingeschlagen. Ich habe geschrien. Sie haben mir schmutziges Wasser ins Gesicht geschüttet. Ich habe geschrien. Sie haben meinen Kopf in ihre Kotfladen getaucht. Ich habe geschrien. Sie haben mir den

Rücken verbrüht. Ich habe geschrien. Sie sind mit der Gartenschere gekommen, um mir die Zunge abzuschneiden, aber sie haben sie mir gelassen. Sie hatten Angst vor dem Großen Tauben, daß er das Schnappen der Gartenschere hören könnte und sie dafür bestrafen. Sie haben sie mir gelassen. Und ich habe weiter geschrien. Der Große Taube hat sich nicht gerührt, hinter dem blauen Wandschirm verborgen, hat er dem Theater seiner Marionetten zugesehen, wie sie zappeln auf dem glitschigen Weg und in Hämoglobin planschen, unter einem Baldachin aus Glück, bis eine Hand sie am Genick packt und hinauswirft ins Dunkel. Der Quieker war nicht mehr ganz richtig im Kopf, seit ihn die Kommunisten in der Mangel hatten. *Seit seiner Umerziehung,* schrieb König Lear in seinen Briefen, um das Ohr des Zensors einzulullen, der beim ersten Piekser aufwachen und König Lear zum Dressieren schicken könnte. Der Quieker sagte stundenlang kein Wort. Dann auf einmal sprang seine krächzende Stimme an, und er war nicht mehr zu bremsen. Schoß seine vergifteten Pfeile zum blauen Zeltdach, und die Pfeile regneten auf ihn herab. Geiferte gegen den Wind, und der Wind warf ihm die Spucke ins Gesicht zurück. Ballte die Fäuste, und ein kleiner Vogel kackte ihm auf den Kopf. Rief den Großen Tauben an, doch nur König Lear lieh ihm sein müdes Ohr, während er die Aale grillte und sie auf den Tisch stellte in einem Teller zwischen zwei Flaschen Bier. Gegrillte Aale waren das einzige, womit sich der Quieker gewinnen ließ. Wenn er den Duft der golden gerösteten Haut roch, vergaß er darüber sein Wüten gegen den Schlachter dort oben. Er kaute langsam. Die Hälfte seiner Zähne hatte er den johlenden Wärtern vor die Füße gespuckt. Die scharfen Reißzähne, die ihm geblieben waren, sparte er sich für den Tag auf, an dem er den Großen Tauben in die fette Wade beißen würde. Die Aalscheiben schmolzen auf der Zunge. Bevor er nicht alle verschlungen hatte, sagte der Quieker kein Wort. Lear sah ihm zu, wie er den Teller leerte, und stibitzte sich ein Scheibchen von den Aalen, die extra für den Quieker zubereitet waren. In Scheiben geschnitten und im eigenen Saft gebraten oder mit Kräutern gefüllt, in Stücke zerteilt und gegrillt. Der Aal wurde variiert und rationiert. Nie gab's eine Scheibe zuviel. Just um den Appetit zu reizen und das Verlangen wachzuhalten tief im Schlund, damit der Quieker davon träumen konnte, wenn er in Erwartung seiner Schäfchen in seiner Jahrmarktsbude saß. Von Aalen zu träumen, vom Duft gegrillter Aale, versetzte ihn schon in Ekstase. Sonst brauchte er keine Glückseligkeit, andere Aufwallungen waren ihm zuwider. Die Witterung des Glaubens war ihm längst abhanden gekommen. Doch ihnen mußte er etwas geben für ihr Geld, den armen Herdentieren, die sich schoren und schröpften bis zum letzten Tropfen Blut, damit sie blöken kommen konnten zu ihm, der sich für sie geopfert hatte. Das Opfer bedachte sie mit frommen Blicken, sah aber zu seinem Entzücken die biegsamen schlanken Gestalten vor sich liegen, die König Lear für ihn fing, erschlug, in Stücke schnitt, auf die Spitze eines kleinen Spießchens steckte und über dem Feuer drehte. Die Augen des Quiekers glänzten im Dunkel seiner Bude. Er war sehr zufrieden mit seinem schönen Streich. Dem Drückeberger da droben hatte er's aber gegeben. Aus und vorbei. Die Luken waren dicht. Da konnte der Drückeberger tagtäglich seine Sirenen entsenden, damit sie ans Bullauge klopften, der Quieker hörte nur noch auf seinen Bauch. Er gab den Menschenfischer, aber nur, um ein Eckchen im Hause der Großen Tauben abzustauben, was der ihm ja wohl schuldig war. Sein Quieken stand bei den Gläubigen hoch im Kurs. Nach ein paar Monaten hatte er schon genug für die Fassadenrenovierung gesammelt. Auch innen mußte die Kirche aufgemöbelt werden. Die politischen Kommissare hatten die Märtyrer schließlich aus ihren stinkenden Löchern geholt und in die Kirchen zurückgeschickt, in ihre Orchestergräben, in Räume, die so leer waren, daß man Angst bekam, hier würden nur Gespenster ihre himmlischen Weisen zum besten geben. Der Altarschmuck geplündert. Die Falbeln der Priester davongeflogen. Die johlenden Wärter hatten alles mitgehen lassen. Bei der Polizei gab's Formulare, die man ausfüllen sollte, wenn man den Krempel zurückhaben wollte. Da konnte man auch in einen leeren Brunnen spucken. Doch seit Flugzeuge aus aller Welt Moderpflanzen kackten in die Stadt, gab es in Saigon schimmernde Weihrauchfässer, Ziborien, deren Silber nicht abging, zollfreie Kerzen und frisch kopierte Altaraufsätze. Der Quieker hatte die Vision, Ihm zum Hohn eine lange Nase zu drehen und Böses mit Gutem zu vergelten, spirituelle Erpressung zu begehen für einen hochglanzpolierten Thron nach seiner Intention, den er Ihm schenken wollte, einen todschicken Kokon mit der allerneuesten Dekoration. Und mittendrin die ganze Herde kahlgeschorener Schafe. Angeführt von einem Stentor in frömmlerischen Falbeln, blökte alles im Chor in dem frisch renovierten Haus, das nur auf seinen Besitzer wartete, doch der Große Taube war ausgegangen, um sich auf ein Massengrab zu setzen, das noch dampfte von Blut. Das brünstige Gebrüll der Geschorenen kitzelte kaum die Haare in seinen Ohren. Obwohl der Quieker nicht geknausert hatte bei der Technik. Das Mikro war vorzüglich. Die Lautsprecher unbenutzt. Der Stentor schrie sich die Seele aus dem Leib. In allen Winkeln der Kirche baten Megaphone misere mei deus, und der Chor der Geschorenen antwortete miserere; doch der Große Taube mochte sich die Nase zuhalten, den Kopf erst zu der einen, dann zur anderen Seite neigen, seine Ohren blieben verstopft. Er hörte nur ein Summen, das von unten aufstieg und das blaue Zeltdach wölbte. Zum Glück war das ein ordentlicher Stoff, der war noch nie gerissen unter seinen Füßen, auch als der Druck am höchsten war. Der Große Taube hatte seinen Frieden. Er schlenderte von einem Leichenberg zum nächsten. Es gab immer neue zu erkunden. Und da johlte es wenigstens nicht mehr. Tagelang saß er auf so einem Haufen aus Aas und Knochen, um sich die Nasenlöcher zu füllen mit der stinkenden Stille. Der Quieker konnte ein Lied davon singen. Er hatte ihn gesehen, den Inspizienten der Massengräber, wie er sich über den feuchten Graben beugte, in dem der Quieker sich wand, witterte und weiter seines Weges ging, weil es zwar nach Wut und Weinen roch, der Tod jedoch noch nicht herabgestiegen war mit seiner Knochenfeile. In dieser Nacht verlor der Quieker seine Stimme, als er erleben mußte, wie der Inspizient sich von dem verrotteten Loch abwandte, in dem er vor Fieber schlotternd lag. Jetzt, wo er aus der Geschichte raus war, gab er den großen Gönner. Aus seiner dünnen, brüchigen Stimme, seinem gekrümmten Märtyrerrückgrat schlug er das Geld für den hübschen Präsentkorb, den er dem Großen Tauben übergeben wollte – der bräuchte nur den Deckel zu heben, und das Blöken Seiner Schäfchen stiege hinauf zum blauen Zeltdach wie der Rauch der Aale von ihrem Rost. Darauf kam der Quieker jedesmal zurück, auf den Duft der mit Kräutern gefüllten, in der Glut golden gegrillten Schlangen des Meeres. Und immer, wenn Lear sich verdrückte, um ans Meer zu fahren, wurde der Quieker verrückt wie ein Aal, der die Gefahren des Mörsers fürchtet. Der Verräter verschwand ohne Vorwarnung mit dem ersten Bus. Und der Quieker, der atemlos zum blauen Haus gerannt kam, wußte gar nicht, was los war. Dann goß er die Blumen im Garten, lustlos, nur um König Lear zu beweisen, daß er ihm dennoch nicht zürnte. Und mit dem Hintergedanken, die Freude über seine Blumen würde den Freund bei seiner Rückkehr kulinarisch beflügeln, ihn womöglich zu einem neuen Aalrezept inspirieren, wiewohl der Genießer der Ansicht war, der Aal sei schlicht gegrillt am allerbesten. Die Tage vergingen, Lear blieb verschwunden. Der Quieker jedoch kam jeden Morgen. Er goß die Blumen. Er ging auf den Markt und ließ sein Gerippe herumstoßen von den Massen. Den Rest des Tages streunte er durch die Straßen. Manchmal ließ er sich auf dem Rücksitz einer Honda zum Fluß kutschieren. Dann irrte er am Ufer entlang, unglücklich wie ein Aal in Stücken. Es gab genug Spelunken, wo man seine Wasserschlangen essen konnte. Ein mit Swingmelodien und Importlampions protzendes Lokal bot Aal in sieben Variationen an. Einmal hatte der Quieker von den Sieben Aal-Sünden gekostet. Das hatte soviel gekostet wie drei Dutzend Bibeln. Die Aale waren schockgefrostet und schmeckten nach Braunbier mit Spucke, wie die Hostien, die die Gläubigen in seiner Kirche schlucken mußten. Irgendwann kam Lear dann aus Vung Tàu zurück. Und brachte schöne, fette Aale mit. Jetzt fingen die schönen Tage wieder an. Im Hinterhof stieg Rauch auf. Das Bier war kühl. Das Fleisch der Aale zum Anbeißen zart. Von der Verkostung gestärkt, war der Quieker in seine Kirche zurückgekehrt und hatte seine Show abgezogen wie ein Wirt, der spürt, daß ihm sein Koch für lange Zeit abhanden kommen wird. Ein Brief war eingetroffen. Lear hatte seine Brille aufgesetzt und das gute Stück mit mildem Blick studiert. Dann hatte er es wieder in den Umschlag gesteckt und die Glut damit angefacht. Der Quieker wußte jetzt: Es brennt. Kaum hatte er sich zu Tisch gesetzt, ließ Lear ganz nebenbei fallen, er würde seinen Prinzessinnen die Ehre seines Besuchs erweisen und mal eben ans andere Ende der Welt verreisen. Der Quieker verschluckte sich fast an seinem Aal. Vor zwanzig Jahre hatten sie die Flucht ergriffen, um sich im Schlepptau ihrer Großmutter einzuschiffen, der unglückstiftenden feinen Frau Bestatterin stinkreicher Leichen. Sie hatten ihn allein gelassen in dem blauen Haus, als die Kommunisten in die Stadt einfielen. Und jetzt, wo sie ihm pfiffen, stand der Brave ihnen gleich zu Diensten. Das war doch bloß eine neue Gemeinheit des Großen Tauben. Solche Bosheiten behielt der Quieker jedoch für sich. Und gab König Lear in allem recht. Dann war wieder Stille eingekehrt, und sie hatten den Teller geleert wie üblich, ohne ein Wort zu sagen. Der Quieker hatte die Hoffnung genährt, davon wäre nie mehr die Rede. Schon die Ausflüge König Lears nach Vung Tàu waren schwer zu ertragen. Seit er den Brief erhalten hatte, war er immer früher vom Meer zurückgekehrt. Der Quieker wollte zuerst glauben, die Reue habe den Koch endlich bekehrt, den Aalesser nicht mehr so lange darben zu lassen. Doch das war ganz verkehrt. Die Ankunft des Briefs hatte alles verändert. Davor war Lear nach Vung Tàu gepilgert wie ein Verliebter und hatte auf den Ozean hinausgestarrt, auf dem seine Kleinen ihm entfleuchten. Nun war der alte Irre zur Vernunft gekommen und legte auf seine Gesundheit Wert. Er fuhr nach Vung Tàu, um sich in Form zu bringen, um seine Lunge zu zwingen, sich zu blähen und von der guten Luft durchwehen zu lassen, und um seine Gelenke zu entrosten. Das war doch bloß eine neue Gemeinheit des Großen Tauben. Das war, um einen Aal roh zu verschlingen. Das mußte man sehen, um es zu glauben, wie König Lear in Sportlerkleidung Arme und Beine schwang inmitten seiner Blumen. Mit blitzenden Augen und der fröhlichen Miene eines, der sich jung fühlt, sprang er beim ersten Ruf des Suppenverkäufers aus dem Bett und trat vor seine Türe, um die gute Luft zu atmen, die von den mehrstöckigen Moderpflanzen beidseits seines hinfälligen Palastes komprimiert war, und wenn seine Lunge erfüllt war vom Gestank der kreuz und quer gezogenen Kanäle, ließ der Jungspund sein Gerippe in den Angeln knacken. Die Blumen lachten immer noch darüber. Und die gegrillten Aale auch. Deren Heiterkeit post mortem juckte den Quieker im Gedärm. Das waren Probleme, den Höllenlärm in seinem Bauch zu zähmen. Lear merkte davon nichts. Der Gesundheitswahn, der ihn ergriffen hatte, ließ ihn nicht mehr los. Das Fieber stieg von Tag zu Tag. Er redete mit den Blumen, trank kein Bier mehr, aß nur noch Gemüse und massierte seine Beine mit einem Wunderöl, das er für drei Groschen auf dem Markt erworben hatte. Mit einer Unschuldsmiene polierte Lear seine Ruine, reinigte seine Eingeweide, bimste seine Gebeine und wienerte das alte Leder, bis es glänzte, sorgfältig und ernsthaft wie ein Champion vor seinem großen Tag – nein, schlimmer, wie ein klappriger Gatte, den man aufbügelt für den Fall des Falles. Das alles erinnerte den Quieker an die Vorbereitungen zu einer Heirat. Der Hochzeiter würde nicht zögern, zu Ehren der flüchtigen Bräute den Anzug aus dem Schrank zu kramen, den der berühmteste Schneider einst nach Maß für ihn angefertigt hatte. Auf seine Kledage ließ König Lear nichts kommen. Sein Freund hatte ihn damals herumstehen sehen vor den Auslagen der neuen Herrenausstatter. Mit Kennerblick und verächtlicher Miene hatte er ihre Waren verworfen. Bauerntölpel könnten sie so aufzäumen mit diesen huschhusch in den hiesigen Werkstätten zusammengestichelten Modellen. Lange hatte König Lear die Frage in seinem Kopf gewälzt, wie er sein Wrack beflaggen sollte. Auf den allerbesten Stoffverschneider hatte er sich schließlich kapriziert. Und eine Woche später war der Quieker bei einem Besuch im blauen Haus unverhofft auf ein schickes Gerippe gestoßen, eine Modegravur, die so raffiniert und melancholisch wirkte wie die Bucht von Ha Long auf den Ansichtskarten, die man reisenden Gimpeln andrehte. Schon damals hatte der Quieker seine Bosheiten für sich behalten. Sobald König Lear davon Wind bekommen hatte, daß seine älteste Tochter heiraten wollte, fing er an, seine Ausstattung abzustauben. Er wollte für die Hochzeit gut gerüstet sein. Doch damals hatten die Prinzessinnen ihm nicht gepfiffen, und ohne ein Wort zu sagen, hängte der Brave sein Gewand ganz nach hinten in den Schrank.

Meine Kusine blätterte zerstreut in dem Stapel Kochbücher, den ich ihr zu Füßen gelegt hatte. Irgendwann mußte der Brief König Lears ihr doch in die Hände fallen. Er war sehr kurz, nicht länger als eine ärztliche Verschreibung und auch nicht besser leserlich. Sicher hatte sie ihn in eine ihrer Rezeptsammlungen gesteckt. Sie legte die Briefe König Lears immer in ihre Küchenhandbücher, um sie ein paar Tage lang zu betrachten und mit einem Fettrand zu versehen. Dann taugten sie nur noch, die Küchenabfälle aufzunehmen. Sie hätte sie mit der Lupe untersuchen können und doch nie etwas gefunden, worüber sie sich in Krämpfen gewunden oder so tiefe Erschütterung empfunden hätte, daß sie ihr letztes Rezept anbrennen ließ. Jedenfalls hätte der Schreiberling sich diesmal mehr Mühe geben können. Schließlich köchelte sie keinen Alltagsfraß für ihn zusammen, sondern einen großen Gedächtnisschmaus. Gratisverköstigung für den Greis, der sicher seit Jahren keine Prise Rührung mehr zu schmekken bekommen hatte. Sie würde mit Zutaten nicht geizen und Dinge aushecken, um seinen Heißhunger auf Liebe zu stillen, seinem vertrockneten Gaumen ordentlich einzuheizen und seine Pumpe am Ende der Reise noch einmal zu Höchstleistungen anzureizen. So murrend und murmelnd blätterte meine Kusine in einem dicken Notizbuch, vollgekritzelt mit ihrer runden Schrift, das aussah, als wären fette Ameisen aus einem blauen Farbbad auf die Seiten gefallen und hätten sich dort ein Wettrennen geliefert. Das war ihr Privatkochbuch, ihr Giftschränkchen mit Abführmitteln, exotischen Antidoten und heimatlichen Arzneien, die sie von Zeit zu Zeit als Verband gegen Sehnsuchtsverätzungen brauchte. Wenn die schweren, scharfen Speisen sie nicht mehr erlösten aus ihren Anfällen von Überdruß, schlug meine Kusine ihr Zauberbuch auf und braute sich Medikamente, wie sie es von Großmutter gelernt und in den Formeln ihres Kodex festgehalten hatte. Der wurde um- und umgedreht, geschüttelt und gestreichelt. Umsonst. Er weigerte sich, den Brief auszuspucken, wie alle andern zu Füßen meiner Kusine aufgeschlagnen Bücher. Dabei war sie sich jetzt fast sicher, daß Lears Prosa auf der Seite mit den Schweineohren in Vinaigrette mazerierte. Sie sah sich noch an den kleinen Ohrenscheibchen knabbern, als sie den Brief las. Sie hatte sogar überlegt, den Greis mit den wunderbar knackigen Öhrchen in der pikanten Sauce zu überraschen. Großmutter schwärmte dafür, doch da sie keine Zähne mehr hatte, um sie zu kauen, sah sie meiner Kusine zu, wie sie in die zarten Schweineohren biß, die sie enthaarte, schnitt und schmoren ließ, bevor sie sie in raffiniert gewürztem Öl marinierte, wie sie's von Großmutter gelernt. Doch bei den Schweineohren in Vinaigrette war Lears Brief nicht zu finden. Er lag auch nicht bei dem Rezept fürs Schwalbennest, der nie gekochten Königsdroge, in den Kodex aufgenommen, weil meine Kusine erwogen hatte, sich eine fürstliche Dosis zu genehmigen beim Hochzeitsmahl. Da hatte sie allerdings die Rechnung ohne den Wirt gemacht und die Wünsche des Zürcher Lamaisten nicht bedacht, der für die Hochzeit Tee mit Butter vorschrieb zum Gurgeln, nachfolgend ein paar Brocken tibetanischer Weisheit. Das Generalrezept war eine Wildschweinkur, heißer Käse als Stärkungsmittel, und damit das Ganze besser rutschte, medizinisch kleine Dosen von Sahne und Wein. So mußte meine Kusine den Hunger ertragen. Doch trotz dem Versagen, das Zauberbuch am Hochzeitstag nach der Geheimformel zu befragen, gab meine Kusine sich keineswegs geschlagen. Nun würde König Lear auslöffeln müssen, was sie dem Meditanten nicht hatte einbrocken können. Dessen Pferdenatur schrie nach einer Roßkur anstelle kleiner Schwalbenschweinereien, die kaum größer als eine Wasserblase, aber dafür sündhaft teuer waren. Dem Meditanten waren solche Apothekerpreise suspekt. Er sah die Dinge unter dem Kostenaspekt, und für drei einem Mauersegler unterm Arsch geklaute Algen konnte man eine Wagenladung Goldecken in Kuhmilch lagern. Schluß mit Schleckereien für zarte Gaumen und Leckermäulchen! Von solchem Schnickschnack würde keiner satt, also fand die Hochzeitsfeier in einer echt normannischen Kneipe statt, wo heißes Gold in alle Münder floß, bevor es sich mit seiner prächtigen Last in die Pansen der ganzen Runde ergoß, darunter auch den Labmagen Theos linker Hand meiner jungen Kusine im engen, flammendroten Rock, die den Ochsen an ihrer Seite, den sie stets im Blick behielt, mit ein paar frisch gepflanzten Banderillas schmückte. Der war so entzückt, *in centro familias* zu weilen, wie er sich ausdrückte, daß er darüber die Banderillas vergaß, mit denen meine Kusine ihn gespickt hatte in der Hoffnung, seinen Redefluß zu dämmen – drei Schwälle heißen Goldes hatten alles erdrückt, was sie ihm eingeschärft hatte, und nichts konnte Theo mehr hemmen, nachdem der Rest ihrer Belehrungen im Wein abgesoffen war. Er übersah die bösen Blicke seiner Banderillera und nahm ungerührt ihre Fußtritte unterm Tisch in Kauf. Der Motor lief. Nichts hielt die Palavermaschine mehr auf. Und mitten im allgemeinen Geschwafel der Hochzeitsgäste an der langen Tafel hub

Theo aus vollem Mund zu einem Loblied auf den großen Mann an, der er zu werden gedachte. Man durfte sich vom Schein nicht täuschen lassen – dem Blick des geschlagenen Hundes, der Frontkämpfervisage, dem gerupften Schädel, dem gefräßigen Maul, den Händen, die nicht wußten, wohin mit den schmutzigen Fingern und sie zu verbergen suchten vor dem Drachen im scharlachroten Rock, der von der Seite einen schrägen Blick abschoß und einen Pfiff hervorstieß zwischen den Zähnen, der ihn anwies, die vom Schoß gerutschte Serviette aufzuheben, sich die Hände zu waschen und endlich den Mund zu halten, um den Schein zu wahren vor der Gesellschaft, die sich, wie er noch einmal wiederholte, von seinem Äußeren nicht täuschen lassen sollte. Mochte er jetzt auch wirken wie der letzte Kuttelfleck vom Werkskantinenfraß, so war er doch der große Mann im Werden, der mehr als einen Trick aus seinem fadenscheinigen Ärmel schütteln konnte und die feine Gesellschaft in der Tasche seiner von unzähligen Flecken gescheckten Flanellweste hatte, an welcher der Drache mit dem Flammenschweif zuvor gescheitert war, als er vergeblich und unter lautem Gekeif sie zu säubern suchte mit einem in Fleckentferner getränkten Taschentuch. Mit Detergenzien war ihm, dem großen Mann, nicht beizukommen, der sich nicht einseifen noch abbürsten ließ und seine Abneigung gegen Reinlichkeit gern als Gütezeichen ausgab. Das Äußere spreche stets gegen den großen Mann, belehrte Theo die Hochzeitsgesellschaft, die dem Fasan zusprach und dabei in Ohs und Mmmhs ausbrach. An dieser Schallmauer prallten Theos Worte ab wie weiche Bälle, fielen zu Boden und rollten traurig zurück zum Werfer, der, gestärkt von einem Bissen blutigen Rehs, sogleich einen Schwung Umschreibungen in die Runde warf, die durch die Luft schlingerten und Ausschau hielten nach einer nicht zu glitschigen Landebahn. Schließlich machten sie sich ganz klein und stürzten ab, schlapp und verdrießlich, wie Blaubeergelee auf Wildschwein klatscht. Worauf die Geräuschwand sich wieder erhob über dem Redefluß des Rehvertilgers und der Wortflut Einhalt gebot. Der Flut der Worte, die meine süße Kusine so gern hörte, bevor sie wie ein scharlachrotes Ungeheuer Feuer spuckte, das den Phrasendrescher fast verzehrte. Der ignorierte das Stöhnen des zornglühenden Drachen und modellierte mit Geduld und Spucke weiter an der Gestalt des großen Mannes, welche allmählich emporwuchs unter dem spöttischen Blick der Hochzeitsgäste, die kopfschüttelnd die Augen aufrissen und mit der Zunge schnalzten, während sie mit jedem Bissen Reh ein Stück seiner Prahlereien schluckten und mit einem Zug Graves hinunterspülten, aber nach Gelegenheiten schielten, selbst ein Wort zu sagen und sich als den Abgott darzustellen, für den sie sich hielten. Doch Theos Wortoffensive war nicht leicht zu kontern. Und so kriegte jeder, der seine Nase von dem Wildbret-Stilleben hob, gleich volle Pulle eins vor den Latz. Berühmtheiten schossen aus Theos Mund, die duzte er alle ohne Grund, phantastische Zahlen flossen ihm über die Lippen, die jede Registerkasse erblassen ließen. Dazu ein Beziehungsallerlei mit Verbindungstentakeln, für die sich ein Krake gehackt legen würde in Schalotten. Und ein Frikassee aus Tricks und Tücken, das leider kippte, als Theo zuschlagen wollte. Und obendrauf, um das Maß vollzumachen, ein Bund abgebrannter Hitzköpfe und Pfeffersäcke mit Schmerbauch. Es wäre das Jahrhundertrezept gewesen, hätten nicht alle ihr eigenes Süppchen köcheln wollen und Theo ausgenommen wie eine Weihnachtsgans. Die Suppe mußte er ganz allein auslöffeln. Deshalb stand der große Mann jetzt als armer Schlucker da. Doch er hatte noch genug Geduld und Spucke. Ein paar Pläne hatte Theo noch im Ärmel. Und wenn er erst wieder zu Formen aufliefe, würde er in Windeseile die Pyramide erklimmen, an deren Spitze er im Windschatten seiner endlich anerkannten Größe seine wohlverdiente Ruhe genösse und die Hungerleider, die ihm das Wasser reichen wollten, mit der Zehenspitze hinunterstieße von der königlichen Plattform. Wobei die Hungerleider, beiseite gesprochen, auch keine andern Menschen als die Freßsäcke waren, die dem großen Mann auf gleicher Höhe gegenübersaßen und sich von ihm *cum grano salis* (und immer noch beiseite) als Statisten bezeichnen lassen mußten. Sie hatten sich den Pansen schon zu voll geschlagen, um Kletterrekorde aufzustellen, das würde nicht einmal zum Schemelkönig langen. Mit seiner Pyramide wußten sie nichts anzufangen, die wären, wenn sie ihn so hörten, lieber unter den Tisch gefallen, statt sich den Gehörgang verstopfen zu lassen von diesem Phrasendrescher mit seinen Geschichten vom verpatzten Aufstieg. Bei seiner Ehre als Lebemann! Die würden am Tischtuch klammern bis zum Ende wie an der Linie des Horizonts, auf der ihre roten Monde schwelgerisch surften. Die leichte Trägheit der Gesellschaft nutzend, stieg Theo der Star, weil er durch einen heftigen Tritt des Stiefelchens gegen seinen Knöchel dazu quasi aufgefordert worden war, von seinem pyramidalen Traum herab, um meine Kusine im roten Rock auf das Podest zu hieven. Er rückte die Süße ins

Scheinwerferlicht, weil er hoffte, der Drache würde, durch Applaus besänftigt, ihn nicht mehr alle fünf Minuten zur Toilette schicken, sich die Mundwinkel zu spülen, die fetten Federn glattzukämmen, die Rehfasern aus den Reißzähnen zu kratzen oder den neuen Fleck von seiner Flanellweste zu entfernen, die, wenn sie auch so röche, wie sie aussah, einer Schlachterschürze gliche. Und mit einem Zwinkern in die Runde hatte Theo jedesmal gehorcht. Bloß ein Spielchen der Süßen mit ihrem Prinzen, der von Zeit zu Zeit ganz gern das Hündchen an ihrer Leine abgab! Also erhob sich Theo, wenn sie pfiff, unverzüglich und mit einem gezwungen generösen Lachen. Und ballte die Hände in den Taschen und biß auf dem Weg zur Toilette die Zähne zusammen. Und zeigte seinem Spiegelbild die Faust, wenn er ans Waschbekken getaumelt war, und streckte seine belegte Zunge den Hungerleidern draußen in der Runde raus, die ihn als braves Schoßhündchen sahen, das keine Erniedrigung ausließ, um unterm scharlachroten Rock sein Zückerchen zu holen. Das hatte er seit Monaten nicht mehr bekommen. Die Szenerie im Liebesnest hatte sich völlig verändert. Jetzt war's die reinste Farce. Man brauchte nur zu husten oder sich zu räuspern, um auf die Rübe zu kriegen. Unfaßbar, wie rasch aus den Süßen Polypen und Klofrauen werden. Erst fressen sie dir aus der Hand und lecken sie dir, wenn sie dreckig ist, ab. Kleben regelrecht an deinem Schweiß. Binden Würzsträußchen aus deinen Gerüchen. Zählen lachend deine Flecken wie eine männliche Jungfrau die Muttermale auf dem Pin-up-Poster. Und wenn deine speckige Schwarte Wasser nicht leiden mag, reiben sie ihre mit süßem Mandelöl massierte Haut an dir. Doch kaum haben sie den Rosentopf entdeckt und um dich den Moder des Alten erschnüffelt, das bald verschimmelt, hat sich's auch schon ausgemüffelt. Vorbei der Jahrmarkt der Gerüche. Beim kleinsten Hauch werden die Fenster aufgerissen. Du kauerst auf einer Futonecke. Selbst deine Poren trauen sich nicht mehr zu atmen. Ein Seufzer, und eine Banderilla steckt in deinem Hals. Die Süßen scheuen sich nicht, dir zu sagen, du stinkst nach totem Hund. Und du mußt dich wie ein Zirkuswauwau schamponieren lassen. Sie haben dich wie eine Klofrau ständig im Blick. Sie halten nach dir Ausschau und stecken überall die Nase rein, um rauszufinden, ob alles sauber ist oder sie dich unter die Dusche schicken sollten. Theo spülte sich die Bitterkeit aus dem Mund, brachte den verdreckten Zahn auf Hochglanz und strich mit dem kleinen Kamm, den der Polyp im scharlachroten Rock ihm aufgenötigt hatte, seine Federn glatt. Ein letzter Blick noch auf den großen Mann, auch wenn im Neonlicht sein Spiegelbild recht kleinlaut wirkte, und Theo warf die Palavermaschine wieder an, wild entschlossen, der Hochzeitsgesellschaft Sand in die Augen zu streuen, und raste mit aufgeblendeten Scheinwerfern in den Saal. Doch die schwankenden roten Monde steckten dort nicht mehr im Wildbretdunst zusammen. In Erwartung des nächsten Aktes hatte die Truppe sich erhoben und führte ihre gesättigte Trägheit im Vorraum spazieren, wo Anrichten sich unter buntbemalten Tellern und Zinnkrügen bogen und leise Laute aus Lautsprechern flogen, die sich jedoch bald verzogen, als eine Trommel dazwischenkrachte, weil ein selbsternannter DJ, der aus dem Hintergrund sich angeschlichen hatte, sich am Plattenspieler zu schaffen machte und durch lautes Tschackbumm die Teller im Vorraum zum Klappern brachte sowie Theo um seinen Sieg im Wettbewerb um den Pokal der größten Stimmungskanone und ihn klar abgeschlagen in die Reihen der Ersatzspieler verwies, was Theo sauer aufstieß, als er sich dort verdrossen niederließ, eine Sektschale in seiner Hand. Umflorten Auges, die zornigen Lippen kühl gekost von den Küssen der perlenden Witwe, blickte er durch die Schale und sah, wie die roten Monde sich zwischen den Bläschen wiegten, wie die Bierkrüge auf dem Büffet sich an den Henkeln faßten und aneinanderstießen. Auch die Süße stürzte sich ins Gewühl. Der scharlachrote Rock sprang schwänzelnd wie ein kleiner roter Fisch aus den Bläschen, die über den Rand von Theos schwankender Schale schwappten. Er hatte sich an die Wand gelehnt, die Magnumflasche in der Hand, und goß sich Unmengen von dem perlenden Zeugs ein. Wenn er die Schaumschicht in großen Zügen schlürfte, würde er schließlich auch die wirbelnde Fischbrut verschlingen. Doch die schwamm gegen den perlenden Strom, und je mehr er trank, desto wilder sah Theo die Stichlinge wimmeln und sich um seine Meerjungfrau tummeln, deren Sirenenschweif scharlachrot geflaggt war, um das Dutzend ausgekochter Elritzen einzukochen, die zu nichts taugten, als sie anzuglotzen aus Karpfenaugen. Die schaumgeborenen schönen Stelzchen wurden zusehends länger; die rote Flagge flappte im Takt am schwarzbestrumpften Mast. Da schwang die Hüfte, da kreiste der Bauch. Und die paar beschwipsten Schleppenträger streckten ihre Hand aus, um ein Stück Schleier zu erhaschen. Sie spielten Fang-das-Herz. Und das vor Theos Augen, was ihm so sauer aufstieß, daß es ihm glatt den Geschmack an der Witwe vergällte. Die hatte ihm mittels

Zungenpritzeln und Magenkitzeln dabei geholfen, seine Sicherungen wieder reinzudrehen und sein Schild zum Leuchten zu bringen, auf dem ein Lächeln blinkte, das ihn als guten Fürsten auswies, der einen Scherz verstand und nichts dagegen hatte, wenn er ein wenig abseits stand. Doch hatte er nicht mit den Finten der Süßen gerechnet. Die Schwünge des scharlachroten Rocks fegten einszweidrei die Liebkosungen der Witwe beiseite, das Rot stieg Theo in die Stirn, sein Schild verdunkelte sich auf der Stelle. Das verdruckste Lächeln zuckte und wurde zum Riktus, bevor ein dumpfes Gelächter es verschluckte wie eine explodierende Glühbirne das Licht. Auf dem Laichplatz gegenüber ging es immer noch hoch her. Immer toller tänzelte der rote Fisch, eng umschwänzelt von dem Schleimfischschwarm, der Schweißperlen wischte von klebriger Haut und dicke Köpfe im Tschackbumm-Rhythmus wiegte, der aus den Lautsprechern kam. Niemand regte sich über das auf, was Theo fallen ließ. Den eisernen Vorhang nämlich, mit einem Knall, dann stand der große Mann am Büffet, würdevoll wie ein geschlagener General, und bot mit erhobenem Kopf dem knatternden Krawall, der aus den Lautsprechern scholl, Paroli. Er raffte die Toga über seinen Blessuren, netzte seine Wunden mit den letzten Tränen der Witwe, und als die Magnumflasche leer war, begann er auf der Suche nach einem noch mit dem Elixir gefüllten Fläschchen mit düsterm Blick und zorngeschwellter Lippe in allen Ecken herumzuschnüffeln. Doch es gab nur noch Witwenleichen, ausgesaugt bis auf den letzten Tropfen, und am Eingang Einarms reglosen Körper. Die hatte er ganz vergessen, *den geflügelten Krüppel,* den Vogel Graus, wie er sie nannte, den Unglücksraben*, auf* *den Boden verbannt, von Hohngeschrei umgeben.* Festgenagelt an der weißen Wand, wirkte sie wirklich wie ein ausgestopfter Vogel auf seinem Ausguck. Fehlte nur noch der psychopathische Tierpräparator mit den lupendicken Brillengläsern, der nasalen Stimme und dem Ekzem an den Händen. Der geschlagene General stellte seine vertrocknete Witwe in eine Fensterecke und trat an die vergessene Schildwache heran. Stocksteif stand sie da, die Augen starr auf die Eingangstür gerichtet, und dachte sich sicher gerade etwas Nettes aus wie den Angriff eines irren Killerkommandos auf die echt normannische Kneipe, das dieses Fischgewimmel, sachgerecht aufgeschlitzt, ausnehmen würde. Das hätte der General nur zu gern gesehen. Es begann ihm sauer aufzustoßen, und das kam nicht nur vom Magen. Er glitt an ihre Seite. Die Schildwache wandte nicht einmal den Kopf. Sie hatte die rechte Hand flach an die Wand gelegt, das Ende des linken Arms verlor sich in der Tasche ihrer schwarzen Jacke. Wieder so ein Teil für große Größen, das sich dieser Hungerhaken, den jeder Windstoß umwerfen konnte, um die schmalen Schultern hängte. Da konnte man sagen, was man wollte, der Unglücksrabe drapierte sich gern wie eine Vogelscheuche. Als wäre der Stumpf allein nicht schon ein Graus. Aber das reichte ihr noch lange nicht. Eine Art stolzgeblähter Eremit auf einer dicken schwarzen Wolke, dem du ein weiche, Satan, weiche entgegenriefst und dessen Verwandtschaft mit Schönstelzchen sich nur durch die Gesetze des Gleichgewichts in der Natur erklären ließ. Doch an diesem Tag voll Verlust und Verrat wünschte der verwundete General sich mit der Künderin des Unglücks zu verbünden, die zur Seite rücken würde auf ihrer schwarzen Wolke, um ihm zu verklickern, wie man die Nichtsnutze mit einem Blitz erschlug, die seine sterbliche Hülle mit Füßen traten und sich um seine Süße scharten. Die wand sich wie eine kleine Wasserschlange. Bei jedem Hüftschwung rutschte ihr Rock hoch und gab einen Streifen nacktes Fleisch frei zwischen dem scharlachroten Banner und dem schwarzen Strumpf, der oben in ihre Schenkel schnitt. Und das alles für diesen Haufen armer Schlucker. Da warf sie auch noch den Kopf nach hinten und packte den Rest aus, den nackten Hals und die Spitzen ihrer Brüste in der geöffneten Bluse. Man brauchte sich nur vorzubeugen, um davon zu kosten. Zum Abgewöhnen, die Weiber, sprach würdig, wenn auch tödlich getroffen, der General die Schildwache an, deren Sein, wie er einräumen mußte, seine zoologischen Klassifikationen ein wenig durcheinanderbrachte, bis er sie entschlossen unter Sonstige eingeordnet hatte, nicht Süße noch Pussi, sondern ein Phänomen der dritten Art, der Engel, Krüppel, Nonnen, Hexen angehörten, außerdem Vegetarierinnen, Epileptikerinnen und Kopfarbeiterinnen, also alles, was reif für die Klapse war, wenn auch ungefährlich. Manchmal kam ihm auch der Gedanke, die Schildwache kämpfe (wie so etwas wohl in den Büchern stand, die sie ständig in ihren Taschen mit sich trug) gegen eine *geheime und deshalb um so glühendere Neigung* für den Beschützer ihrer Kusine. Und das, wie er anmerken mußte, von Anfang an. Verrückt, wie sie war, hatte sie die Leidenschaft in ihrem irren Hirn vielleicht so lange bebrütet, bis sie ihren General nach hartem Kampf im Staube vor sich liegen sah. Vielleicht war ja doch noch etwas zu retten. Die Nummer des großartigen Verlierers zog immer. Sogar die Süße hatte seinerzeit ein Tränlein darüber zerdrückt. Mit ein paar Grimassen des Schmerzes hätte er die Verrückte bald in der Tasche. Am besten in der Innentasche. Anstelle der Börse, die voller Schuldscheine war. Ganz nah an seinem verwundeten Herzen. Dann könnte er ihr Zärtlichkeiten zuflüstern, das Gesicht halb verdeckt von seinem aufgestellten Kragen, wie ein Agent, der in ein verstecktes Mikro nuschelt. Er war nicht unzufrieden mit dieser nun zum wiederholten Male aus dem Ärmel gezogenen Vignette. Sie hatte schon als Trumpf dazu gedient, die Süße ins Spiel ziehen, als diese noch eine Ader hatte fürs Sentimentale und zum Steinerweichen seufzte, wenn sie sich selbst die Fragen stellte, mit denen sie Unbekannte quälte, die sie willkürlich aus dem Telefonbuch und aus ihrer Trägheit holte mit müder Stimme, aus der ihnen eine Ladung Angst in die Ohren gellte, die sie zusammenzucken ließ wie Frösche im Labor *und was Ihr Leben im allgemeinen angeht, sind Sie damit sehr zufrieden, halbwegs zufrieden, wenig zufrieden oder gar nicht zufrieden?* worauf am andern Ende der Leitung erregte Stimmen die Gründe der Erinnerung durchpflügten auf der Suche nach dem winzigsten vergessenen Vergnügen, das vielleicht dort leise schnurrend schlief, von einem Meckern aufgeschreckt zusammenfuhr und in das tiefe Rinnsal rollte, das Stunde für Stunde die von den kleinen Fischerinnen in leere Kästchen gesetzten Kreuze wie ein schlammiger Fluß mit sich forttrug. Selbst aus der Entfernung rochen die beliebig aus dem Telefonbuch und aus ihrer Lethargie geholten Unbekannten ranzig. So wollte das Schätzchen nicht enden, als Marktforschungsmuster. Das hatte sie ihrem künftigen Beschützer auf dem Flur vor ihrem Büro gestanden. Und er hatte mit ernster Miene genickt, nach den schönen

Stelzchen schielend, die augenscheinlich Besseres verdienten, als sich am Kabel eines Telefons zu reiben, das den willigen Kadavern Würmer aus der Nase zog. Weil ihnen schon Wurzeln aus den Füßen wuchsen. Da kamen die kleinen Sylphiden, sich windend wie Telefonkabel, um ihre Kutteln zu betasten und zu erfassen, ob ihre sterbliche Hülle auf Wasser lief oder auf Trester, ob sie nach Konserven rief oder mehr nach Tiefkühlkost. Oder ob ihre kostbare Troika (die, was sie *off the record* gestanden, seit Wochen keine Kundin mehr geladen hatte, nicht einmal die Angetraute), ob ihre kostbare Troika also, parkend unter ihrem dunklen Laubdach, Baumwolle oder Seide vorzog, Feinripp oder lieber Streifen. Manchmal legten die kleinen Sylphiden auch ihren Finger auf die Seele der Beforschten und versuchten, mit der Stimme von Nachtschwestern, denen nichts Menschliches fremd ist, aus ihnen herauszukriegen, ob sie nicht ab und zu an ihrem Leben litten. Und wie er litt, unser verirrter General. Nicht nur in der echt normannischen Kneipe, diesem Schlachtfeld, auf dem er mit aufgeschlitztem Bauch zurückgelassen wurde, das Großmaul in der Luft. Er war von Kopf bis Fuß zerschrammt. Er hatte den Rücken voller Narben und über dem Herzen, anstelle der Orden, eine Reihe noch offener Wunden. Allmählich war er nämlich reif, dem Verband ehemaliger Frontkämpfer beizutreten. Ohne einen einzigen Sieg. Ja sogar, auch das muß man wohl sagen, ohne Krieg. Als ewiger Reservist, den Stellungsbefehl des Jahrhunderts erwartend – das nächste Mal würde es sicher der richtige sein. Und je länger das so ging, desto mehr litt er am Leben und beschied sich damit, immer wieder die Nummer des Tribuns und Silbenstechers abzuziehen. Darüber gähnten jedoch die Narben in seinem Rükken schon vor Langeweile, und die Wunden auf seinem Herzen grienten mit Verschwörermiene. Das hatte er ihnen schon tausendmal aufs Brot geschmiert. Mit dem Rausch kam jedesmal der Schmerz zurück. Und um ihn zu stillen, verfiel er stets auf die gleichen Tricks, die gleichen Jobs, die gleichen Schubladensuchaktionen, und am Ende des Monats erhob er jedesmal zornig die Faust gegen die Geldziehmaschinen an den Straßenecken, die seine Trumpfkarten verschluckten und dem armen Sack, mit ihren grünen Augen kalt Entschuldigung blinkend, das letzte äußere Zeichen seines Reichtums raubten. Die Börse schwoll um eine neue Schuldverschreibung, die sich in treuer Liebe an ihn schmiegte, ganz nah an seinem Herzen, wo einst das Schätzchen wohnte. Da gereichte sie dem Monument des großen Mannes noch zur Zierde. Reckte sich auf bloßen Zehenspitzen und legte den Kopf an die Brust ihres Beschützers. Und spitzte die Ohren. Die Börse war schon zum Schuldenbrutkasten geworden, aber das Schätzchen glaubte noch daran, daß der Wind sich drehte. Ganz klein wollte sie sich machen und in die Innentasche schlüpfen, wo sie in Erwartung des Schatzes auf ihren schönen Stelzchen hocken würde, die Ellbogen auf den Rand der Tasche gestützt wie auf die Brüstung eines Balkons, und mit kleinen spitzen Schreien der Erregung die Scheine einsammeln, wenn sie im Wirbelsturm geflogen kämen, um in der Tasche zu landen. Statt dessen hatte das Mini-Pin-up nur Schuldverschreibungen zu sehen bekommen, die ihr wie ein Schwarm schwarzer Schmetterlinge den Himmel verdunkelten. Die Enttäuschung fiel in dichten Tropfen. Schluß mit dem Unfug. Das Pin-up hatte wieder Vernunft angenommen, die Beine ausgeklappt und war zu Boden gesprungen, um der Luftblase ihrer Träume, in die sie sich als Antwort auf den Wahn des großen Beschützers absichtlich eingeschlossen hatte, so schnell wie möglich zu entkommen. Und Schaumschläger-Theo wollte dasselbe Stück in der echt normannischen Kneipe noch einmal aufführen, diesmal mit dem Vogel Graus, den er mit einigem Gegurre doch in die Seifenblase kriegen müßte, wo die Krähe, an die mit Schuldverschreibungen zum Platzen gefüllte Börse gespießt, mit ihrem einen Flügel ein sonderbares Pin-up-Girl abgäbe. Wenn sie nur einmal zu ihm herübersähe! Er brächte ihr die Rolle schon noch bei. Doch sie war längst in einem anderen Film. Mit dem starren Blick des irren Gangsters, der seine Hand bei einem Überfall verloren hat, erwartete sie die Komplizen, die schon auf dem Weg zur echt normannischen Kneipe waren, um dieses Fest von den Elenden zu säubern, die Theo Aug und Ohr beschmutzten. Dem gingen allmählich sämtliche Sicherungen durch in seinem Oberstübchen, und sein Geist, der fest in den Seilen seiner Gehässigkeit hing, führte ihm eine Strafaktion vor, die Kneipenwände rot besudelt, ein Schlachtfest, um seine verlorene Ehre zu rächen.

Und nach dem Schwalbennest geronnenes Blut, die Mischung wollte meine Kusine sich zu ihrer Hochzeit zusammenbrauen. Entenblut mit Basilikum, nach der Suppe kalt serviert. Rote Klümpchen auf zarter Spitze. Rohes, das dem Raffinierten folgte. Das, was sonst Könige aßen, um den Magen zu öffnen, und den Geschmack des Bizarren, um ihn zu reizen. Geronnenes Blut, mit Basilikum und gerösteten, zerstoßenen Erdnüssen gewürzt, auf einer großen Platte aus feinem Porzellan. Daneben auf einem ovalen Teller zart gedämpfte Entenscheiben. Auch das ein Rezept Großmamas, die sich am Ende nur noch am Geruch des Fleisches gütlich tun konnte, sie nahm ein Stück in den Mund, saugte daran und legte es dann ganz und von einer dünnen Speichelschicht schimmernd zurück. Das Blutklümpchengeheimnis war nicht im Zauberbuch verzeichnet, sondern stand auf einem losen Blatt, das zwischen Heftrücken und Plastikeinband steckte, zusammen mit anderen Hexenrezepten. Nie gekochte Gerichte, deren Zubereitung meine Kusine jedoch gern memorierte, wenn sie in ihrem leeren Haus saß, in trauter Zweisamkeit mit ihrer kleinen Radiobox. Die Rezepte hatte Großmutter ihr ins Heft diktiert, manche waren in der Originalversion, andere ins Französische übersetzt – Großmutters Stimme war dennoch nicht zu überhören. Und immer wenn meine Kusine in ihrer blanken Einsamkeit das Heft aufschlug, entwischte der Geist Lady Schakals dem Zauberbuch, um die nagelneue Küche zu inspizieren, am angebrannten Fett zu schnüffeln, die Deckel der Töpfe auf dem Herd zu heben, sich über den weit geöffneten Gefrierschrank zu beugen, mit ihren teuflischen Argusäuglein das Werk zu betrachten und mißbilligend mit der Zunge zu schnalzen, weil alles nach Wasch- und Putzmittel roch, die im Kodex beschlossenen feinen, bizarren Gerüche jedoch nicht einmal im Beschlag des Überdrusses zu finden waren, den die Wände ausschwitzten. Das Heulen des enttäuschten Schakals durchzog das Haus, verwirrte die Radiowellen und verkroch sich in dem Kästchen, das meiner Kusine vom

Leiden des Gespensts erzählte und sie so lange damit quälte, bis ihre Kalotte Haarrisse aufwies, daß ihr der eisige Wind des schlechten Gewissens nur so ins Hirn blies, ihren Leib zerbiß und sie schließlich aus ihrer bulimischen Stumpfheit riß. Selbst das Glucksen im Ausguß erinnerte an Großmutters ersticktes Schluchzen, die auf der Stelle sterben müßte, wenn sie wüßte, daß sie nicht mehr in die blanke Küche kommen dürfte, um die guten alten Düfte der im Kodex aufgeführten Gerichte zu erschnüffeln in der leeren Küche, die nach Farbe und Chlor roch. Es heulte wie ein verletzter Schakal und schleppte sich über die blanken Kacheln, weil meine Kusine vergessen hatte, es am Tag der Hochzeit mit geronnenem Blut und Schwalbennestern zu füttern. Denn statt die blitzblanke Küche in einen Altar der Düfte zu verwandeln, hatte die Undankbare Großmutters witternden Geist verlassen, um in einer echt normannischen Kneipe zu schlemmen, wo auf allen Tischen das Gold floß und in alle Kehlen seine heißen Larven ergoß. Wo doch das ausgehungerte Gespenst, das hinter meiner Kusine kauerte, seit vielen Monden auf die Hochzeitsfeier lauerte, um seinen Durst auf geronnenes und mit Basilikum gewürztes Blut zu stillen und neue Kraft zu schöpfen aus dem duftenden Dampf, der aus dem Algennest der Salangane in das hineingetauchte Riechrohr stieg. Hätte meine Kusine ihr Zauberbuch aufgeschlagen und den Strauß der vergessenen Düfte ins Haus getragen, um dem Gespenst königlichen Tribut zu entrichten, hätte es nicht heulen müssen in dem blitzblanken Haus, wo im Windschatten einer Wand aus alemannischem Hausverstand ein nagelneues Leben entstand, unter der geruchsfressenden Dunstabzugshaube, in einer putzmittelgeschwängerten Stille, hinter verglasten Türen, beschlagen von Überdruß, der von den Scheiben troff und einem die Sicht nahm auf die Schatten, die Grimassen schneidend durch den Garten schlichen. Es gab aber am Hochzeitstag kein geronnenes Blut. Das Gespenst irrte hungrig durchs leere Haus, wo nur ein Bett im Schlafzimmer stand. Vorwurfsvoll japsend, rollte Großmutter sich am Fußende des Betts zusammen, ihr rächender Geist aber flog in die echt normannische Kneipe, wo er gleichzeitig mit der Hochzeitstorte eintraf, die zwischen den leeren Tischen aufgebaut wurde. Das Gespenst des Schakals streifte durch den dunklen Garten, es wartete lange, die Schnauze ans Kneipenfenster gepreßt, doch da die Gäste nicht zurückkehrten in den erleuchteten Saal, schlüpfte es durch eine offene Kellerluke in die Lasterhöhle. Es landete auf der Toilette, unter einem von Kanonendonner skandierten Beschuß, der die Mauern erzittern ließ. Das Bummbumm kam von oben. Der Feind hämmerte gegen den Boden, im Sturmschritt und im Takt. Großmutter runzelte die Stirn und schnalzte tadelnd mit der Zunge. Die kleinen Undankbaren hauten, den Bauch voll Gold, auf den Putz; sie dachten gar nicht an das hungrige Gespenst, das noch genug Zerstörungskräfte hatte und einen teuflischen Plan, ihnen das Fest zu verderben. In einer Ecke unter den Waschbecken kauernd, sandte Großmutter ihre vernichtenden Wellen in das Lokal, wo sie sich rasch ausbreiteten, als die Gäste den großen Saal betraten und Freudenrufe ausstießen angesichts der Hochzeitstorte. Großmutters rächender Geist flog um den Traum aus Creme herum, schlängelte sich durch schwarzbestrumpfte Beine und goß ihr schädliches Fluidum über die Schatten der Hochzeitsgesellschaft, die einen kalten Hauch im Nak-ken fühlte, der das Rückgrat entlangkroch und sich in der Lendengegend niederließ. Die Lüster über ihren Köpfen begannen zu tanzen. Und der Traum aus Creme blähte sich wie eine Gummipuppe an der Pumpe, als wollte er ihnen im nächsten Moment um die Ohren fliegen und ihre Fressen mit weißen Spritzern verzieren. Der Rächergeist sprang aufs Büffet, hopste von einem Lautsprecher zum nächsten. Das Bummbumm erstarb in einem gedämpften Ton, ver-dattert stand die fröhliche Truppe da, mit aufgesperrten Mäulern und Augen, die verwirrt in alle Richtungen Aus-schau hielten. Da war etwas im Anzug, das einem den Magen heben konnte. Schon grummelte es im Krater. Das heiße Gold kam ihnen in Wogen wieder hoch. Sofern es nicht das Wildschwein war, das sein restliches Blut los-werden wollte. Die Lüster schaukelten immer wilder, und die Larven der Hochzeitsgäste wurden langsam grün. Der Krach war von neuem über sie hereingebrochen. Rund um die Hochzeitstorte, die schwoll wie eine schwangere Venus, tobte ein Karneval der Schatten, ein Bettlerball. Aus den Kulissen, wo alles schieflief, die Lautsprecher verreckten, die Fernbedienung ausfiel, tauchte unverhofft die Stim-mungskanone vom Dienst auf, die schon ziemlich schlapp war, doch mit letztem Schwung dem schiffbrüchigen Häuf-lein einen Rettungsring zuwarf und zu einer munteren Fa-randole aufrief. Auf das Signal der Stimmungskanone kam plötzlich Bewegung in die Truppe um die Hochzeitstorte. Die Stimmungskanone schrie sich heiser, schwach sekun-diert von einem Solisten mit krächzender Stimme. Unter dem zuckenden Licht der Lüster legte das Häuflein sich mit komatöser Heiterkeit ins Zeug. Da explodierten die Glühbirnen mit dumpfem Knall, und Finsternis senkte sich über den Saal. Voll panischem Schreck aneinandergeklammert, erstarrten die Hochzeitsgäste in der plötzlich verhängten Verdunklung. Ohne Zeit zu verlieren, ließ das Gespenst sich aus den Lüsterarmen, in denen es hing, zur Erde herunter, packte mit beiden Händen den Teppich, der unter den Füßen des jäh aus seinen Tänzen gerissenen Trüppchens den Boden des großen Saals bedeckte, an einer Ecke und begann mit Großmutters vereinten dunklen Kräften daran zu ziehen, bis er ins Rutschen kam und das Grüppchen mit sich nahm, das im Finstern schwankte und sich verzweifelt um die Hochzeitstorte rankte, die selbst auf ihrem Sockel wankte, bis sie in majestätischem Gleichmut hinsank in die ausgestreckten Arme und die Fallenden alsbald unter einer schneeigen Decke begrub. Laute der Bedrängnis drangen aus dem schäumenden Tohuwabohu. Die von weißen Flecken durchsiebte Schwärze füllte sich allmählich mit Ausrufen und spitzen Schreien. Hemdbrüste aus Creme prangten auf den dunklen Anzügen, die sich mühsam aus dem Haufen zwängten, zu dem die in Fluten weißer Spitze ertränkten zahllosen schwarzbestrumpften Beine sich verschränkten. Eilig herbeigeschaffte Kerzen warfen ein mildes Licht auf das wilde Gezappel der Bedrängten, die Schiffbruch erlitten hatten in einem Meer süßen Firns. Als erstes tauchte die Stimmungskanone vom Dienst aus dem Fiasko auf, eine Mumie in Obersstreifen, die sich im Kerzenschein aus ihrer Hülle schälte, indem sie den Finger mit gespieltem Gleichmut in die Sahne steckte, ihn anschließend ableckte und die Zähne bleckte zu einem ge-

quälten Lächeln, als sie die von der schwangeren Venus
erbrochenen Schaumgarben schmeckte, die, wie die Stim-
mungskanone schmälte, zuviel wollte und zu wenig gab.
Die Schmerbäuche um die Stimmungskanone aber waren
jetzt nicht in der Stimmung, sich scheckig zu lachen, und
die schwarzbestrumpften Beine rührten mißmutig in der
Sahne. Zwischen den Trümmern des Konditorenkunst-
werks planschten die Hochzeitsgäste im weißen Schlamas-
sel. Wie Zinnsoldaten nach einem von unbekannter Hand
verfügten Streich taumelten sie stumm und bleich im milden
Kerzenlicht. Woher war der Wirbelsturm gekommen, der
ihnen den Boden unter den Füßen weggezogen hatte? Da
konnten sie sich die Augen reiben, soviel sie wollten, und
unter cremegesprenkelten Wimpern ängstliche Blicke sen-
den in die Nacht – der Rächergeist hatte die Störwellen
längst gepackt und war davongeflogen. Da standen sie nun,
Magen und Latz verdorben, wie aus dem Mustopf gezo-
gen, kratzten sich am Kopf und nagten an ihrem Daumen,
während sie alles Revue passieren ließen, vom Applaus für
die Hochzeitstorte bis zu deren Garaus auf dem Teppich.
Sie hatten allerhand gespürt, Eishauch im Nacken, kalten
Schweiß im Rücken. Dann hatte der schneeige Wirbelsturm
sie von dem netten kleinen Fest entführt, der auch die süßen
Zuckerpüppchen des Brautpaars von der Hochzeitstorte riß
und in gemeinsamer Schmach blamiert Theo vor die Füße
schmiß, der sich den beschmierten Gästen höchst verbun-
den fühlte, daß er nicht von Cremeklecksereien verziert war
dank ihrem Scherbengericht. Theo kostete seine Revanche
in einer dunklen Ecke richtig aus, unerreichbar für die klei-
nen Kerzen und den Auswurf der schwangeren Venus, mit

dem genießerischen Lächeln des Spaziergängers, der vom Ufer aus den Kampf Schiffbrüchiger mit dem milchig trüben Wasser der aufgepeitschten See betrachtet. Theo, der dem Schicksal wieder einmal ein Schnippchen geschlagen hatte, versetzte mit der kaum schaumbespritzten Spitze seines Schuhs den Zuckerpüppchen einen Stoß, daß sie Arm in Arm über den Teppich rollten, bis sie einen Pfennigabsatz rammten, was den Bräutigam fast den Kopf gekostet hätte. Schon dräute das Ende der Irrfahrt. Nun lagen die beiden, in ihrem Jammer vereint, auf dem Bauch, den Kopf in das Kissen aus Creme gewühlt, spielten sie Vogel Strauß und hielten der Hochzeitsgesellschaft eine arg zerschrammte Schleppe entgegen, Frackschöße aus geschmolzener Schokolade und ihre vom schneeigen Teppich erstickte Verzweiflung. Die Gäste, dem weißen Tornado entronnen, standen im Kreis um die Zuckerpüppchen mit dem runden Hintern, die im Obers schwammen. Betrübte Blicke ruhten versonnen auf den vom Sockel gestürzten Verlobten, doch niemand bückte sich, um sie zu bergen. So standen sie da, den Kopf gesenkt, in kläglicher Verfassung, ein wenig angeekelt und sehr pressiert, dem Zechgelage, das zum Hexensabbat mutiert war, ein Ende zu setzen, und sahen auf die im Sahnebett Lagernden herab wie Klageweiber, die keine Tränen mehr hatten und sich gern französisch verabschiedet hätten im Schutz des Halbdunkels, ohne daß es jemand merkte, um schnell ganz weit weg zu sein von der reizenden kleinen Hochzeit, gesprengt von einem gar nicht komischen Phantom, das jetzt sicher die Kneipentür bewachte und den ersten Flüchtling mit einer Tracht Prügel bedachte. Selbst die kleinen Kerzen vergossen ein Tränlein aus Wachs vor diesem Trauerspiel. Das roch nach Totenwache, eine Fliege surrte durch den Raum, ein Engel folgte. Ein Räuspern war zu hören, ein leiser Seufzer, ein schmatzendes Geräusch, als ein Absatz auf den feuchten Teppich trat, doch niemand hob die Stimme. Der Rachegeist hatte mit dem Licht auch die Stimmen genommen. Wie angewurzelt standen die Hochzeitsgäste da, wie weichgewordene Lakritzstäbchen um das Brautpaar aus Zuckerguß, das mit der Nase in der Sahne steckte, weil es dem Flug des Rächergeists entgehen wollte, doch Großmutter hatte ihn längst heimgeholt, er war in die Toiletten verschwunden und durch die Kellerluke aus dem Lokal entwischt, um seine Störwellen im nagelneuen Haus zu verbreiten.

Kochbücher lagen auf den blanken Kacheln um den Stuhl herum, von dem meine Kusine sich erhoben hatte, um sich unter Hinterlassung ihres Kodex in Sicherheit zu bringen, während sie im Vorübergehen der Schwester befahl, den ganzen kulinarischen Krempel wegzuräumen, der die Ordnung und den Glanz der Anstalt verschandelte. Eine Pobacke auf dem Rand der Spüle, die nackten Füße streiften leicht den Boden, das Kinn auf den Handballen gestützt, so saß meine junge Kusine da in einer Denkerpose, die sie nur zögernd aufgab. Als sie endlich ihren Hintern vom Ausguß hob, blieb auf dem rostfreien Stahl der Abdruck eines Kusses zurück. Mit ihren nackten Zehen schob sie die verstreuten Bücher zusammen, stapelte sie, nach vorn geneigt und seufzend vor Langeweile, zu einem Stoß, balancierte diesen bis zur blanken Arbeitsplatte, riß einen der Hängeschränke auf, schmiß alles hinein und knallte die Tür wieder zu. Das Zauberbuch hatte sie allerdings behalten, um an ihrem Daumen lutschend darin zu blättern. Runde blaue Tintenameisen huschten über das Papier, das raschelnd sonderbare Laute von sich gab, in denen Großmutters scharfer Tonfall sich vermischte mit der Stimme König Lears, die ab und zu aus einem Winkel der Erinnerung entwischte und ein paar Wörter der alten, längst abgelegten Sprache durch den Souffleurkasten auf die Bühne warf, ein unverständliches, von einer halbmondförmigen Krone geziertes oder drei winzig kleine mit einem Wirrwarr von Akzenten. Wie Glöckchengeklingel am Halsband eines verirrten Hundes. Nachts gab das ein Höllenspektakel, schlimmer als das Gescheppert von an Hundeschwänze gehängten Töpfen. Meist war es ein dauerndes Gemurmel, ein Gespenstergebrabbel, das den Staub vergessener Wörter mit wild gesträubten Akzenten aufwirbelte. Der Wortstaub flog in die zum Anbeißen süßen Ohren, das heilte das Heimweh, und von dem ganzen Gespenstergebrabbel blieb nur ein Hauch Ohrenschmalz auf der Spitze des kleinen Fingers übrig. Kaum hatte der Staub der unaussprechlichen Wörter sich verflüchtigt, kamen die Gerüche wieder. Vergessene Küchendüfte juckten in den Nasenlöchern. Dampfende Süßkartoffeln, längs halbiert und mit Zucker bestreut. Grüne Früchte, mit Salz und rotem Paprika gewürzt. Während der Siesta geflüsterte Worte. Die Witterung der verleugneten Sprache kitzelte die Gedächtnispapillen. Doch das Gedächtnis meiner Kusine war gut belüftet. Kaum kratzte nostalgischer Qualm in den Augen, ging eine Luke auf, um die bitteren Dünste zu vertreiben. Dann umfloß die Nymphe mit der gewachsten, haarlosen Haut nur der Duft junger Mäd-

chenblüte, und aus den Poren drang ein Hauch steriler Ge-
fühlsduselei und im Keim erstickter Nostalgiemikroben.
Meine süß duftende Kusine hatte sich jetzt mit dem Rük-
ken zur Wand auf den Boden gesetzt, und der anmutige
Schwung ihrer Beine spiegelte sich in den blanken Kacheln.
Sie hielt den Kodex aufrecht, auf die Nieten ihrer Shorts
gestützt, deren Fransen über ihre Schenkel fielen wie ein
Wimpernvorhang über den herausfordernden Blick. Stok-
kend, die Lippen zum Schmollmündchen verzogen, las sie
eins von Großmutters Rezepten vor. Jedes Wort der Seite,
über die sie sich neigte, mit ihrem Finger streichelnd, ob-
lag sie der selbstgesetzten Pflicht, der komischen Kolonne
blauer Ameisen zu folgen. Sie stolperte über einen merk-
würdigen Akzent in Form eines umgekehrten Äskulap-
stabs, probierte es in verschiedenen Tonlagen, wie ein Dieb
vor einem widerspenstigen Schloß den Bund mit den Diet-
richen klimpern läßt, scheiterte, gluckste, würgte, fing noch
einmal von vorn an, leckte sich die Lippen, strich eine
Haarsträhne aus dem Gesicht, wurde wieder ernst, räusperte
sich, beschleunigte ihren Vortrag, verstreute ein paar Ak-
zente auf ihrem Kreuzweg, stieß Wutschreie aus und
schleuderte schließlich die Flinte ins Korn sowie das Zau-
berbuch so weit von sich weg, daß es erst unterm Tisch zur
Ruhe kam. Meine Kusine neigte sich vor, bis ihre Finger-
spitzen ihre nackten Zehen berührten. In dieser Haltung
blieb sie sitzen und lugte durch die Haarkaskaden zur Fa-
milienfibel. Jedenfalls hatte sie nie gelernt, die Hierogly-
phenameisen zu lesen. Wenn sie sich große Mühe gab,
konnte sie nach langem Ringen Bruchteile von Lears Ge-
schreibsel entschlüsseln, doch das war viel zu anstrengend

für ein Geplauder, das gar keines war, weil Lear stets so tat, als ob er sich lieber erschösse als sein Herz ergösse. Besser war's, sich die Briefe von der rechtmäßigen Empfängerin vorlesen zu lassen. Die stürzte nämlich, kaum daß sie Post bekommen hatte, zum Telefon, rief in der Rue Glacière oder im Marktforschungsinstitut an und schritt sogleich zum Vortrag mit Simultanübersetzung mit der scharfen, gepreß-ten Stimme der zu dieser Gelegenheit exhumierten Lady Schakal. Meine Kusine richtete sich wieder auf, rekelte sich lange und ging dann den Kodex holen, der seinen weißen, von blauen Ameisen zerstochenen Bauch unbewegt in die Luft reckte. Sie steckte ein letztes Mal ihre Nase in den blauen Ameisenhaufen, um an einem von Großmutters Re-zepten zu schnüffeln, und kratzte sich vor dem Mysterium von Os und Us, an deren Schläfen kleine Armbandanhän-ger klebten, manchmal noch von Schnörkeln gekrönt, die in der Luft hingen wie aufgestellte Fähnchen. Der ganze wun-derliche Krimskrams tanzte unter dem forschenden Blick des schlauen Stöberhunds, der vor dem ungereimten Rätsel die Backen vor Ungeduld aufblies. Das Rätsel enthielt die Ingredienzen für das mit Basilikum und zerstoßenen Erd-nußkernen gewürzte Entenblut. Und aus dem Geklimper all der absonderlichen Kinkerlitzchen stieg Großmutters Stimme auf, die riet, die gedämpften Entenstücke auf einem Extrateller zu servieren, das Basilikum fein zu hacken, mit dem geronnenen Entenblut zu mischen und das Ganze schließlich mit drei besonders stark duftenden Blättern zu verzieren. Meine Kusine biß sich auf die Daumenspitze, um ein Gähnen zu unterdrücken. Die Küchenluft, nach der Verkostung der provenzalischen Kraken von der Dunstabzugshaube gereinigt, füllte sich allmählich mit dem Fluidum sonntäglicher Trägheit. Meine Kusine schloß den Kodex. Sie hätte nicht ungern von dem gewürzten Entenblut probiert auf dem vortrefflichen Fest. Da hätten die sechsundsechzig Gäste des Bräutigams gestaunt! Ein Mahl für Vampire zur Vermählung von Mäßigung und Tugend. Statt dessen gab's alemannische Kost mit Tonnen von Wildblut. Das Liebesmahl war dennoch außergewöhnlich. Schwesterchen hatte es gemocht. Gegen die sechsundsechzig Bräutigamsgäste, die auf dem Fest nichts anderes zu reden hatten als über Schrauben, Haken und Ösen, war das Gefolge der Braut nicht eben gesellschaftsfähig. Da gab es Einarm, die die Schleppe tragen durfte, Großmaul Theo, der immer im falschen Moment den Mund nicht halten konnte, Schwesterchens schöne Beine, die nichts dagegen hatten, einen ganzen Voyeurskongreß geboten zu kriegen, und Großmutters Geist, der sich zum Nachtisch einlud, um Heidenangst mit Gänsehaut und Chaos mit Schlag zu kredenzen. So weit war selbst Einarm mit ihren dunklen Prophezeiungen nicht gegangen. Sie hatte sich sogar versucht herauszuputzen. Die schwarze Kluft, die für drei ihrer Sorte reichte, war zwar verschossen, hatte aber einen Hauch von Stil. Beim Essen war sie ziemlich still, den Stumpf in der Tasche verborgen, hatte sie, Theo fast gegenüber, am Ende der Tafel gesessen, daneben ein Dreiteiler, vollbeschäftigt mit Schlingen und Schwafeln, seine geleckte Schale stopfend und Süßholz raspelnd mit einem recht zugeknöpften zartrosa Kostüm, das, mit Graves begossen, aufging wie eine Wunderblume und aus vollem Halse glucksend mit dem Ellenbogen die benachbarte Wampe anstieß, die unter den Knöpfen einer perlgrauen Weste, die einen eleganten Anzug ergänzte, Erstickungszeichen hören ließ. Einarm hatte die Ströme heißen Goldes stocken gesehen, ohne einen einzigen Brocken davon zu schlucken. Das Wild hatte die Reste seines Bluts im Grund der Schüssel vergossen, die sie mit einer schwachen Grimasse von sich schob. Sie hatte den Mund nur geöffnet, um Graves hineinzugießen. Doch ihre Larve, statt zu glühen, spielte ins Blaßgrün. Sie hatte sich immer angestellt beim Essen, auch als sie noch nicht so entstellt war. Sie nippte, sie pickte, sie gab den Gourmet. Das Essen schlug ihr auf den Magen, das Trinken hing ihr zum Hals raus. Mit verschränkten Armen und den Augen eines Henkers, der alles über die letzte Freude der Todgeweihten weiß, sah sie den anderen beim Verputzen ihres Futters zu. Das war ein ziemlich viehisches Gefühl, so mit dem Rüssel im Trog und den Kamm von Pickeln durchsiebt, die sie herabregnen ließ aus eisiger Abstinenz. Aber es schmeckte so gut, daß man die Darbende vergaß, damit sie einem den Spaß an diesem Gedicht aus Krabben nicht verdarb, welche, mit einer scharfen Sauce zu genießen, kleine Fettperlen auf den Fingern hinterließen, die, wenn man sie schließlich ableckte in schamlosem Schwelgen, die Lippen schwellen und die Ohren glühen ließen. Einarm spuckte auf Großmutters Rezepte. Das Gedicht aus Krabben, die Schweineohren in Vinaigrette hatte sie nie probiert. Reines Gift, wie sie sagte. Der Geifer des Schakals. Bei Tisch hielt sie die Luft an, um sich nicht zu vergiften. Alemannische Überraschungen waren ihr aber auch nicht geheuer. Die nahm Fräulein Nein-die-Suppe-ess'-ich-nicht höchstens höflich zur Kenntnis. Vor allem durfte man nie zu ihr sagen, koste doch mal. Man konnte ihr morsches Holz in den Teller schnipseln, das war ihr Wurst. Sie hatte das ganze Zeug auf der Hochzeit an sich vorbeiziehen lassen und zugesehen, wie das heiße Gold gefror und das Blut des Wildes erstarrte. Sie saß aufrecht da, den linken Arm unterm Tisch, die rechte Hand neben dem Teller. Mit ihrem Henkersblick betrachtete sie den Fresser zur Linken in seinem feinen Anzug, der sich einen Bissen nach dem andern in den Mund schob, ausgiebig kaute und schluckte mit zufriedenem Grunzen. Einarm starrte auf den Hals des Freßsacks und strich über den Griff ihres Messers, das keinen Schimmer von Wildblut hatte. Um ihren Teller war das Tischtuch makellos. Das weiße Rechteck daneben war übersät von unzähligen bräunlichen Flecken, ein Werk des Flegels im feinen Anzug, überglänzt vom Sprühregen aus Speicheltröpfchen, den Theo der Rüpel über den Tisch gespuckt hatte, weil längst im Graves versunken war, was er am Abend zuvor auf dem Kopfpolster des Futons mit Brief und Siegel geschworen hatte, daß er dem Bacchus die Krone ausschlüge, Fettnäpfchen und Schlipse umginge, die Binde trocken hielte, seine bessere Hälfte in Ehren und sein nervöses Lachen bei sich. Er hatte ihn gut geübt, seinen Dekalog, und vor dem Einschlafen hergebetet. Doch mit ein paar ungenehmigten Gläsern Graves intus konnten die Gebote ihm gestohlen bleiben. Da gab's kein Halten mehr für den Verschwörer, der wieder Oberwasser hatte, seine Schwafelmanie austobte (wie Einarm das nannte) und die partnerschaftsvertraglichen Verpflichtungen mit Füßen trat, die nach einer Kurzbefragung über den Nachteil, ein Paar zu sein (noch eine Stichelei der Hexe), erlassen worden waren. *Was ist das Le-*

ben zu zweit für Sie? Aufregend (kurzfristig)? Anstrengend (langfristig)? Absurd (von vorn bis hinten)? Egophag (Tag für Tag)? Aufreibend (Nacht für Nacht)? Eine kurze Vereinigung, gefolgt von einer langen Entzweiung in wechselseitiger Erniedrigung (oder Wie man den Orgasmus erreicht, wenn das Begehren fehlt)? Vorsätzliche Verständnislosigkeit, die zu demonstrativer Gleichgültigkeit führt (oder Von der Lust, auf ein Rätsel zu verzichten, das keins ist)? Die Erinnerung an Gebiete, die mit großer Geste abgetreten wurden und ohne Vorwarnung wieder einkassiert, das Ganze mit einem Nasenstüber paraphiert (oder Vom Glück, sich's gemütlich zu machen nach Jahren im Prokrustesbett)? Keine Chance also, der höllischen Hälfte, die bellte wie ein von der Kette gelassener Zerberus, einen Maulkorb zu verpassen. Die Stiefelchentritte unterm Tisch hatten das Tier nur noch mehr erregt. Aber das Beste an dem ganzen Spektakel war, wie er Einarm den Hof und Männchen machte. Als alle Samba tanzten, um ein wenig Wildblut auszuschwitzen, machte der sitzengelassene Theo sich ran an die Kusine, die er nie in sein Artischockenherz geschlossen hatte, sondern wahlweise Giftpilz nannte oder Vogel Graus. Keine Gelegenheit ließ er aus, sich über sie lustig zu machen. Er stopfte Bücher in seine Taschen und ging wie sie, mit krummem Rücken, hängenden Schultern und dem Geheimpolizistenblick im Greisenantlitz. Oder er zog die linke Hand in seinen Jakenärmel und sprach mit der düsteren Stimme, die sie manchmal hatte, wenn sie bei Tisch zu murmeln anfing *Eristnichtirr!* Ringsum taten alle, als hätten sie nichts gehört. Seit Jahren flog der kleine Satz, von Trübsinn flankiert, mitten ins Sonntagsmahl. Sie pustete stets im rechten Moment in ihr Blasrohr. Der vergiftete Pfeil bohrte sich mit der

Spitze in die köstlichen kleinen Festtagsspeisen. Just wenn in der Runde die Gaumen sich erhitzten, die Nüstern zu beben begannen und die Zungen sich lösten, erhoben sich toxische Dämpfe. Allen verschlug's die Sprache, Brotkrumen wurden geknetet, am Stiel eines Glases auf und ab gestrichen, an einem Rock gezupft, Fingernägel mit dem Blick eines halbverhungerten Nagers verschlungen oder Serviettenecken mit stierem, wie hypnotisierten Blick am Saum gefältelt, und alles taub und stumm auf einen Schlag. Das Unbehagen hielt drei Minuten und ein paar zerquetschte, lastende drei Minuten, bis endlich einer sich schüttelte und die anderen aus ihrer Trance riß. Dann ging das Geschnatter munter weiter, heiter begleitet von Gabelgeklirr. Und Einarm mochte murmeln *Eristnichtirr! Eristnichtirr!,* ringsum wurden die Reste des köstlichen Mahls von Tellern gekratzt, Münder gewischt in dem Bedauern, daß es vorbei war, und Unsinn gequatscht, um das Krächzen des Unglücksraben zu übertönen. Das Merkwürdigste aber war, daß sie, wenn sie da saß vor ihrem leeren Teller und murmelte *Eristnichtirr!,* gar nicht dem Unglücksraben glich, der sie an andern Tagen war. Der traurige Kürbiskopf kriegte ein bißchen Farbe, als ob er von einer kleinen Kerze innen drin erleuchtet wäre. Und die Augen erinnerten einmal nicht an Schlammlöcher mit einer Leiche auf dem Grund. *Eristnichtirr! Eristnichtirr!* Theo wiederholte die Beschwörung mit einer Spottdrosselstimme. Um echter zu wirken, machte er sich einen Vogel-Graus-Kopf, hohle Wangen, Mittelscheitel, angeklatschte Haare. Und schmiß sich trotzdem an den Unglücksraben ran, kaum daß man ihn ein wenig von der Leine ließ am Ende der Hochzeitsfeier. Was er ihr wohl ins Ohr geflüstert hatte? Sie hatte nicht einmal den Kopf gewandt, als er näher getreten war, die Lippen befeuchtend und mit der flachen Hand die blonde Tolle zurückstreichend. Er hatte eine ganze Weile neben ihr gestanden, den Rücken an die Wand gelehnt, und hatte dabei Einarm fast gestreift, sie zugedröhnt und eingeseift, Zigaretten rauchend, die er zwischen Daumen und Zeigefinger klemmte, um auf Prolet zu machen. Er hatte stets behauptet, die Kusine mit der Miene einer schartigen Ikone stehe sicher nur auf Gesindel, proletarisches Gelichter, kleine Gauner e tutti quanti. Was er ihr wohl ins Ohr gesäuselt hatte, als Twist und Samba allmählich Stimmung brachten in das Fest, das fast schon eingeschlafen war? Monsieur versuchte zu punkten. Seine Anmache hatte Einarm aber anscheinend kaltgelassen. Sie hatte woanders hingeschaut, Richtung Ausgang, als ob sie drauf gewartet hätte, still und heimlich zu verschwinden. Und der arme Theo am Ackern und Rackern und kriegte bei der Toteninsel doch kein Bein an Land. Je stärker sein Baggern, desto mehr verkroch der Vogel Graus sich in sein großes schwarzes Haus. Dem traurigen Kürbis bleichten die letzten Farben aus. Nichts mehr auf der Palette als Leichengrün. Und sie bewegte sich doch, ihre Leiche lebte noch. Auf einmal ließ sie Papageno Theo stehen, sprachlos, die Lockpfeife zwischen den Zähnen, und fegte Richtung Toiletten, mit bleichen Wangen, die Hand auf dem Mund, als kämen ihr gerade Zuckerbrot und Honig hoch, die ihr ins Ohr geflößt worden waren. Sie hatte sich im rechten Moment verzogen. Um die Hochzeit auszukotzen, den Festschmaus der andern loszuwerden. Am Ende war der traurige Kürbis doch noch einmal aufgetaucht, hinter dem Schlagobersschloß. Von da an war alles schiefgelaufen. Die Glühbirnen verdrehten die Augen. Die Musik hängte sich auf. Dem Teppich wuchsen Flügel. Und bevor sie merkten, daß der Teppich, auf dem sie standen, den Ehrgeiz zu fliegen verspürte, lagen sie schon auf dem Rücken und streckten alle viere in die Luft. Ein kurzes Wiehern der Verzweiflung, dann hatten sie sich verkrochen unter den cremigen Resten des Schlosses, das angesichts dieses Mangels an Haltung in sich zusammengebrochen war. Im Hintergrund des Saales wohnte Einarm dem Spektakel bei. Ein seltsames Lächeln strahlte aus dem traurigen Kürbis.

Die Hochzeitsfotos waren in einem großen Umschlag gekommen, abgeworfen von einem dieser Himmelsflöhe, die in großen Schwärmen am blauen Zeltdach über Saigon herumschwirrten. Gerade goß König Lear sein Gärtchen unter dem Blick des Quiekers, der frühmorgens zum Zaun des blauen Hauses gekommen war, um seine Dosis Stärkungsmittel abzuholen, nachdem ein Malariaanfall ihn eine ganze Woche lang ans Bett gefesselt hatte, der verdammten Aale beraubt, welche die sieben Tage und sieben Nächte, als er im Fieber lag, in leuchtenden Geschwadern an ihm vorbeigeschwommen waren, um ihn zu quälen. Lang, dunkel, rundlich, glitschig hatten sie sich vor ihm gewunden. Und der ohnehin von Zwangsvorstellungen besessene Schläfer hatte keine Ruhe mehr gefunden. So hatte er, kaum geheilt und noch von Fieberschüben schlotternd, die Barackentür ins Schloß geworfen und war zu seinem Freund geeilt. Er brauchte eine ordentliche Doppelration zur Erholung. Deshalb sah er voll Unmut die Ankunft dieses großen Umschlags, der Unordnung stiften würde in König Lears Gehirn, so daß seine Hände zittern und seine Augen überfließen würden. Und die Aale mißlingen. Gefühle hatten in der Küche nichts zu suchen. Man brauchte die ruhige Hand, den klaren Blick, den festen Griff, den klugen Schnitt. Beim Eintreffen des großen Umschlags hatte der Kerl schon die Hälfte des Wassers verschüttet und war in ein Beet hübscher Blümchen getreten, die während seines, des Quiekers, Ausfalls angepflanzt worden waren. Bis er den Umschlag ins Haus trug, war König Lear wieder Herr seiner wie wild wummernden Pumpe. Er richtete das zertrampelte Beet und goß die restlichen Blumen, dann gingen die beiden Freunde gemeinsam auf den Markt. Der Umschlag blieb auf dem Tisch liegen. Bei seiner Rückkehr bemerkte der Quieker, daß er noch ungeöffnet war. Er wurde gedreht und gewendet und in der Hand gewogen. Kein Zweifel, das waren wieder Mätzchen der Mädchen, ein volles Gebinde in Farbe. Lear würde noch bis in die Nacht hinein mit seiner Collage beschäftigt sein, die Glanzpapierflügel der entfleuchten Schmetterlinge in sein Album zu plazieren, und am nächsten Morgen würde er unausgeschlafen und mit zerknautschter Miene die Wände mit Fäusten traktieren, den Küchenboden mit Töpfen bombardieren, ungetaufte Blumen mit Fußtritten füsilieren und den Aalstreik proklamieren – und er, der Quieker, müßte Mortadella mümmelnd warten, daß der Erregte diesen Schock verwinde, ans Meer verschwinde und sich dann, normal geworden, im blauen Haus einfinde mit einem fetten Aal im Korb. Doch diesmal dauerte es mit der Katastrophe. Den Ritualen des Tages entsprechend wanderte der pastellfarbene Umschlag mit dem marineblauen Rand vom Tisch aufs Bett und vom Bett auf den Tisch, doch sein Inhalt blieb versiegelt. Das Mysterium wurde immer größer, je mehr Tage verstrichen. Es war, als wäre ein kleines Stück aus dem blauen Zeltdach geschnitten worden und in Lears Nische geflattert wie ein Zwangsgeschenk des Großen Tauben. Immer ließ Er ein paar Brosamen fallen, um den Glauben zu nähren, das Erbarmen hafte an seinen Sohlen. Der Quieker erkannte Ihn wieder an seiner Art, den jaulenden Welpen ab und zu einen Knochen hinzuwerfen, dessen Mark ein langsam wirkendes Gift war. Mißtrauisch knurrend umkreiste König Lear den Knochen, bis er vor Erregung zu japsen anfing. Er hatte ein ganzes Magazin voll mit den Mätzchen der Mädchen. Eine vollständige Sammlung, die er vor seinen Blumen aufmarschieren ließ, wenn er auf der Schwelle seines Hauses saß, abends vor Einbruch der Dunkelheit, die wie ein Vorhang plötzlich herabfiel über die Fötzchen seiner Prinzeßchen, ihr kokettes Gepliere über netten, zu einem reizenden Lächeln geschürzten Schmollmündchen, die Lear ganz sanft berührte, um die zarte Haut nicht zu verletzen mit seiner schwieligen Hand. Der Quieker durfte Stielaugen machen. Er schielte auf das Geziere der Mädchen, nickte und schaute, als würde er sich ergötzen an ihren Mätzchen, doch nur, um König Lear nicht zu vergrätzen, der seine Prinzeßchen mit hungrigem Blick verzehrte. So blickte der Quieker, gegrillte Aale witternd. Leicht täuschte er Lear, wenn er sich anstelle der aufgerüschten Bälger eine Wasserschlange dachte in ihrem braunen Kleid, beim Schlängeln geschnappt und eingehend betastet, bevor sie in den Mörser kam. Lear blätterte die Seiten um, und der Quieker krächzte seine Kommentare. Seit

Jahren schon spielte er den Bewunderer. Die Früchtchen wurden allmählich reif, ihr Getue perfekter, die Aufmachung immer geleckter. Die eine machte auf elegant, trug Knoten und Seidenblusen, die andere eher auf provokant, mit Röckchen, die ihre Beine zeigten bis übers Knie... Lear hielt sie dem Quieker vor die Nase. Das roch nach sauberen Haaren, süßer Haut, rosa Nägeln, roten Lippen. Besonders die Kleine, die keinen kühl ließ, auch wenn sie ihm die kalte Schulter zeigte, ein hübscher, schlanker Aal, frisch gehäutet und in Salz gewälzt, fix und fertig für den Topf. Die Große eher dicklich unter ihrem Putz. Ein schwerer, träger Aal, aber kräftig, den man mit beiden Händen festhalten mußte. Und hatte sich schließlich auch fangen lassen. In dem pastellfarbenen Umschlag mit dem marineblauen Rand sah sie sicher ganz anders aus, wie sie in hochzeitlichem Gewässer schwamm. Und der Fischer, dem es vergönnt war, Dickaal zu kriegen, was der wohl für ein Gesicht zog? Der Quieker war informiert, daß der Verliebte sich der Spiritualität verschrieben hatte. Wenn Lear endlich auspacken würde, was in dem hellen Umschlag drin war, müßte man auf eine Denkerstirn zwischen Prinzessinnenfrätzchen gefaßt sein. Doch der Umschlag blieb verschlossen, und der Quieker, der das Maul verzogen hatte, als er ihn zwischen den Blumen hatte landen sehen, begann mit den Hufen zu scharren. Das Mysterium verdarb ihm allmählich den Appetit. Die Geheimniskrämerei schlug ihm auf den Magen. Er konnte den Umschlag drehen und wenden, wie er wollte, befingern, wiegen oder beschnüffeln wie ein Fuchs, der andere tat ungerührt. Doch eines Morgens, als er zum blauen Haus kam, fand er König Lear frisch ausstaffiert mit seinem schicken

Anzug hinten aus dem Schrank. Der Umschlag war geöffnet, und die Mätzchen der Mädchen lagen ausgebreitet auf dem Tisch. Was sollte man dazu sagen? Die Prinzeßchen sprangen ins Auge mit ihren Spitzen und Kinkerlitzchen und dem zu diesem Anlaß neu ausgemalten Lächeln. Der Verliebte-der-sich-der-Spiritualität-verschrieben-hatte sah aus wie ein eifernder Aal, der sich für seinesgleichen selbst in Stücke schneiden würde. Dazu der rosige Teint, die blauen Augen, der Spitzbart und Schultern wie ein Maurer. Ein Dickschädel, das war zu sehen, aus einem Guß. Kein Bruch. Kein Kratzer. In seinem von Saigons bestem Stoffverderber maßgefertigten Anzug gönnte Lear sich eine kleine Reprise der Hochzeit, die Fotos in der Reihenfolge der Feier in immer längeren Reihen fächerförmig auf den Tisch gebreitet. Der Quieker ging drum herum und spuckte mit seiner Grabesstimme wohlgezielte Kommentare. Um dem alten Vatertier schönzutun, das von der Zwangsbeglückung durch den Großen Tauben, der der Prinzessin mit dem eleganten Knoten das Bett so schön bereitet hatte, ganz gerührt war. Lear labte sich an den Resten der Hochzeit. Er lächelte aus lauter Dankbarkeit dem Großen Kuppler gegenüber, der Dickaal diesem ehrlichen, tüchtigen Fischer in die Hand hatte fallen lassen. Der Quieker umkreiste den Tisch und gab seinen heiseren Segen dazu. War nur noch die Kleine mit der kalten Schulter unter die Haube zu bringen. Mochte der Große Kuppler ihr doch einen netten Vogelsteller in die Stelzvogelklauen werfen, dann könnte der alte Stamm beruhigt in seinem blauen Haus verfaulen. Eine ganze Weile schon fühlte der alte Stamm, wie seine Wurzeln langsam schwächer wurden. Er ächzte bei der geringsten

Mühe, und jede Anstrengung drückte ihn ein wenig tiefer in den Staub. Lear bereitete sich sein Bett, das Grab, in dem er liegen würde. Er hatte ein schmales Plätzchen auf einem Friedhof auf dem Land erworben, in der Nähe eines Weihers. Die Sonne brannte auf die Gräber, aber der Friedhofswärter hatte die Erlaubnis, Bäume zu pflanzen. Lear würde im Schatten vermodern, in königlichem Frieden, von Bambusgemurmel und dem Geplätscher des Wassers gewiegt. Wenn er es bezahlen könnte, wäre sein Lager von Blumen umrankt, die jeden Tag gegossen würden und von seinem Kadaver genährt. Blumen wuchsen hier schnell. Vor der Wahl seiner Grube hatte der alte Lear seinen künftigen Sitz inspiziert. Gefräßige Riesenblumen lagerten auf den Gräbern, wucherten über die Steine und fraßen die Grabinschriften. Der Wärter war dem nicht gewachsen. In dieser Ecke des Friedhofs lagen nur ausgemergelte Greise, die vor der Wiederkehr der Moderpflanzen, von denen Saigon gemästet wurde, ins Gras gebissen hatten. Ihre vertrocknete Haut spannte über Knochen, die bald zu Staub zerfallen würden. Knochen, die ächzend des Gedrängels in regnerischen Nächten vor den staatlichen Geschäften gedachten, wo man sich für eine Handvoll schimmligen Reis auch noch anbellen lassen mußte. Sie waren schon als Skelett unter die Erde gekommen. Knochensäcke, die nur Fauliges, Flachsiges, Wurmiges zwischen die Kiefer gekriegt hatten. Sie waren leicht, so leicht in ihrem Sarg, der wie ein Zweig ins Loch fiel. Doch wenn man die schönen Blumen sah, die aus ihren Überresten wuchsen, konnte man meinen, sie hätten doch noch irgend etwas besessen. Diese verhungerten Greise, mal so mal so indoktriniert, hin- und hergerissen zwischen hü und hott, waren ein Dünger, wie es ihn nicht mehr gab. Sie arbeiteten noch vier Meter unter der Erde. Die heutige Jugend sollte sich daran ein Beispiel nehmen. Das sagte der Wärter jedem, der es hören wollte. Er sah sie ja, wenn sie angerast kamen mit ihrem frischen, fetten rosa Mark auf ihren knatternden Maschinchen. Von den paar Schritten bis zum Grab schwitzten sie schon wie kranke Schweine. Drei Bücklinge, zwei Weihrauchstäbchen vor dem Medaillon der Ahnen, und pffft saßen sie wieder rittlings auf ihrer Rakete. Wenn die einmal in die Grube führen, bräuchte man gar nicht erst fragen, ob sie die Blumen nähren könnten. Sie würden alles für sich behalten, die Speckfalten, die starken Knochen, das dichte Fell und die Goldzähne, genauso knausrig wie die Reichen am anderen Ende des Friedhofs. Die Blumen auf ihren Gräbern blieben verkrüppelt, obwohl sie morgens und abends gegossen wurden, und sahen ein wenig nach Mißgeburt aus. Der alte Lear dagegen könnte wie ein König von seinem Thron am Teich aus nachts die Sterne zählen. Morgens kämen die Vögel und tauchten ihren Schnabel ins Wasser. Und in der Dämmerung legten die Blumen sich auf ihn, während die Grillen ihre Sonatinen zirpten. Da konnte man richtig Lust bekommen, sich gleich in die Grube zu legen, um sich's wohl sein zu lassen, hatte der Quieker gesagt, der gern scherzte, es aber gar nicht eilig hatte, seinen Koch loszuwerden, denn er klammerte sich an sein Leben, koste es, was es wolle, weil man da oben beim Großen Tauben sicher in die Fresse kriegte tagtäglich, aber wohl kaum gegrillten Aal. Mit Grabesstimme segnete er das schmale Fleckchen Erde, das König Lear erworben hatte, klopfenden Herzens vor

Hoffnung, die beiden Kleinen eines Tages dort vereint zu sehen, weiß verschleiert und gesenkten Blicks, angeflogen aus der anderen Hemisphäre, um den Greis in seiner Grube zu beweinen. So bald würde er nicht gehen, da war der Quieker vor, der ihn mit allen Mitteln zu erheitern suchte, wenn der Kerl das komische Bedürfnis hegte, seinen Tränensack zu leeren. Das war ungefähr so, als wollte man einen enthäuteten alten Aal kitzeln. Dem traurigen Sire war allenfalls ein Grinsen zu entlocken, wenn der Quieker Arien mimte, etwa die große Szene der Jungfrau, die zur buddhistischen Nonne wurde und *Tränen, Seufzer, Schwindel, hinter dem langen Ärmel verborgenes Gesicht* den Geliebten wegschickte, als er an der Pforte ihres Klosters klingelte. Der Quieker gab sich ziemlich Mühe, den König zum Kringeln zu bringen. Doch kaum hatte er Balsam auf seine Wunden geträufelt, riß der dünnhäutige Alte sie wieder auf, um Salz hineinzustreuen. Wieder so ein Streich des Großen Tauben. Er hatte das gern, all diese Wunden, all diese zu ihm hingereckten Mäuler, er, der nichts hörte und diese Vögel mit den aufgerissnen Schnäbeln verdutzt beguckte, weil das blaue Zeltdach ihr klagendes Schlagen schluckte und sie sich vergeblich heiser schrien. Wenn der Große Taube einen Blick durchs blaue Zeltdach warf, sah er nur lange dünne Hälse und aufgesperrte, aber stumme Mäuler. Und je nach Laune ließ Er einen Wurm in einen geöffneten Schnabel fallen oder schickte einen Räuber, um die ganze fordernde Brut zu vernichten. Lear öffnete Mund und Wunden und erwartete die nächste kalte Dusche. Das alte Vatertier wollte die Aufmerksamkeit des Großen Aufpassers auf sich ziehen, um seinen Prinzeßchen Prügel zu ersparen. Die alte Lederhaut bot sich als Punchingball für Seine schlechte Laune an. Zum Schlapplachen, fand der Quieker. Je mehr er über den Großen Aufpasser motzte, desto mehr mochte König Lear den Katechismus. Was man dafür verantwortlich machen sollte, väterliche Gefühlsduselei oder die Heidenangst vor dem Tod, war dem Quieker nicht klar. Doch solange Lear mit sachkundiger Hand den den Flammen geweihten Aal fing, tötete und häutete, gab der Quieker sich versöhnlich – für die paar Monate, die er noch hatte. Auch wenn er so lang wie möglich bleiben wollte (er würde nicht die Anker lichten, bevor er voll beladen war mit Wasserschlangen), wenn er sich wie ein Tobsüchtiger an die Kaimauer krallte, könnte er die marode Maschine mit den verrosteten Teilen und dem pfeifenden Röcheln nicht mehr lange am Laufen halten. Alles in allem war er ganz froh, daß man ihn aus dem feuchten Loch geholt und ihm eine Nachspielzeit gewährt hatte, die er als Hofnarr König Lears, Aalesser und Jahrmarktsmärtyrer nicht schlecht verbracht fand. Mit seiner Nummer des vom Pranger befreiten Verdammten hatte er die Gläubigen dazu gebracht, für die unverhoffte Zugabe zu bezahlen und so die Schuld zu begleichen. Doch nun, da von früh bis spät die Schafe zu der frischgeputzten Krippe kamen, um dem Großen Tauben Lob und Dank zu blöken, pfiff der Quieker allmählich auf dem allerletzten Loch. Hauptsache, es war zu Ende, bevor König Lear sich zur Ruhe legte zu seinen Sternen, seinen Grillen, seinem Bambus und die Küche verwaisen, das Feuer verlöschen, die Aale in Ruhe und den Tischgenossen verhungern ließ. Doch der Quieker war auf der Hut. Man könnte ihm die Zunge abschneiden, wenn der Große Taube ihm da nicht wieder einen seiner üblen Streiche spielte – und König Lear zuerst zurückpfiff. Und der Narr wäre verlassen und all seiner kleinen Freuden beraubt. Nein, niemals! Er wüßte Haltung zu bewahren. Er würde sich auf der Stelle in ein Aalbecken stürzen. Kein Grab. Kein Gedöns. Nur ein Gefolge wohlgenährter Wasserschlangen, um ihn würdig zu empfangen.

Denken Sie gelegentlich an den Tod? Sehr oft (den der anderen, die mit angesehen haben, wie Sie in der Klemme steckten, die sich zum Henker scheren und mit offenem Maul krepieren sollten) – selten (keine Zeit, sich die Stimmung zu vermiesen mit Gedanken über die letzten Dinge) – nie (verdirbt den Teint). Glauben Sie an ein Leben danach? Ja (falls Hoffnungslauf) – nein (falls man für seine Sünden bezahlen muß) – keine Meinung (das soll schon das Leben gewesen sein?). Würden Sie gern als alte Spinne wiedergeboren werden, die nur im Altweibersommer herumspinnt? Ja (au ja! Mädchen erschrecken!) – nein (igitt!) – weiß nicht (kann sich eine Wasserspinne, wenn sie wieder auf die Welt kommt, in eine Sylphe verwandeln?). Würden Sie gern mit den Toten kommunizieren? Ja (um im Büro damit anzugeben) – nein (welche Sprache sprechen eigentlich Gespenster?) – weiß nicht (ist doch schon mit den Erdenzombies immer ein Kreuz und ein Theater, und dann erst mit Geistern ...). Die Hand zur Faust geschlossen, den Daumen hochgereckt ans linke Ohr gelegt, gab meine junge Kusine metaphysische Telefoninterviews. Sie stellte die Fragen und beantwortete sie in variantenreichem Spiel. Ein zögerndes Vorstülpen der Lippe, ein Stirnrunzeln, ein Beben der Nasenflügel, ein ungeduldiges Seufzen, ein leise verächtlicher Unterton, Spuren von Zähnen, die an einer Unterlippe nagten, und das Ganze von Ausrufen unterstrichen, die wie

Perlen von einer gerissenen Kette fielen. Vor ihr stand ein großer weißer Teller mit dünnen Scheiben rohen Schinkens, die sie mit den Fingerspitzen trennte und, den Kopf nach hinten geworfen, zwischen einer Grimasse, einem kehligen Lachen und zwei improvisierten Antworten auf ihre Expreßerhebung, langsam verzehrte. Grandios, der Prosciutto. Famose Leckerei. Und dieser Geschmack auf der Zunge. Stets barg der Kühlschrank der blitzblanken Küche solche Schätze. Dinge, die die Papillen in Aufruhr versetzten. Einziger Trost der öden Sonntagssitzungen im nagelneuen Haus. Mittags schon ging es los mit denkwürdigen Delikatessen: exotischen Überraschungen, unerwarteten Saucen, seltsamen Mischungen, köstlichen Geschmacksfinessen, die einen Säulenheiligen von seinem Sockel holen könnten. Und das war nur der prachtvolle Auftakt. Dann, wenn man das erste Mal vor Langeweile gähnte, mußte man nur in den Kühlschrank sehen und ließ wie ein Grabräuber die Überreste mitgehen. *Glauben Sie an Geister, die wiederkommen, um Sie an den Füßen zu ziehen? (Der Tote setzt den Lebenden in Besitz, sagte Einarm.) An die neun Kreise der Hölle? (Wie wild und rauh und dicht sein Dickicht droht, warf die Sphinx hin, voll daneben.) An das Schweifen der Seelen, die keine Ruhe finden? (Wir waren Menschen, nun sind wir Gestrüppe, seufzte die Kusine, um anzugeben.)* Noch ein Scheibchen prosciutto crudo. Das letzte. Im Kühlschrank war noch getrocknetes Bündner Fleisch. Und ein volles Glas Cornichons. Die Finger in den Essig tauchen und eins dieser winzigen, dünnen, knackigen Gürkchen ziehen. Und genießen, eins nach dem andern, das Glas in der Hand *(Und der Tod König Lears? fragte Einarm).* Oder, noch besser, die knackigen kleinen Dinger ein wenig in scharfen Senf zu stippen. Das biß auf der Zunge, piekste im Bauch. Nicht unangenehm, gar nicht. Und zum Schluß, um den Magen zu schließen, eine Stange knuspriges Brot mit einem Schluck Wein vom Mittagessen *(Und der Tod des Alten? redete Einarm allein in ihrer Ecke vor sich hin, denkt ihr oft daran, selten oder nie?).* Aber auf die schlanke Linie achten! Abends stand Hirn auf dem Speiseplan. Verglichen mit dem blutigen Steak vom letzten Mal kein aufregendes Programm. Doch der Lamaist legte Wert auf ein leichtes, fades Essen, Hirn mit Gemüseallerlei, um nachts nicht aufstehen und nach den Verdauungspillen tasten zu müssen. Eher komisch, der Schwager mit seiner Meditationsmanie. Sonntags nach dem Liebesmahl spirituelle Erbauung und turbulente Verdauung für den Rest der Woche sowie drakonische Schonkost. Sonst eine Seele von Mensch. Ein nachdenklicher Atlas, allzeit bereit, dein Päckchen auch noch zu schultern neben seinem. Ein Oberpfadfinder mit seinen Hagestolzmanieren, dem Kerzenstummelsammeln, der einschläfernden Stimme, mit der er seine Phrasen drosch und schlüpfrige Schüttelreime zum Dessert servierte, über die nur der Galgenstrick sich amüsierte, der sie beim Essen ausgebrütet hatte und in lautes Gelächter ausbrach, wobei es ihn nicht irritierte, daß der Rest der Tischrunde schwieg und angewidert den Mund verzog *(Denkt ihr an König Lears Begräbnis? Oft, selten oder nie? murmelte die andere Versehrte, die in der Küche auf und ab lief).* Wenn er unter fetten Lachsalven seine Zote abgeschossen hatte, zog sich der Meditant zurück in seinen Panzer, um ernst, wie die Schildkröte am Salatblatt kaut, im Spirituellen zu ackern oder sich abzurackern an seinem Sparplan und wie versprochen bis zum Ende des

Tages keine argen Sachen mehr zu erzählen und keinen Ärger mehr zu machen. Kein Wort mehr zuviel zu sagen. Keine Seitenblicke mehr auf Schwesterchens entblößte Beine zu werfen, die tanzten, um der Langeweile zu entgehen – die Zeiger der Pendeluhr auf der Kaminverkleidung krochen dahin, und der Sonntag, der so schwer wog wie der Kopf des Catoblépas, zog sich in die Länge. Mit dem Quadratschädel an seinem langen, schlaffen Hals sah der Meditant auch ein wenig wie ein melancholischer, spitzbärtiger Catoblépas aus. Manchmal blieb er den ganzen Sonntag in seiner Ecke, mit hängendem Kopf, die Augen starr auf den Teller oder auf seine Füße gerichtet, würdigte niemanden eines Blickes und hatte kein spannendes Spielzeug, keinen blöden Bluff auf Lager, um Beifall zu heischen. Und wenn er dann nicht einmal seine schlüpfrige Rakete zündete während der Mahlzeit, wenn er so mißgelaunt war, daß der schwere Kopf am Ende seines langen Halses baumelte, als würde er gleich zu Boden rollen, mußte man darauf gefaßt sein, am späteren Abend mit ollen Kamellen behelligt zu werden, just wenn man in die Falle kriechen wollte. Mit der Legende von seiner Bekehrung, die er stets in epischer Breite erzählte, obwohl sie jeder bis zum Erbrechen kannte: Wie er eines Abends mit dem Schiff nach Elba wollte. Wie das Gewitter losbrach. Wie der Catoblépas sterbenskrank an Deck stand und sich ans Geländer krallte. Wie ein merkwürdiger Geselle mit Spitzbart und Quadratschädel auf dünnem Hals, aber offensichtlich starkem Magen auf den Ritter ohne Furcht und Tadel zutrat, der seine Seele über Bord spie, *to show him the way,* denn der Bote tat sich in der Sprache Shakespeares kund, und *the way* ging nach Osten, zum Dach der Welt. Verdammt, na klar, dachte der Noch-nicht-Meditant und kotzte sich noch einmal richtig aus. Als er schließlich, vom Sich-Übergeben und dem peitschenden Regen ermattet, immer noch ans Geländer gekrallt, auf eine Bank sank, haute die seltsame Gestalt dem Erstaunten das ABC der Weisheit um die aufgesperrten Ohren, *Maya, Tantra, erlöse uns von dem Bösen.* Genau in dem Moment, da er ohne Wenn und Aber dem Palaver erlag, strandete das Schiff nach vielen Tänzchen auf den Wellen, um an der Insel Elba zu zerschellen. Das war nun aber keineswegs das Ende von der Legende seiner Bekehrung. Wagte ein Verwegener gar den Versuch, um Gnade zu bitten oder dem Gerede Einhalt zu gebieten, erhob der Catoblépas plötzlich sein schweres Haupt und blickte vorwurfsvoll und stumm um den ganzen Tisch herum. Das war das Ende: Denn wenn man ihn bremste in seinem Elan, fing er jedesmal wieder von vorne an. Wie einst an einem Sommerabend das Schiff, das sich sonst geruhsam von der Hafenstadt Marseille auf den Weg zur Insel Elba machte. Und das Gewitter. Und die Elemente. Wie sterbenskrank. Das Meer, das wie ein Grabtuch war. Der merkwürdige Geselle. Das ABC der Weisheit. Und er ganz Ohr. Und Maya, Tantra, erlöse uns von dem Bösen. *(Haben Sie schon an das Leichentuch König Lears gedacht? Oft, selten, nie? Einarm hatte die Nase in ihr Buch gesteckt, ihre makabren Spitzen klangen, als läse sie laut daraus vor.)* Kopfzerbrechen bereitete dem Meditanten, der sich gern selbst als Bekehrer gesehen hätte, allenfalls König Lear, er hätte ihn gern an der Hand genommen, den verirrten Greis, den von den Scharlatanen in Soutanen Verführten, den von Weihwasserkesselfröschen und Missionarsgesindel Verwirrten, von der ganzen zähneklappernden Bruderschaft, die man in den glorreichen Zeiten aus den Kontoren des Empire exportierte, um die eisigen Schauer der Höllenangst über gekrümmte Rücken zu jagen und Starrköpfe zu taufen mit dem stehenden Gewässer der gebenedeiten Zivilisation, der zwei Jahrtausende alten *cloaca maxima*. Also sprach der Meditant. Von Zeit zu Zeit ergab er sich der lyrischen Revolte. Dann lief er scharlachrot an, traktierte die Wand, den Tisch, die Lehne seines Sessels mit Fausthieben, und alle machten große Augen, baß erstaunt, daß aus dem sonst so sanften Mund so scharfe Worte schossen. *(Die Einarmige hatte eine neue Granate entsichert: Und die Letzte Ölung des Alten, habt ihr daran schon gedacht?)* Wenn der Meditant sich den Korb vom Maul riß, mutierte er zum Mastiff. Die Reißzähne bleckend und gottserbärmlich heulend, hetzte er gegen die Seelenverdreher und Prediger der Katechese, die er als Opferstockräuber und Essigtrinker enttarnte, als Verderber junger Hirne und Novizengrabscher. Am schlimmsten aber seien die Pfäfflein gewesen, die den Heiden in den Kolonien heimläuten wollten mit ihrem Evangelium nach St. Nimmerlein. Endlich würden die Schleusen der zwei Jahrtausende alten *cloaca maxima* geöffnet. Die Schlüsselträger der *cloaca magnifica,* die alten Kanzelschwalben, hätten den Kreuzfahrern reifen Käse, den Ungläubigen aber schäbige Bibeln gesandt, die in der tropischen Hitze Aureolen aus Schwärmen von großen blauen Fliegen bekamen. Das Evangelium nach St. Nimmerlein habe den kleinen Heiden dennoch das Wort Gottes erklärt und sie gelehrt, daß alles ihre alleinige Schuld sei, ihre große, übergroße Schuld (klopf! Sünderherz, klopf!), doch wenn sie so dünn und verhungert blieben, gingen sie ohnehin bald ein – durchs Nadelöhr ins Paradies. Der Meditant im dyspeptischen Gottesurteil (also sprach Einarm, nie verlegen um kleine Gemeinheiten und große Worte) hatte die Pfaffen gefressen und die Schnauze voll von ihnen, wenn er sonntags bei Tisch tobte. Die dreh' ich dir durch den Wolf, die durchtriebenen Gottesdiener, die aufs himmlische Jerusalem schielen und heimlich auf das Erhabene pfeifen, Hauptsache, sie leben wie Maden im Käse. Die kriegt auch noch ihr Fett ab, die bramarbasierende Brut, die ausgezogen ist, um unter den Heiden Duftmarken der Zivilisation aus Reueschweiß und frommen Miasmen zu setzen (sie würden dann noch mehr ackern für die armen Plantagenbesitzer, die zwar die Ersten waren, aber bald die Letzten und Kamele sein müßten, um durchs Nadelöhr zu gehen). Ein Hort für Wunderheiler, die himmlische Giftmischer-Gang mit den hilfreichen Binsen, *Leide und du kriegst dein Trinkgeld.* Beug deinen Kopf und laß dich scheren, tapferes kleines Schaf, bis eines Tags der alte Lämmergeier vom Himmel herabschwebt, seine Klauen in deinen Nacken schlägt, dich zu seinem Horst trägt und zur Belohnung für deine Klagelieder *Ich bin arm und schwach, o Herr, handle schnell für mich, denn du bist mein Helfer und mein Retter, mein Gott, säume nicht,* seinen langen krummen Schnabel in dein Herz gräbt, das noch vor Hoffnung bebt wie das eines Schiffbrüchigen, der wähnt, es sei Alkyon, der sich vor ihm erhebt. Der Meditant machte sich dafür stark, Lear die Augen zu öffnen und ihn aus dem Nadelöhr zu ziehen, durch das der Alte unbedingt wollte, wenn schon nicht mit dem ganzen Sack seiner gebrochenen Knochen, so doch zumindest mit dem Kopf, der von fixen

Ideen schwirrte, seit die Himmelsstrahlen ihm das Hirn verwirrten. Es sollte nur kommen, das Lamm Gottes, in das funkelnagelneue Haus, es wäre eins zwei drei gewendet wie ein Handschuh, sofern es den Meditanten verstünde, der ihm das ABC der Weisheit verkünden würde, doch wie sollte er sich verständlich machen, wenn seine bessere Hälfte ihm dabei keinen Beistand leisten wollte? Sie habe schon genügend zu tun, wie eine Dampfwinde auf vollen Touren mühe sie sich damit ab, das königliche Wrack in den Hafen zu hieven, dessen alte Brüstung auch noch poliert werden müßte. Läge der alte Kahn dann fest, käme es nicht in Frage, im Laderaum zu wühlen, um die Fracht auszutauschen. Er sollte nur kurz vor Anker gehen, um seinen Rumpf zu schrubben in süßem Wasser, süßer als der saure Apfel, in den seine Kinder beißen mußten, und wieder abzudampfen. Wichtig war nur, daß König Lear die Liegezeit gefiel. Dann könnte er sich für den Rest der Ewigkeit seiner Seele widmen und entscheiden, wem er sie verschreiben wollte, den Katecheten, den Brahmanen, den Sufis oder etwelchen andern Blendern. Dem ohne viel Federlesens zu seinen Sitzungen verbannten Meditanten war damit der Schnabel gestopft. Die Seele von Mensch war und blieb eben ein Seelchen, das vor dem dräuenden Gewitter sofort die Segel strich, damit es ihm nicht auf den schon angeschlagenen Magen schlüge. Deshalb behielt er das ABC seiner Weisheit für sich und trollte sich in seine Ecke, wo er schmollte und den Catoblépas spielte, mit schlaffem Hals und hängendem Kopf, die Augen gesenkt und den Mund versiegelt. Keine Cornichons mehr. Oje, dem Meditanten zugehört und nebenbei ein ganzes Glas geleert. Kein allzu großes, aber immerhin. Und ein Bund Stangenbrot und ein paar kleine, mit Cumin, rotem Paprika, grünem Pfeffer gewürzte Käse. Nicht zu vergessen der Kranz kleiner Würste, die kaum länger waren als ein Fingerglied, aber fein fleischig unter der zum Platzen gespannten rosa Haut. Ein Desaster für die *mens sana,* all diese Genüsse, die dir vom Grund des Kühlschranks entgegenlachten, die zu dir flehten, sie herauszuholen aus der eisigen Gruft, in der ihr Herz erfror, und sie auf deine Zungenspitze zu verfrachten, daß sie deinem Gaumen schmeicheln und dein Blut erhitzen. *(Wann wird König Lear den Würmern zum Fraß vorgeworfen?)* Da krächzte die Pythia schon wieder das Lied der Verleumdung und spie einen Mißton in das Magnificat der kleinen Freuden. Das sinistre Solo sorgte für Gänsehaut und vergällte einem den Geschmack an den genossenen Köstlichkeiten. *(Wenn der erschreckende Aspekt, unter dem uns der Tod erscheint, der Idee des Nicht-Seins geschuldet wäre, müßten wir denselben Schrecken empfinden beim Gedanken an die Zeit, da wir noch nicht waren.)* Rasch etwas Knackiges zum Knabbern! Hauptsache Krach zur Ablenkung der kleinen grauen Zellen. Hatte Einarm erst losgelegt und dir ein, zwei Löffel ihrer schwülstigtrüben Brühe eingeflößt, war kein Entkommen mehr, es folgte eine Stunde geistiger Tortur, wie eine rostige Kurbelwelle knarzte die Stimme Worte aus dem Hexeneinmaleins, die deinen Schädel zusammenpreßten wie die Backen eines Schraubstocks, und ätzende Säure ergoß sich in Mund, Nase, Augen. Iiihh! Die Hexe mit ihrem Schierlingsbecher, würde Theo jetzt sagen. Noch so ein Zeck im Pelz. Wäre er doch einmal einfach nicht mehr da! Statt hier als Propagandistin des Sinistren die Atmosphäre zu vergiften *(Wir müßten denselben Schrecken beim Gedanken an die Zeit spüren, da wir noch nicht waren),* könnte Einarm ihre Beschwörungsformeln doch gegen die Mansarde richten, wo der rege Theo derzeit wohl fett auf dem Futon fläzte mit starrem Blick auf das magische Fenster, den mit Erdnüssen gefüllten Mund weit geöffnet, um bei jedem Strafstoß bereit zu sein zum Schrei. Nur ein kleiner Zauber auf dem Futon. Ein Wirbel aus Scheuerpulver, eine blaurote Wolke, und an des ewigen Theo Stelle leckte ein getigertes Kätzchen sein Fell und folgte mit seinen Augen dem Flug des Balls im magischen Fenster. Wäre Theo seniors Seelenwanderung vollendet, müßte sie nur den Entzaubertrank erwärmen und in einem Zug hinunterstürzen, wo der kochendheiße Aufguß Theos Samen sanft in ihrem Bauch verwelken ließe wie ein zu oft gegossenes Steckreis. Dann wäre das Spektakel zu Ende. Die schönen Tage kämen wieder. Die Gefahr des Ballonbauchs wäre gebannt. Das Tigerkätzchen würde auf dem Futon mit dem früher adoptierten Kater spielen. Die Mansarde wäre voller Katzen. Ein ganzes Rudel schwarzer, weißer, roter, getigerter Bälger würde auf dem Futon tollen, überall Haare verlieren und sich immer wieder an den langen nackten Beinen reiben wollen, vor deren Schönheit alle Miezen dieser Welt einpacken könnten, würde Theo maunzen, der hinfort ein netter Schmusekater wäre.

Gegen nette Schmusekater hätte sie nichts einzuwenden. Nur von den Haaren bekam sie Asthma. Und der Geruch der Katzenpisse, der in der Bettwäsche hing und in den Haaren, der an der Kleidung klebte und an der Haut, das war nun wirklich nicht ihr Ding. Am Ende stank sogar das Essen danach. Sicher hatte die Sache auch gute Seiten, wenn man bedachte, wie viele Schätzchen den Vertrag mit ihrem Partner brachen, ihn mit harter Hand aus der Wohnung warfen und das Liebesnest danach zu einem Asyl für ausgesetzte Kätzchen machten. Für sie wäre das nichts, die Waldkönigin zu spielen mit ihrem miauenden Gefolge. Die ältere meiner Kusinen, zurück vom Abort, schoß diesen Pfeil mit einer Miene mitten ins Zimmer, als hätte sie niemand Bestimmten im Visier, und schmiß die Zeitschrift, die sie an besagtem sichern Ort gelesen hatte, auf den Tisch. Was heißt Zeitschrift, das war ein vietnamesisches Käseblatt, das jede Menge Kohl aus dem Exil zerpflückte, husch-husch gepflanzt und mit entsprechender Gesinnung kultiviert von einer Armee aus Schattengärtnern, um mit den Kommunisten abzurechnen, den Schlächtern des Landes, und Inventur zu machen, denn die Roten waren schuld an dem Ruin, die Roten hatten sich am Vaterland bereichert, die Roten hatten die Heimat mit Stacheldraht umzäunt, die Roten hatten die Erde mit dem Blut der Rebellen getränkt, und jetzt verschacherten die gewendeten Roten das Land Stück für Stück an Spekulanten der übelsten Sorte. Der an eine Gesellschaft mit beschränkter Haftung vertickten Diktatur geigte das Käseblättchen jeden Monat richtig die Meinung. Doch am Ende des Hauens und Stechens hatten die Schattengärtner, so tollkühn sie auch gegen Reinheitsfanatiker und Fließbandgehirnwäscher fochten, nur ein wildes Durcheinander von Schiebern auf ihrer Forke, die schnell zum Abschluß kommen wollten und verschwinden. Mir nichts dir nichts hatte das Pidgin dem Parteichinesisch den Rang abgelaufen. Schmiergeld hatte die kommunistische

Krankheit geheilt! Und was nun? Die Kritiker des Käseblättchens waren völlig verdattert. Und dafür der ganze Aufwand? Ach, bräche das eherne Zeitalter doch wieder aus, die dunkle Dekade, da die Vertriebenen Trauer trugen um das gefolterte Vaterland, da sie sich trafen, um vereint der Verlesung der Klagschrift zu lauschen, geschrieben mit dem Blut ihrer unglückseligen Brüder, die von einem Kerker zum andern wandern mußten. In winziger Schrift auf Durchschlagpapier gekritzelt, so klein gefaltet, daß sie in eine hohle Hand paßte und in ein Pfund schwarzen Tees geschmuggelt werden konnte, hatte die Klagschrift schließlich unter Onkel Hôs Nase die Grenze passiert. Dahin die tragischen Tage, da die Synode der Schattengärtner heimlich zur Nachtwache antrat, wo sie sich unter Alkoholeinfluß dem Genuß heimatlicher Speisen hingab, mit der Zunge schnalzend vor Verzweiflung und kopfschüttelnd den Nachrichten lauschend, die aus dem Vaterland kamen, wo man Wurzeln aß und trübes Wasser trank, bis man an der Ruhr erkrankte und krepierte. Was sollten die Kritiker heute sagen, wenn sie einander trafen im Büro des Käseblättchens, was gab es zu erzählen über die neuen Sprößlinge des Landes, Glückspilze allesamt, ihre mit Delikatessen gemästeten, von Köstlichkeiten verwöhnten Brüder, die große Ansprüche stellten und davon sprachen, endlich eine Diät zu machen, aber ständig diese Bonbons lutschten, die im Mund schmolzen, nicht in der Hand von Mädchen, die an meistbietend vermieteten Mauern hingen? Unter Mädchen, die Kaugummi kauten, wegwerfbare Taschentücher schwenkten, sich gepanschtes Parfum hinters Ohr sprühten, aus tragbaren Telefonen wuchsen wie Seerosen aus dem

Sumpf der Spekulation, unter Mädchen, die das traditionelle Gewand angelegt hatten, um die Freuden eines Luxusurlaubs in einem renovierten Palast marktschreierisch anzupreisen, in dem noch Reste kolonialen Prunks zu finden seien, umerzogenes Personal ohne Gehirnwäschespätschäden, ein Chamäleon von Koch für fixe Ideen oder den plötzlichen Anfall von Lust auf ein ordentliches Stück gegrilltes Fleisch mit Pommes *(nach all diesen Chinoiserien in grüner Sauce),* unter beleuchteten Mädchen, die allem und jedem schöne Augen machten, gab es an hastig geweißten Wänden noch Spuren der dunklen Dekade, Befehle, die zu befolgen waren, wollte man nicht als Suchhund in den Minenfeldern enden. Unter Reklameplakaten ein Palimpsest des Terrors. Den die Nachtwächter des Käseblättchens starrsinnig wiederbelebten. Zum Wohl ihrer Brüder, der Einfaltspinsel, die sich einlullen ließen, als vorübergehend Ballast abgeworfen wurde, und möglichst schnell die Dekade der Kläffer vergessen wollten, als Lautsprecher allenthalben rote Galle spuckten und die Wände des Geburtsknasts mit Spruchbändern ausgeschlagen waren, die in vom Stern der Partei geprägten blutigen Lettern dem Dünkel der neuen Feldwebel zur Darstellung verhalfen. Denn die Genossen aus dem Norden hatten es für ihre heilige Pflicht gehalten, den unwissenden Brüdern das Evangelium verkünden, ihre den Nuntii des Kapitals verpfändete Seele zu erlösen und ihnen den Weg zur Wahrheit zu bahnen, wozu ein paar Köpfe rollen mußten, die sie, mazeriert im Saft der Selbstkritik, auf Piken spießten und am Eingang von Akademien aufpflanzten, die, in Malarialöchern errichtet, Starrköpfen radikale Heilung versprachen. Und nun, da Blaubarts Burg hinter dem Lächeln der Mädchen, die so entzückend von den Zinnen hingen, verschwunden war, wollten die gerissenen Brüder alles vergessen, die blutbespritzten Wolken überm Stacheldraht, die abgehackten Köpfe, die irre gewordenen Hirne, die Gerippe, die sofort zu Staub zerfielen, die Gelenke, die von den rostigen Gliedern einer viel zu kurzen Kette bis auf den Knochen abgerieben waren, alles, was die Kritiker des Käseblättchens zwar nicht am eignen Leib erfahren mußten, aber wußten und mit der Unfehlbarkeit enthemmter Schwätzer zum besten gaben, aufgewühlt von der Aussicht auf ein Wiedersehen mit ihren bald arbeitslosen Brüdern, die glaubten, daß ihnen die geschmorten Schwalbennester ins Maul fliegen würden. Hungerleider, die der roten Pest entkommen waren und nichts im Kopf hatten, als ein paar Groschen abzustauben und sich ein Scheibchen von den Spezereien abzuschneiden, ihr Teil abzukriegen von dem ganzen ultramodernen Schnickschnack, mit denen ihre Brüder, die Exilanten, ihre Nische der Verbannten ausgestattet hatten am anderen Ende der Welt, vollkaskoversichert und von allen Blickwinkeln ausgeleuchtet, um die im Land verbliebenen Verwandten mit Hochglanzfotos zu erfreuen und träumen zu machen von einem nagelneuen Morgen mit Gesang in High-Fidelity und einer blitzblanken Küche mit saugstark summender Dunstabzugshaube, jaulendem Telefon und einem glänzenden Kasten, der pausenlos Bilder spuckte. Die Kritiker des Käseblättchens wollten ihren Augen kaum trauen, als sie sahen, wie die listenreiche Verwandtschaft aus wackligen Pfahlbauten kleine Schmuckstücke gezaubert hatte und ganz *up to date* brillierte mit dem kitschigsten Komfort, imitiert und importiert unter Mißachtung ihres Copyrights auf das Glück. Und dann waren sie noch so unverfroren, sich abends in dunklen Spelunken zusammenzurotten und schwadronierenden Schmarotzern zu applaudieren, wandernden Komödianten und Bühnentieren, die es wagten, auf ihrer Schmiere die tapferen Brüder, die Exilanten, auf den Arm zu nehmen, weil sie am anderen Ende der Welt vor Anker gegangen waren, um Anklagen gegen die Festungsmauern von Blaubarts Burg zu feuern wie Torpedos und jetzt mit ganzen Wagenladungen von Fracht aufkreuzten, um das Schiff wieder flottzumachen (*Haifische backbord!* schrien die Smutjes im Saal). Kaum angekommen, stolzierten die neuen Wohltäter übers Oberdeck, am Gängelband ihres Köfferchens mit Automatikgreifer und auf Trab gehalten vom Piep-piep der tragbaren Telefone, die um die Wette Riesenkreditschwindeleien anboten (*Achtung, Razzia!* schrie ein Späher aus dem Hintergrund der dunklen Spelunke, und die Galeerensklaven lachten sich krumm und scheckig). Die neuen Wohltäter stolzierten herum, bereit, mit Blaubart zu paktieren, dem Menschenfresser aus den Bergen, dem wilden Tiger mit dem Herzen aus Kristall (der Name tat nichts zur Sache), um die alten Zimmer und Vorzimmer des Todes abzustauben und im Handumdrehen in prunkvolle Karawansereien zu verwandeln. *Reiche und Raubritter zuerst!* schrien die Schiffer, die vor dem Ende von Bord gingen, weil sie sich früh am nächsten Tag wieder in die Riemen legen mußten zum Nutzen der neuen Wohltäter, die herumstolzierten und kleine Scheinchen fallen ließen, die echten vom anderen Ende der Welt, nicht Blaubarts Blüten, die aussahen wie das Kunstgeld, das man auf Totenaltären verbrennt. Sie dachten auch an den Tod, die neuen Wohltäter, die Raum zum Bauen brauchten, Raum, all ihre Sachen zu verstauen, Raum, sich bedienen zu lassen, Raum zum Prassen, Raum zum Erblassen. Denn die zurückgekehrten Brüder kamen mit ihren Gaben, weil das Gewissen sie drückte, mit Schanker und Jauche, Pusteln und Zysten, Gerinnsel und Krebs. Daß die Heimat auch einen Nutzen ziehe aus dem im Exil gewachsenen Speck, den Sparschweinen, die bis zum Verenden mit feinem Futter gemästet worden waren. Man hatte die Heimkehrer gelockt mit dem Versprechen, ihnen ein Plätzchen ihrer Wahl zu gewähren auf dem schönsten Boulevard zur letzten Ruhe, ein Bett mit einem Baldachin aus Büschen, zart geblümter Umfassung und einer marmornen Stele, gesegnet vom Gott der Reichen, der seltsamerweise noch jede Baisse überlebte. Für ein kleines Bündel grüner Scheine erhielten die neuen Wohltäter als Gegenleistung die Versicherung, ihre kostbaren Überreste würden, sofern sie den entsprechenden Hautgout hätten, heimgeholt und von der gewählten Erdöffnung verschluckt, nicht ohne angemessene Verabschiedung samt herzerweichendem Geheul von einer Herde Klageweiber, das sei selbstverständlich Bestandteil des Vertrages. Dazu die Pantomime einiger Mönche oder eines Priesters, vereinzelte Schreie und Gemurmel am Grubenrand, und die Marmorlippen schlössen sich über dem kostbaren faulen Fleisch des Ex-Wohltäters. Doch noch profitierte das kostbare Fleisch. Die Mädchen zeigten sich den Wohltätern geneigt und verhießen dem eine protzige Villa am Strand, dem eine frischlackierte Klapperkiste samt livriertem Begleitpersonal, dem klagende Kitharen zur Untermalung von Melancholieanfällen, dem Tanzabende auf einem kleinen beleuchteten Dampfer, stampfend unter dem leichten Schritt zierlicher schlanker Ranken, die, von der dunklen Dekade zerrissen, wie Vögelchen ins Schlangennest gefallen waren. Die Schlangen hißten, und die Mädchen stiegen von den Wänden und vierteilten sich, um sie zufriedenzustellen. Angetrieben vom triumphierenden Piep-piep, glitten sie in die geheimsten Winkel; mit ihrer Todesrassel scheppernd, vergifteten sie alles, die unerbittlichen Klapperschlangen. Sie waren in die Festung eingedrungen und hatten sich bis zu Blaubarts Füßen vorgeschlängelt, obwohl er ihnen nur das siebte Zimmer überlassen hatte zu einem ordentlichen Preis, doch sie krochen überall herum und hißten allenthalben das Lied der Versuchung. Sie waren ins Bett des Meisters geschlüpft und warteten auf die Gelegenheit zum tödlichen Biß. Eines Morgens erwachte Blaubart, auf seinem Lager ein Knäuel Klapperschlangen, *piep-piep das Stündlein der letzten Razzia hat geschlagen.* Die ganze Festung war umzingelt. Die Verliese wurden umgewandelt in beleuchtete Vitrinen, in denen am höchsten Ast des Batzenbaums die Klapperschlangen hingen. Doch Blaubart brauchte bloß Konterrevolution zu brüllen und ein paar Befehle zu bellen, schon verschwand das Lächeln der Mädchen von den Wänden, und die Festungsmauern riefen zur Wachsamkeit gegen die schleichende Subversion. Die Kläffer gaben wieder Laut, die Wächter verkündeten die Rückkehr zur Zucht, die Säuberer reinigten die Luft von den Miasmen des Kapitals, sehr zur Freude der Exilanten, die sie vorhergesagt hatten, die Wiederkunft der Knute. Schön blöd, ihre Brüder. Hatten die Einfaltspinsel doch tatsächlich geglaubt, Blaubart sei zum väterlichen Seniorchef mutiert und wolle zum Wohl seiner Kinder seine Kerker qua Recycling in einen florierenden Bazar verwandeln. Da hallte die Festung abermals wider von Blaubarts Toben, die Ausgänge wurden verrammelt, die Folterkammern wiedereröffnet, und seine Meute schnappte die Kleinen, packte sie am Nacken und warf sie gegen die Wand. Blaubart sandte seine Hunde auch zum Markt, um konterrevolutionären Schund zu konfiszieren. Sie durchstöberten die kleinen Büdchen, rissen Reklame ab, stießen Regale um, plünderten das Beste, zertrampelten die Reste und schlugen an vor Schildern, die der neuesten dekadenten Mode folgten. In den Räumen des Käseblättchens am anderen Ende der Welt war der Teufel los. Vereint schwenkten die Kritiker die Faust und beweinten gemeinsam das Schicksal ihrer Brüder, die von widrigen Strömungen hin- und hergerissen wurden und niemals sicher waren vor Wirbelstürmen. Nach letzten Meldungen hetzte Blaubarts Meute einen alten Dichter, der nur noch ein Auge hatte, seit er die dunkle Dekade in Blaubarts zweitem Zimmer zugebracht hatte, das der Entlarvung von Agenten diente, die eine entartete Kultur propagierten. Das Auge, das dem rachitischen Greis geblieben war, sah eines Morgens das Spektakel – das man vor Monaten abgesetzt hatte, um die Gimpel auf Besuch nicht zu verschrekken –, das Spektakel der heulenden Hunde, die das Haus belagerten, Bücher in Fetzen rissen und Hefte mit Gedichten zwischen den Reißzähnen trugen, als sie sich trollten. Das Auge, das dem rachitischen Greis geblieben war, hatte schon Schlimmeres gesehen und vergoß vor dem verwüsteten Garten keine einzige Träne. Doch als die Nachricht am anderen Ende der Welt ankam, lamentierten die Kritiker des Käseblättchens gemeinsam über das Schicksal des alten Dichters auf seinem Nachen, von widrigen Strömungen hin- und hergeworfen und nie sicher vor einem Niesen Blaubarts, das diesen aus friedlichem Schlaf riß und auf dem Wachturm auf- und abspazieren ließ, getrieben von der Lust zu quälen. Der Terror kehrte im Handumdrehen zurück, sehr zur Befriedigung der Kritiker im Exil, die die Wiederkunft des Verfolgungswahns vorausgesagt hatten. Mit Brüderlichkeit war ihnen nicht beizukommen. Polierte Blaubart nicht weiterhin seine Folterwerkzeuge auf? Schwenkte er da nicht schon wieder ein neues nach dem letzten Schliff? Die Kritiker rührten in der schwarzen Tinte, bis ihnen aus trauriger und vor Empörung triefender Feder die gräßliche Nachricht aufs Papier floß: Blaubart kastriert Kinder! Denn das war es, was sich hinter dem schlichten Vorschlag vom letzten Kongreß der Hunde verbarg, die Kinder der Armen an der Fortpflanzung zu hindern: ein organisiertes Massaker, der Versuch einer Verstümmelung am Fließband. Den Faulenzern, die nichts Besseres zu tun hatten als herumzulungern und ihre Brut zu mehren, schenkte Blaubart eine Gratis-Vasektomie, sofortige kostenlose Sterilisierung, belohnt mit einer Prämie für Heroismus (ein Hungerlohn in Münzen der Revolution), verdoppelt, wenn eins der freiwilligen Versuchskaninchen das Labor mit den Füßen voran verließ. Auch über den Markt der Bälger hatte das Plenum sich verständigt, auf den die Wohltäter vom anderen Ende der Welt so gern zum Einkaufen kamen *piep-piep wär das nicht schick so ein verlaustes Gör zu kriegen es ins Land der Wunder zu bringen es einzukleiden in Samt und Seide piep-piep ihm beizubringen stillzusitzen Hände auf dem Tisch Augen gesenkt Mund zu-*

genäht und das Herz schwer vor Dankbarkeit? Der Markt brachte einiges ein. Doch jedes gewogene, abgepackte und adoptierte Kind war ein Schlag in Blaubarts Gesicht, der keine Ruhe fände, wenn er der Vermehrung der Bälger nicht bald Einhalt geböte. Besorgt um den Schlaf des Gerechten, beschloß seine Meute deshalb im Plenum, an alle Versuchskaninchen, die sich freiwillig unter die Machete legten, einen Preis zu vergeben für revolutionäres Streben, das sie der Mühen der Vaterschaft entheben würde. Das Käseblatt bebte vor Wut und Mitleid, als es die Neuigkeit in Umlauf brachte. Blaubart öffnete den Gimpeln vom anderen Ende der Welt seine Festung und lud sie ein zur Erholung auf weichem Lager mit Blick auf nebelverhangene Buchten, palmengesäumte Strände, weltliche Tempel und Blumenmarkt sowie dröhnende Baustellen zur Errichtung schwindelerregend hoher Türme zwecks Beiholung, Erquickung, Speisung und Verbringung ganzer Wagenladungen von Gimpeln von Bucht zu Strand, von Baustelle zu Tempel, und während der ganzen Zeit fraß Blaubart seine Kinder, kastrierte seine Söhne und hetzte seine Meute greisen Dichtern auf den Hals. Das Käseblatt rollte sich vor Schmerz, wenn es in allen Einzelheiten vom Elend des greisen Dichters berichtete, dem zu Ehren ein Leitartikel mit vielen Schmähungen gedichtet wurde als Auftakt zu einer alkoholseligen Kritikersynode mit dem einstimmigen Befund: Das Paradies war künstlich, die Öffnung der Festung eine Falle für die gefangenen Brüder und Blaubarts friedliches Schläfchen nur ein Auftakt zu dem schrecklichen Albtraum, der seine Kleinen Tag und Nacht heimsuchen würde. Die Kritiker verschluckten sich fast an ihrer alkoholgetränkten Kritik, das Käseblatt preßte sein Ohr an den Boden und erbebte vor Entsetzen, als es das klagende Echo einer neuen Umdrehung der Schraube hörte, deren geringstes Knirschen es registrierte, redigierte und mit einem Trommelwirbel zwischen zwei Anzeigen präsentierte (denn man mußte schon jemanden melken, um das Käseblättchen herzustellen), die für einen preisgünstigen Gimpelzug zu Blaubarts Burg warben, mit Blick auf romantische Kulissen, die man nach Bedarf überall aufstellen und wieder abbauen konnte, und Festessen in Sonderanfertigung, garantiert keimfrei, ohne Bandwurm und Geschmack. Doch das konnte nur die Barbaren locken, die sich eine kleine Herzmassage holten, indem sie mit ihren Quanten in den Ameisenhaufen latschten, wo so viel Leid war und man so tapfer den Kopf hochtrug. Exilanten bot das Käseblättchen andere Annoncen, hin und zurück zum Billigpreis, um von ganz nah das Anziehen der Schraube zu betrachten, deren neue Umdrehung ihre Brüder erwürgte, kaum daß sie entlassen waren, schnappte die Meute wieder zu. Da trabten sie an, die Wunderkinder. Aufgezäumt mit ihrem schicken Geschirr vom letzten Lagerverkauf zogen sie stoßfeste Koffer, die auf ihren schwachen Rädern schwankten, im Schlepptau hinter sich her sowie eine ganze Artillerie hochempfindlicher elektronischer Geräte, die Wunder der Heimat fest im Sucher und bereit zum Schuß, um die ihrem Schicksal überlassene Verwandtschaft mit einer Salve in Fujicolor zu empfangen. Da trabten sie an mit den im Exil gepäppelten Bälgern, die nur spanische Dörfer verstanden von dieser manierierten Landessprache, wo ein und dasselbe auf den Stimmbändern tanzende Wort Mutter, Gespenst oder Pferd heißen konnte, ein ganzes Ballett der Wandlungen, je nach Akzent, der mal zur einen *má,* mal zur anderen Seite neigte *mà* oder Jojo spielte um das Wort und ihm mal einen Schönheitsfleck malte unters Kinn *mạ,* mal eine kopflastige Frage an die Stirn *mã.* Die im Bett des Auslands gepäppelten Bälger machten mächtig Eindruck auf die verlausten Gören, deren nackte Füße schüchtern aufeinandertraten, sich aneinander rieben in dem ganzen Schmutz, mit den Zehen wackelten, sich auf die Spitze stellten, ein Gewimmel hinter den prinzlichen Pfoten, die viel Staub aufwirbelten im Vaterland, umschmiegt von glänzendem weichen Leder, in dem sich die großen Augen der lausigen kleinen Brüder spiegeln konnten, die in ihrem obskuren Idiom die modische Kostümierung der Infanten auf Besuch kommentierten. Da es dank Blaubarts Anfällen von Gastfreundschaft Infanten in wachsender Zahl gab, nahm deren Beliebtheit allmählich ab, und ihre Kostüme wurden von durchtriebenen Landeskindern kopiert, die jetzt in Kunstlederschuhen und ausstaffiert mit Imitationen des letzten Lagerverkaufs, mit Koffern und Schminkköfferchen aus Pappmaché herumstolzierten und sich nicht einmal genierten, auf die prinzlichen Pfoten zu treten, die gar nichts zu suchen hatten im Vaterland, weil sie es im Stich gelassen hatten während der dunklen Dekade, als die nackten Füße im Staub wühlen mußten auf den Straßen, um eine Handvoll verfaulter Wurzeln zu ergattern. Seit Blaubarts Burg begonnen hatte, Kopien der modischen Kostüme aus dem Fundus in Serie zu produzieren, wurden die kleinen Prinzen auf Besuch nicht mehr von einem verlausten Ehrenspalier begrüßt und von Kopf bis Fuß beäugt, sondern stolperten fast bei jedem

Schritt über ein Double, das genauso ausstaffiert war wie sie selbst und das Pflaster mit passenden Schuhen trat. Von fern betrachtet ein ganz passabler Aufzug, alles was recht war. Aus der Nähe sah der schäbige Stoff zusammengeschustert aus, und die schnell verblaßten Farben rochen nach mangelndem Geschmack. Von da an war den kleinen Prinzen, wenn sie vom Himmel in den Ameisenhaufen sprangen, wo früher so viel Leid war, das Vergnügen verdorben. So wie es aussah, würden die Wunderkinder bald nicht mehr die Hauptrolle spielen. Noch durften sie auf Blaubarts Stimmungsumschwünge hoffen, die den Ameisenhaufen auf einmal in eine Hölle aus Gebell verwandeln konnten. Und wie in einem Riesenzaubertrick hatten die Hunde im Nu die Beflaggung abgerissen, die Festung glich wieder einem Zuchthaus, die Bürgersteige waren leergefegt, alle hatten sich verkrochen, die Schönwetterkleidung ausgezogen und an den Nagel gehängt. Hinfort zwängte man sich nur noch in die Uniform der Tugend. Drückte sich an Wänden entlang, um sich vor dem Hagel der Bannflüche zu schützen. Faßte sein Unglück in Geduld wie Dienerinnen, die, ans Bett eines sterbenden alten Autokraten gefesselt, jedem Fingerzeig, jedem Wink seiner Augen gehorchen und sich hüten, den siechen Menschenschinder zu verstimmen, weil er ihnen sonst ins Gesicht spuckt, sie in den Arm zwickt, sie an den Haaren zieht, sie in die Hand beißt, wo er den Abdruck dreier wackelnder Schneidezähne hinterläßt, oder sie mit der Sicherheitsnadel, die die Schnur seiner Hose hält, in den Hintern piekst. Und muckte nicht auf. Das waren die letzten Brüller des krebszerfressenen Biests. Man ließ es am besten toben auf seinem Lager, Galle erbrechen und nahm den Raubtierodem aus seinem zahnlosen Maul in Kauf. Von Zeit zu Zeit erwachte der marode Herrscher morgens ganz munter. Rief die Dienerinnen mit sanfter Stimme, streichelte ihnen den Arm, die Haare und schenkte ihnen zum Lohn für ihren Gehorsam eines der kostbaren Dinge, die er an seiner Geizkragenflanke verwahrte. Gestattete ihnen zu lachen und zu sprechen, die Fenster zu öffnen und ein wenig Licht in die Höhle zu lassen. Bis die Dünste der Verfolgung ihm wieder das Hirn vernebelt hatten, er nachts aufstand, seinen Nachttopf umstieß und seinen Hunden befahl, sich auf die Dienerinnen zu stürzen und ihre Reißzähne in sie zu schlagen. Daß sie nicht vergaßen, wer Herr der Festung war. Wenn man den Kritikern im Ausland Glauben schenken wollte, nahm er sich ziemlich viel heraus in dem Ameisenhaufen, wo es so viel Leid gab und so wenig Schutz, wenn Blaubart hineintrat. Die Ältere meiner Kusinen hatte auf dem Örtchen das Käseblatt verschlungen, von frischen Schmähungen bis Chiffreanzeigen. Als sie vom Örtchen wiederkam, stand ihre Entscheidung fest. Schnelles Handeln war vonnöten, König Lear mußte schnellstens aus der Burg heraus, in die blitzblanke Küche und zurück, bevor Blaubarts Stimmung wieder kippte und er seinen Hunden befahl, alle Ausgänge zu bewachen. Dann stünde auf die Flucht ins Paradies die standrechtliche Erschießung! Ein Schritt zuviel, und es würde zum Halali geblasen, zur Hatz auf König Lear, der in der Versenkung verschwände samt Paß und Siebensachen. Und was, wenn Blaubart erst Lust bekäme, die Pforten seiner Festung zu verriegeln und über den Ameisenhaufen Quarantäne zu verhängen, nachdem der Alte draußen war? Dann wäre es nicht mehr möglich, Lear zurückzuschicken, und er müßte für immer im blanken Paradies kampieren … Die ältere meiner Kusinen warf das Käseblatt mitsamt der ärgerlichen Hypothese in den Müll, schob mit ausdruckslosem Gesicht ihren Knoten zurecht, nahm einen Schwamm und entfernte energisch einen unsichtbaren Fleck am Ausguß. Das Telefon begann zu japsen wie ein von einem Geist erschreckter Mops.

Können Sie an ihn denken, ohne daß Ihnen das Kotzen kommt? Oft – selten – nie. Lieben Sie ihn noch ein bißchen? Nicht mehr so richtig – überhaupt nicht – dazu möchten Sie nichts sagen. Haben Sie ihn je geliebt? Aus Jux – ganz am Anfang – wenn er Sie im Spiegel bewunderte. Lieben Sie ihn wenigstens jetzt, wo er sich selbst versenkt hat? Ja – nein – dazu möchten Sie nichts sagen. Sie gähnen. Sie entflechten Ihre schönen Stelzchen. Sie stehen auf, das Telefon im Schlepptau, das bis zum Fenster hinter Ihnen her kopeistert. Sie stecken sich eine Kippe an, ohne den Hörer loszulassen, damit Sie kein Wort des wehleidigen Interviews verpassen. Sie seufzen, aber Sie möchten dazu nichts sagen. Sie hatten keine Meinung, kein Mitleid für Nervtöter Theo, der mit Hilfe seiner Stimme, die schon etwas angegriffen war vom schlecht und recht in einem Rest Bourbon gelösten Sonntagsüberdruß, Ihr Herz ergründen wollte und aus lauter Verzweiflung, daß sein Bohrer an diesem Fels zuschanden werden sollte, brüllte, heulte, drohte, den Futon zu zerreißen und den ganzen Krempel aus der Mansarde einfach durchs Fenster zu schmeißen, dann als gewiefter Taktiker ein neues Spiel begann, in dem er ganz klein war, ganz sanft, ganz Schmusekater, der ein freundliches Wort, ein Tröpfchen

Liebe erbettelte für sein Ohr, auch wenn sie mittlerweile schal war, und doch nur ein langes verstocktes Schweigen hörte, nur unterbrochen von dem leisen Schmatzen, wenn die Lippen an der Lulle sogen. Er wartete, das leere Whiskyglas in seiner Hand. Die Eiswürfel klickerten unwirsch. Am anderen Ende der Leitung stießen schmollende Lippen gelangweilt den Rauch aus. Zur Antwort wurde ein Eiswürfel zerbissen, so daß es knirschte zwischen Theos Zähnen, gewissenhaften Mahlwerkzeugen, wenn sie auch nur noch Blech produzierten seit Ewigkeiten. Ein Seufzer des Abscheus entfuhr dem Schmollmund, ohne daß er sich herabgelassen hätte, gegen das Knirschen zu protestieren, das eisige Schauder durch die Leitung jagte. Die Eiswürfel wurden mit einem Glubb! samt den Süßholzraspeln verschluckt, die Theo schon auf der Zunge lagen, wollte er doch mit dem Wohlklang seiner Lieder das Herz des kleinen Vogels mit dem glänzenden Gefieder erobern. Ein Räuspern, und Theo zog seine Honigworte zurück und hauchte schwere Bourbonwolken durch die Leitung, die sich am anderen Ende als bitterer Regen ergossen. Man solle ihn nicht zum Äußersten treiben. Er habe noch Gift auf Vorrat. Er wolle sich nicht ständig ad libitum behandeln lassen wie ein unerwünschter Schubhäftling, ein Bürger zweiter Klasse, ad vitam aeternam verdammt, an der Pforte zum Paradies zu kratzen, a capella flennend wie ein krankes Kalb, bettelnd um ein kleines Plätzchen auf der Schütte und seinen Anteil am Vergnügen, das sine die verschoben sei. Schätzchen wie sie gäb's auf der Welt zuhauf. Er bräuchte nur an einem Metroschlund zu warten, und sie flögen ihm gebraten ins Maul, keine eingebildeten Puten, sondern zarte Hühnerbrüstchen, die einem das Wasser im Mund zusammenlaufen ließen, kleine rundliche Madeleines, die sich nichts sehnlicher wünschten, als ihre Sünden zu beweinen, sobald eine gute Seele sie davon kosten ließ. Dabei müßten die Süßen gar nicht die dekorativsten Lärvchen haben oder die perfektesten Stelzchen, empfänglich wie sie waren, um nicht zu sagen anhänglich, hätten sie dir erst einen Kranz aus Stelzchen um die Lenden gewunden, wollten sie dich gar nicht mehr gehen lassen. Er habe solche gehabt. Die ihn abends zwischen Stapeln gebügelter Wäsche und dampfenden Töpfen empfingen. Die aus einem Glas zuviel keinen Casus belli machten. Die nachts nie genug kriegen konnten, die ihn am Nabel kitzelten oder an seinen Ohren knabberten und, wenn er trotzdem weiterschnarchte, unter die Bettdecke schlüpften und ihrem Schleckermäulchen einen kleinen Nachschlag gönnten vom Hohelied. Ach, die Sanften! Die Unverhofften! Ach, die Gastfreundlichen! Reizende Rettungsringe, stets bereit, sich um die Ergüsse theostischer Phantasie zu legen! Ach, die Dienerinnen mit dem großen Herzen, dem knittrigen Gesichtchen, dem Pinocchio-Näschen, den kleinen Äuglein, die wie talgige Kerzen nur ganz kleine Lichtlein warfen, aber so zärtlich und immer ganz schnell versöhnt, die dir die Socken wuschen, deinen Darm bedachten, bei Vollmond Verstopfung, wie zu erwarten beim Stand der Sterne, durch den dein Zeichen (das unglücklicherweise zu intestinalen Beschwerden neigte) von zwei ganz gemeinen Planeten bestrahlt war; räumten die jedoch den letzten Quadranten der Jungfrau, brächte Mars dich wieder auf Kurs, und Merkur nähme dich mit auf Reisen, es sei denn, Jupiter in Opposition zu deiner Sonne würfe dir Prügel vor die Füße, dann würden andere ernten, was du gesät hast. Auch wenn du mehr von der Art warst, die lieber erntet als sät (ob Jupiter nun dein Zeichen durchquerte oder seinen Wagen vor dem Karrierehaus deines Sternzeichennachbarn parkte), die Sanften, Unverhofften, Gastfreundlichen erwarteten doch nur von dir, daß du die Früchte ihres Feldes pflücktest. Ach, die Schmeichelkätzchen! die dich aufbliesen und polierten, bis du strahltest, die deinen Speichel leckten von morgens bis abends, die an deinen Rockschößen hingen, an deinen Lippen klebten, jede Perle aus deinem Mund auflasen und gleich einsortierten, um sie später hervorzuholen und den Freundinnen an der Strippe, die stundenlang der glücklichen Echolalie der Verliebten lauschten, in schöner Folge vorzubeten wie einen Rosenkranz *TheosagtdasTheowilldiesTheomeintdaß, amen!* Und weiter mit *TheoschläftgutTheonimmtzuTheoistzufrieden, halleluja!* Ach, die Klatschbasen! Die gurgelten mit deinen Kalauern, die deine Concetti klauten und deine Anekdoten nacherzählten. Ach, die Doubletten! Die sich kleideten wie du, die sich nach deinem Bild erschufen, und abends fandest du dann zwischen Stapeln gebügelter Wäsche und dampfenden Töpfen einen schlechten Abklatsch deiner selbst. Als hätte ein Bonvivant seinen stummen Diener geheiratet. Und sich dann wundern, wenn du griesgrämig wurdest wie ein eingestaubter Zylinder. Sich wundern, wenn du sie noch weniger sahst als zu Anfang. Ach, die Schmerzmittel! Demoralisantinnen! Mörderinnen! Die heulend zum Telefon rannten, um den Rosenkranz der Klagelieder herzubeten, und die Freundinnen, die die Leier schon kannten, antworteten im Chor, es war immer das gleiche Lied: An die

Wand! Egoisten, Grobiane, Satrapen ohne Geld und Phantasie, die die Sanfte, die Unverhoffte behandelten wie einen Krümelfeger und selbst nicht mehr zum Träumen waren als ein Besenstiel. Die Freundinnen bliesen zur Bartwischrevolte, sie wußten, daß die Geschichte bald Staub von gestern wäre bei der astralen Synergie, die Ärger in Gefühlsdingen verhieß, der speziellen Konjunktion strenger Planeten in ihrem Zeichen, das unter harter Schale einen weichen Kern verbarg, aber auf einer falschen Bahn lief, seit der Mond im Widder stand, fehlgeleitet durch Neptun, der abhängig machte, und Mars, der Öl ins Feuer goß, während Saturn Schwefeldämpfe spie. Und dann entschieden die Krümelfeger, vom Wirbelsturm des Sternenstaubs geblendet, sich für ein Großreinemachen, dem Besenstiel sei ein Ultimatum zu stellen, damit er sich bewegte, die Routine wegfegte und sein Schätzchen, seine Unverhoffte aufsitzen ließ, um mit ihr einen Riesentanz zu machen am Hexensabbat und zu retten, was eigentlich nicht zu retten sei bei der kosmischen Unvereinbarkeit ihres idealistischen Zeichens mit deinem Aszendenten, der den Teufel im Leibe habe, den tödlichen Stachel, die gierigen Kieferfühler, und alles im tiefsten Wasser versenken müsse, das sei eben seine Natur. Schließlich verlaufe auch bei solchen, die sich eigentlich mit den Brosamen auf ihrem Teller zufriedengeben müßten, am Ende alles im Sande. Es war, als sei er verflucht oder als gebe es keine glückliche Liebe, säuselte Theo in den Hörer, während er den letzten Eiswürfel verschluckte, der im Glas schon halb geschmolzen war. Mit dem verheißenen Land der großen Liebe verbinde Theo nur ein schmaler Grat, der, angegriffen von der Säure gebrochener Versprechen und dem Rost gefühlloser Tage, immer dünner werde – taute der Eisblock am anderen Ende der Leitung nicht vielleicht ein wenig auf angesichts der Schicksalsschläge, die dem Fast-Ex widerfahren waren? Keine Träne, nicht einmal ein Zwinkern. Das Packeis blieb hart. Gleichgültig sah der Eisberg am anderen Ende der Leitung dem Kahn, der sich an seinen scharfen Spitzen die Flanke aufgerissen hatte, beim Sinken zu. Ob sie in die Rue Glacière zurückkehrte oder noch weiter abdriftete, Hauptsache, weit weg von dem Wrack mit seinen alten, durchsichtigen Geschichten? Er wisse es nur zu gut, der kenternde Kapitän, er hätte nicht anrufen sollen, den Hörer nicht verstopfen mit dem Geschrei von seinem sinkenden Schiff, keine SOS-Signale schicken in das funkelnagelneue Haus, das ihn schon manchmal vor dem Untergang gerettet habe, wenn er sonntags dort anlegen durfte, wo seine Seele kalfatert wurde und sein Rumpf gestopft. Sehr lustig aber sei es nicht gewesen im Trockendock, mit dem Vogel Graus, der ein Gesicht zog wie ein Märtyrer auf dem Scheiterhaufen, und Schraubennagelhaken, der stumm wie ein Fisch auf einmal seine Gabel schwang, um Milliarden kleiner Chinesen vom Dach der Welt zu verjagen, die sich dort breitgemacht hatten, um dem voraussichtlichen Erben des Obermönchs das Leben schwerzumachen. Das brachte einen manchmal auf den Mastbaum. Doch immerhin gab es zu essen und zu trinken, und so konnte der kenternde Kapitän den Tornado der Langeweile überstehen, der sich mit dem Tag des Herrn erhob und ihn vor sich herschob, Theo in seiner zerbrechlichen Schale, zum Abgrund, in dem er sich jetzt befand, wie er doch betonen wollte, denn wenn sie ihn so scherzen hörte im Übermut der Verzweiflung, könnte sie sich womöglich täuschen und nur die üblichen Übertreibungen sehen, wo er aus tiefster Tiefe zu ihr schrie, clamavit de profundis. Wenn das Packeis nach Hause käme, könnte es sich mit eigenen Augen de visu davon überzeugen. Nein! sagte das Telefon. Die schönen Stelzchen entfernten sich vom Fenster, um sich auszustrecken auf der englischen Couch, und das Telefon holperte ihnen halbwegs auf dem gleichen Weg wie vorher zum Fuß der Couch hinterher, wo seine marineblaue Schale zur Belohnung ein paarmal gestreichelt wurde von einer zarten rosa Zehe, die wie zufällig ein bißchen auf den kleinen Tasten klimperte, daß es De profundis in den Ohren piepte. Selbst aus dem Telefon erscholl das Vaderetro, weiche von mir, Satan, weiche. Sic transit gloria! Es war noch gar nicht so lange her, da ließ seine Stimme das Herz des Eisbergs schmelzen. Ob sie sich noch erinnere, wie sie von Büro zu Büro telefonierten im Marktforschungsinstitut, er gurrend, sie ganz verzückt, zwischen zwei Interviews mit Einfaltspinseln, die ihre Vorliebe für grüne Erbsen in Dosen oder fettsteißige Venus in freier Wildbahn gestanden. Das könne sie doch nicht vergessen haben. Die schönen Stelzchen rieben sich zufrieden aneinander, als der Hörer die letzten Atemzüge des kenternden Kapitäns aushauchte, den sie damals freudetrunken aufgenommen hatte wie ein Orakel mit samtener Stimme. Nein, die schönen Stelzchen hatten keine Lust, an den heimischen Herd zurückzukehren. Die kleine rosa Zehe drückte die Taste mit dem *, worauf ein störrisches Quäken das theostische Ohr traf, das am Hörer klebte, um nur ja nichts zu versäumen vom Hin und Her des Eisblocks und von den Schmähungen, die das arme Trommelfell und die empfindsamen Ventrikel quälten, schaudernd errötete oder erblaßte. Ob sie die kleinen Tasten nicht in Ruhe lassen könnte? Ob es zuviel verlangt sei, die Nerven des hypersensiblen Lebenskünstlers ein wenig zu schonen, der sich nie mehr davon erholen würde, wieder einmal aufs falsche Pferd gesetzt zu haben? Schnaubend vor Empörung, sprang dieses auf seine langen Beine, bockte, schlug kräftig aus und brach sein nachlässiges Schweigen. An das theostische Ohr, das immer noch am Hörer klebte, klatschte eine Ladung Galle, die Telefonrechnung sei nicht bezahlt und das Gerät nicht neu angeschlossen worden, damit der Lebenskünstler seine Tragödie eines Unverstandenen deklamiere auf Kosten der Prinzessin, die nicht ruhig dasitzen und sich anhören würde, wenn man sie als Schindmähre traktiere. Damit knallte die Prinzessin den Hörer auf die Gabel. Sie hatte sich gerade eine Zigarette angesteckt, da jaulte es schon wieder zu ihren Füßen. Sie habe doch keinen Grund zu reagieren wie von der Tarantel gestochen. Warum sie denn immer auskeile wie ein wilder Esel und tobe wie eine tollwütige Dogge, das heißt, nein, Mist! jetzt hatte er schon wieder einen kapitalen Bock geschossen. Aber wenn sie den Hörer noch einmal so aufknallte wie vorhin, dann spränge er stante pede in den Bummelzug und liefe im funkelnagelneuen Haus ein. Warnung vor dem Sturm. Windstärke 9. Sie könnte doch diesmal, nur noch dies eine Mal, sich die Beschimpfung, die ihr schon die Backen blähte, verbeißen und ein wenig Mitgefühl beweisen, das sie ja durchaus besaß, selbst in der letzten Zeit, wo ein ganzer Schwarm von Taranteln auf dem Brand saß, der ihre Liebe zerfraß. Sie bräuchte gar nicht so verächtlich den Mund zu verziehen, nach dem Motto, was für ein großes Wort für den kläglichen Untergang nach ein paar sprunghaften Versuchen. Hatte er denn nicht versucht, das Ruder herumzureißen? Waren sie nicht noch letzten Monat im Konzert der Bühnenberserkerlegende gewesen, für das ein Oberboß, den Theo noch in der Hinterhand hatte, zwei Karten hatte springen lassen mit dem Recht auf ein Stückchen Rasen unter den Verstärkern, nicht auf Ehrenplätze auf der Pressetribüne, wie er erwartet hatte, ja nicht einmal auf die Ränge, wo sich vulgus pecus drängeln mußte, das gemeine Volk? Der Oberboß war auch ein Quatschkopf oberster Qualität. Da hatte Theo den Richtigen gefunden. Und hatte er nicht, um den neuen Fehlschlag auszubügeln, die ganze Pracht theostischer Beredsamkeit entfaltet, die Journaille verspottet, die kleinen Meister in ihren Ädikula, die Omenpisser im Solde der Schlager-Internationale, die Beweihräucherer der kleinen Insekten, die man Eintagsfliegen nennt (im Gegensatz zur Bühnenberserkerlegende), die für ein, zwei Stunden ihre Show abzogen auf der Rampe und ohnmächtig wurden, wenn sie ihr Spiegelbild fickten? Ganz zu schweigen von dem Rindvieh auf den Rängen, das schon nach dem ersten Schlagzeugsolo raste, auch wenn es klang wie das Klappern von Töpfen, die am Schwanz einer Töle hingen. Während sie beide auf ihrem Fleckchen Rasen, das am Vortag die Cup-Sieger aufgewühlt hatten, trunken waren, und im Rausch störten doch auch ein paar Tröpfchen nicht. Der ehrliche, echte Rausch war aber noch nie nach dem Geschmack des Eisbergs, der sich den Arsch abfror im plissierten Mini auf dem feuchten Gras. Und die Haare wurden vom Regen kraus. Und die

Anlage kannte kein Erbarmen mit dem zarten Anhang des Versagers, der zu allem Überfluß allwissend war und in die ohnehin schon geplagten empfindsamen Öhrchen Bildungsbrocken brüllte, wie daß Zwölftonmusik und tibetanische Glöckchen einen erstaunlich fruchtbaren Einfluß ausgeübt hätten auf die Bühnenberserkerlegende, die das Rindvieh gerade so zum Muhen brachte, daß es von den Rängen stürmte, um über den plissierten Saum des regennassen Minirocks zu latschen und zur Bühne zu stürzen, über die kleinen Schuhe der Zarten, die noch schnell aufgesprungen war, bevor sie umgerannt wurde und zertrampelt auf dem Rasen, den das Rindvieh anscheinend für eine Alm hielt. Es war ein totaler Reinfall. Mutwillig hatte auch der Himmel das bißchen Nieselregen zur Sintflut schwellen lassen, so daß die Zarte schlotterte, schniefte, schluchzte und fast explodierte, weil sie so jämmerlich aussah mit ihren hängenden Haaren und dem plissierten Scheuerlappen, der ihr am Hintern klebte; und die Wassermassen, die über ihr Lärvchen flossen und zwischen den Brüsten hindurch sich in ihre Schühchen ergossen; und der Holzklotz, der neben ihr saß mit wackelndem Kopf, Händen in den Hosentaschen und Kennermiene in der Visage, hummmhummaahaah summend, bis ein tibetanisches Glöckchen am Ende des Gitarrensolos den Höhepunkt einläutete. Und das hummmhummmaahaah in ein ouaah! explodierte, von einem Faustthieb in die linke Hand untermalt. Erst dann erinnerte sich der Wichser, daß er seine Herzallerliebste zu diesem Desaster mitgeschleppt hatte. Vom Regen durchweicht, vom Rindvieh herumgestoßen, litt sie schweigend, die Augen unverwandt auf ihre Schuhe gerichtet, die Ohren taub für die Sirenen, die yeah yeah schrien hinter dem Bühnenberserker. Die Heldenhafte blieb auf ihrem Rasenfleckchen, die Wangen von himmlischen Sturzbächen hohl, die den Salzseen das Wehr geöffnet hatten, welchen eine Flut von *self-pity* folgte, was der Bühnenberserker gerade dem Rindvieh vorführte, das sich gerührt die Nüstern rieb: Im Programm stand, die Nummer sei ein Lied über den Liebeskummer, nach einem Riesenbesäufnis vom Meister himself komponiert, der wie das gemeine Rindvieh aus der Herde auch aufs Haupt bekommen habe, durch tausend Tode gegangen sei und satte Schmarren am Herzen davongetragen hatte, was von den tanzenden Sirenen, die für 3'49 in Seelenpflasterpose erstarrten – die Hand an der Wange, das Lächeln erloschen, die Lider auf Halbmast –, mit einem pathetischen yeah yeah bekräftigt wurde. Das Wissen, daß auch die Bühnenberserkerlegende einst im selben Boot saß und sich durch die Meere verlorener Illusionen kämpfte, dämmte jedoch die *Self-pity*-Fluten nicht ein, die das Herz des schmollenden, regennassen, tränenverquollenen Schwamms ersäuften, der darum betete, sich eine Krankheit zu holen, bevor man ihn zum Ausgang zerrte, triefend vor *self-pity* und von Weltekel geschwollen. Am Ende war De Profundis krank geworden. Er hatte das Bett hüten müssen mit Lymphknoten groß wie ein Kalbsbries. Und die Zarte hatte ihn schmoren lassen in seiner Mikrobensuppe. Drei Tage hatte er geschwitzt, unter den Augen des Katers, der seine Knuspercookies wollte und schmollte wegen der kalten Makkaroni, um die er einen Bogen machte (dem theostischen Magen bekamen sie dann allerdings ganz gut), den ans Bett Gefesselten betrachtend, der völlig erledigt auf seinem Futon lag, und das Näschen rümpfend wie vor verdorbenem Fisch, dem beim Dünsten unappetitliche Düfte entströmten. Während der Zeit hatte die Auserwählte sich empfohlen und war geflohen vor den theophagen Mikroben, denn wenn sie von seinen Toxinen etwas abbekommen hätte (und er hatte nichts anderes getan, von Anfang an, als sie mit Kränkungen überhäuft und ihr Leben vergiftet, doch die paar Träume, die die Geschwächte am Leben erhielten, würde er ihr nicht verätzen mit seinem Ächzen wie von einer alten Fregatte), wenn sie also dageblieben wäre und hätte die Luft geatmet, die von ihm infizierte, wäre sie gestorben wie eine Fliege – und wer hätte dann für volle Fleischtöpfe gesorgt? Eine pikante Metapher, mit der Theo melancholisch sein Mahl aus labbrigen, kalten Makkaroni würzte, die er mit dem Kater teilen mußte, obwohl der *lieber nicht* dran rührte. Nach drei Tagen war sie zum heimischen Herd zurückgekehrt, mit Knuspercookies für die Katze und dem Hühnchen, das sie mit dem alten Rüpel rupfen wollte – er habe nicht anzurufen in dem funkelnagelneuen Haus, um dort seine Nummer abzuziehen als Don Quichotte, der stets tapfer gegen Windmühlen kämpfte und nun auf seinem Lager hungernd darbte, verraten und verkauft von seiner Dulcinea, dem Luder mit dem Stein anstelle eines Herzens, mit der Registrierkasse im Kopf und der Guillotine zwischen den Beinen. Tagelang beizte er in seinem Fieber, seinem Saft, seiner Galle. Die Ausgebüxte kümmerte das nicht. Sie trieb sich herum. Und heckte tolle Streiche aus, während er Blut schwitzte, das heißt, seine Nase. Es war das Grauen, das Waschbecken ganz mit Hämoglobin übermalt. Fast hätte er die Kurve gekratzt. Und niemand wäre dagewesen, um ihm beim Sterben zuzusehen.

Nur die Katze von Mademoiselle, die ihr aufs Haar glich mit den Dolchen in ihren Augen und dem Dorn im Loch. Er wollte nicht ordinär sein. Das war nur das Fieber, die Einsamkeit, die Verzweiflung, die ihn zu diesem Extremismus der Sprache zwangen, die er sonst züchtig liebte und pflegte. Züchtig. Zum Schießen, oder? Kleine geile Wörter, gefesselt, geknebelt, gepeitscht, um auf den Pfad der Tugend zurückzufinden. Pardon. Er schweifte schon wieder ab. Das war nur das Fieber, die Einsamkeit, die Verzweiflung. Womit hatte er die Ungnade verdient? Täglich sah er einen neuen Dachziegel fallen, der ihm die Birne verbeulte. Jetzt hatte er sogar das Recht verwirkt, sein Schätzchen, um nicht zu sagen, seinen Schinder, zum sonntäglichen Schlemmen im nagelneuen Haus zu begleiten. Das Verdikt war wie ein Fallbeil. Seine bessere Hälfte, um nicht zu sagen, seine Schlächterin, hatte einen glatten Schnitt gemacht. Die Fäden. Das Band. Die Taue gekappt. Die kleine Parze mit ihrer Schere. Und schnapp! Er mochte sich an die Spindel der Erinnerung klammern, er mochte noch so sehr an ihren Nerven zerren oder sich an die Strippe hängen, er strampelte in der Leere über dem Abgrund wie in den Comics, aber wenn er nicht nach unten schaute, gab es vielleicht, wie in den Comics, ein Mittel, den Absturz aufzuhalten. Er hatte nicht angerufen in dem nagelneuen Haus, weil er sich beschweren wollte bei der Liebe seines Lebens, um nicht zu sagen, seinem Petrus, der ihn dreimal verleugnet hatte, ohne eine Zähre zu vergießen. Es war ein Kurzschluß, um Revision seines Falles nachzusuchen, die ihn, hätte man sie gewährt, befreien würde von Fieber, Einsamkeit und Verzweiflung. Denn schließlich wollte er seinen

Engel, um nicht zu sagen, seinen Judas, zur sonntäglichen Kommunion begleiten ins funkelnagelneue Haus, wo es so wahnsinnig lustig war mit der Verrückten, er wollte sagen, dem Vogel Graus, der Versehrten, also der Kusine, die nie etwas aß, sondern von ihrem Herzen zehrte *(bitter, bitter, aber sie mochte es, weil es bitter war, und weil es ihr Herz war).* Ganz zu schweigen von diesem Helden des modernen Lebens, Schraubennagelhaken dem Unfehlbaren, immer schnell bei der Hand mit *Spietsches* zur Krise der Eisenindustrie, die man jetzt schon an den Nagel hängen könnte, oder zur Repression auf dem Dach der Welt, dessen himmlische Bewohner tagtäglich ans Kreuz geschlagen würden von den kleinen Leisetretern aus dem Reich der Mitte. Ganz zu schweigen von der Vortrefflichen, die ihm das Leben gerettet hatte, indem sie ihm zuhörte mit der dem reiferen Alter eigenen Geduld. Ach, die Großzügige, die Nährerin, stets bemüht, beim sonntäglichen Mahl alle zu mästen wie eine gute Hirtin ihre Gänse, selbst den fetten Ganter, der im Kielwasser des kleinen Gänschens kam und anschließend, als es zur Harpye wurde, verlassen und zitternd vor Fieber, Einsamkeit und Verzweiflung, den wärmenden Brutofen anzurufen wagte, um stundenlang zu schnattern. Und die Großherzige, Aufmerksame weinte, während sie die Zwiebeln schälte für das abendliche Kalb, und war ganz Ohr für das gerupfte Geflügel, das vor Reue triefte und schniefte, es wolle doch nur sein Gänschen hüten und gehe noch daran zuschanden, wenn es ihm abhanden kommen sollte, und so röhrte der Gestörte seinen Kummer in den Hörer, den die Großherzige, Aufmerksame, die sich in Tränen auflöste, als sie die Zwiebeln hackte, mit der Schulter an die linke

Wange preßte. Wenn es das für ihn gewesen sein sollte mit den sonntäglichen Schlemmereien, wollte er wenigstens einen Klappstuhl in der dunkelsten Ecke des nagelneuen Hauses, wenn König Lear kam, besonders am Weihnachtsabend, weil er gehört hatte, wie das Gänschen der Großherzigen, Aufmerksamen etwas zugeflüstert hatte von einem Wiedersehen unterm Tannenbaum, was diese sicher wunderbar arrangieren könnte, und in Ergänzung des Programms, den Nebel des Gefühlsüberschwangs für seine Zwecke nutzend, würde der gerupfte Ganter aus seiner dunklen Ecke flattern, um sein Weibchen zu begatten, das ihn mit einem verblasenen Gefasel vom verlorenen Vater abgewehrt hatte, was sich auf kopfversehrt reimte, kopfversehrt und verjährt, aber verehrt, der Alte. Er würde seine Hand darauf verwetten, das Schätzchen hätte einen netten Opheliakomplex, sie war verrückt nach ihrem Vater, der abgestumpften Nervensäge, statt daß ihr an dem jungen Tropf läge, der etwas im Kopf habe und in seinen Monologen, die sie stets zornig werden ließen. Gut, das war jetzt vorbei. Ihm sei auch nicht entgangen, daß die Großherzige, Aufmerksame am Cordelia-Syndrom krankte, daß sie die Aufrichtige war, die Ergebene, die Beste aller Töchter, die immer alles recht machte und sich so schlecht dafür belohnt sah. Das Schweigen am anderen Ende der Leitung ließ ihn hoffen – er hatte den Nagel auf den Kopf getroffen. Das Messer schwebte in der Luft, und die geröteten Augen weinten nicht mehr über den gehackten Zwiebeln. Cordelia, die Großherzige, Aufmerksame, würde ihm doch ein Plätzchen beim Weihnachtsessen nicht verwehren? Ein Tellerchen am Ende der Tafel, nicht zu weit weg von König Lear, das müsse die Süße doch ein wenig rühren, ihn dort zu sehen mit seinem Anflug von verlorenem Vater dem wiedergefundenen Vater gegenüber. Dann könnte sie ihn nicht mehr kaltstellen wie König Lear, ihn mit seinem Anflug von verlorenem Vater, trotz Packeis in ihrem Herzen, Rechenbrett vorm Kopf und Fallgatter an ihrer Grotte. Und schließlich war Theo mit seinem Anflug von Verlorenheit Vater geworden, aber, und darüber könnte er sich die Haare raufen vor Verzweiflung, er wußte es nicht, als er die Großherzige, Aufmerksame anrief, das Kalb mit den Zwiebeln verzögernd, den Lieblingsfraß von Robin Hood, der an diesem Abend wie an jedem andern mit seiner Zunge, scharf wie Wetzstahl, die Witwen und Waisen von Lhasa beschützte und sich zu deren Hüter aufwarf. Während Theo zur selben Stunde in der Mansarde zur Sau gemacht wurde unter dem spöttischen Blick des Katers, der längst wußte, daß es mit Theo schlecht enden mußte. Nur weil er angerufen hatte bei der Großherzigen, Aufmerksamen, die nicht einmal das Messer weggelegt hatte, als sie Theos Eigenliebe ächzen hörte, so zerfleddert wie das theophile Herz zerschreddert, so kläglich wie der Matsch aus kalten Makkaroni, der ihm noch immer an den Zähnen klebte. Sie hatte nicht einmal das Messer aus der Hand gelegt. Sie schluchzte in den Hörer, und er hörte es klackern auf dem Zwiebelbrett. Er zitterte vor Fieber, Einsamkeit und Verzweiflung, und sie legte nicht einmal ihr Messer aus der Hand, um zuzuhören. Das Kalb mit den Zwiebeln wartete nicht. Das Radio hatte sie leiser gestellt, immerhin. Er war gerade richtig gekommen. Nach dem Elend der ganzen Erde das Unglück des bösen Spätzchens, das Schwesterchen ins Garn gegangen war.

Nach den seismischen Erschütterungen vom andern Ende der Welt, die die Deckel auf den Töpfen vor Empörung hüpfen ließen, nun Straucheln und Sturz von Schwesterchens Ex-Idol, das mit gebrochener Stimme ausführlich seine Blessuren beschrieb; die Großherzige, Aufmerksame zählte die Punkte, setzte aber die theoklastischen Überreste nicht wieder zusammen. Die ganze Mischpoke war gegen ihn verschworen. Die weiße Gans mit ihrem Hahn im Korb, und der Vogel Graus, der heimlich mit dem zur Harpye mutierten Gänschen unter einer Decke steckte. Das arme Spätzchen, das sich in diese Voliere verirrt hatte, wurde gerupft. Und als die Harpye, die sich drei Tage irgendwo draußen herumgetrieben hatte, heimkam, ging es wieder los, wie er sie so blamieren könnte, überall herumzuheulen, schrie sie und trat dabei gegen die Wände. Die Gans würde sich totlachen über sie und ihrem Hahn im Korb den letzten Ausfall von Schwesterchens Spätzchen brühwarm servieren. Der wollte jetzt schon seinen Platz beim Weihnachtsessen reservieren, jetzt, mitten im Sommer! Tränen lachen würde die Gans, wenn auch heimlich. Das arme Schwesterchen, immer vom Pech verfolgt. Nie war ihr etwas auf die langen Leimruten gegangen als schäbige Windbeutel und Faulpelze vor dem Herrn, aber am Telefon weinen wie eine Geige, darin waren sie gut. Zwitschern, daß es dich kitzelte überall. Dieses Gesabber brachte dich manchmal richtig in Wallung. Dazwischen eine Pause hier und da, ein langes Schweigen, dem ein unterdrückter Seufzer folgte wie ein Schluchzen, daß es einem ganz weh wurde ums Herz. Mit Schmalz aber fängt man keine Gänse. Wenn sie auch gern die Gerührte gab für einen Moment, würde sie doch nie das Wiedersehen mit König Lear bemühen, um das böse Spätzchen aus dem Dreck zu ziehen. Und im Dreck steckten sie beide bis zum Hals, hatte das Schätzchen gesagt, als es nach drei Tagen Trebe wieder aufgetaucht war in der Mansarde. Kein Wort habe sie drüber verloren im nagelneuen Haus, doch es sei ein ordentlicher Schlag ins Kontor. Der Windbeutel könne nicht mehr den Kopf in den Sand stecken und den lieben Gott einen guten Mann sein lassen auf Teufel komm raus. Sie säßen bald zu dritt in einem Boot. Kein Grund, die Trompete zu stopfen oder die Geige hervorzuholen. Der Wohlklang seiner Lieder könne ihr gestohlen bleiben. Sie wollte nichts mehr davon hören. Sie habe sich von Theos Tremolos einwickeln lassen, deshalb steckten sie so tief in der Tinte. Und dank dem Concerto in Sex-Dur, das schon sehr nach Saisonende schmeckte, hatte die Süße ein paar Oktaven zuviel im Bauch, die bald ihr glänzendes Gefieder blähen würden. Der Windbeutel sollte gefälligst Himmel und Hölle in Bewegung setzen, damit der Bauch des Gänschens nicht aufgehe wie ein Heißluftballon. Er hatte ja gesagt. Er hatte ja gesagt, weil er froh war, daß sie wieder da war, trotz ihrer Grausamkeit. Fieber, Einsamkeit und Verzweiflung, die ihn zerrissen, hatten ja gesagt, doch er, der Hypersensible, wäre gewillt gewesen, den großen Schmusebären zu geben und den kleinen Wonneproppen nach Strich und Faden zu verwöhnen, er hätte ihm sein Leben geschenkt, killekille gespielt, ihn mit frischem Wasser getränkt, mit Liebe gestillt, und für den lächerlichen Rest, die alltäglichen Trivialitäten, die dem Lebenskünstler so sehr mißfielen, hätte doch die Süße sorgen können, mit ein paar Gebeten um Gottes Hilfe und Überstunden im Marktforschungsinstitut. Er hatte den ganzen Nachmittag gebrütet, auf den Futon hingegossen, als der Herr ruhte und die Helden des Tages in ihren dreifarbigen Socken einander den Ball zuschossen, um den Cup zu gewinnen auf dem Rasen der Erinnerungen, wo das Gras hätte verdorren müssen, als die Farben der Liebe verblaßten, die das bißchen Wasser und Wind so schnell auswaschen konnten. Wie ein Weltmeister hatte er sich den ganzen Nachmittag die Birne zermartert, den Kopf zerbrochen, aus dessen Trümmern es noch rauchte, als er zum Telefon griff, um anzurufen im nagelneuen Haus und die unbeugsame Süße zu beknien, ihm sein Lieblingsspielzeug nicht zu entziehen, sein Fröschlein, seine quäkende Replik, die von ihr das hübsche Gesichtchen hätte und von ihm den unternehmerischen Geist, die natürliche Eloquenz, die gepflegte Sprache, die Höhe des Denkens und die Raffinesse des Lebenskünstlers. Doch die Unbeugsame sog schweigend an ihrer Zigarette oder drückte wie aus Versehen eine Taste, was den Hypersensiblen, der mit seinen Nerven und Argumenten schon am Ende war, wie eine Ohrfeige traf, so daß er in den Hörer brüllte, er stürze sich jetzt aus dem Fenster. Doch da sein Vorschlag bei der Unbeugsamen nur auf ein herzhaftes Gähnen traf, war es das Telefon, das quer durch die Mansarde flog und sich danach auf der Straße das Schneckenhaus brach.

Und krack! Ein Knacks mehr in der großen Liebe. Krack! krack! Komisch, der gleiche Krach von Anfang bis Ende. Erst ein Knistern, dann Herzklabastern, dann waren sie knasternd Feuer und Flamme, dann bekam Schwesterchen allmählich zuviel von den Ammenmärchen ihres Ein und Alles, bis sie platzte, und am Ende gebar die ganze große Liebe nur einen Schwarm Lautmalereien *jaja! tirili, tirila! haha! kracks! heia! heißa! hoppe, hoppe Reiter! kukurukuku! miau! mio! pah! bäh! Iiiihhh! grrr! pfft! klatsch! peng! wumms! uff! pardauz! Ratzfatz vorbei war's mit der großen Liebe! Dann galt: Ran an den Feind!* Und krack! knackte die ältere meiner Kusinen Nüsse, krack, für den Salat am Abend. Und unter der Hand verwandelten sich die ausgemalten Laute in die kleinen, pfeifenden Splitter einer Granate zum Empfang der langen Beine, die nach dem Clash an der Strippe, ihrer großen Liebe ledig, zurückgekehrt waren in die blitzblanke Küche. Komisch, wie die Kleine den Männern die Sporen geben konnte und sie triezte, daß sie nur so flitzten, um ihr zu Willen zu sein. Und all die vom Zaun gebrochenen Gewitter, durch die sie glatt hindurchging, trocken und ohne ein gekrümmtes Haar. Und all die entthronten Götter, die, von ihr erst erwählt, dann gestürzt von einem Tag auf den andern, aus tiefster Verzweiflung sie anriefen, sie, *die Großmütige, Aufmerksame,* wie der letzte sagte, um ihr den Kelch mit Schwesterchens Sperenzchen zu kredenzen, den sie gekostet hatten bis zur bitteren Neige. Und sie trank, die Großherzige, Aufmerksame, *mit der dem reiferen Alter eigenen* Geduld, wie auch der im Sommer Gefallene sagte. Sie trank, weil auch ein Rausch aus zweiter Hand dabei half, Anfälle von Langeweile zu bekämpfen. Sie trank, um den Keim eines Sturms zu ernten und zu versenken in ihre spiegelglatte See. Sie trank, weil nie das Telefon zu ihren Füßen jaulte. Weil die festgebaute Wand aus alemannischem Hausverstand mit ihrem Putz aus tibetanischer Weisheit sich nie gespalten hatte mit einem verzweifelten Seufzen, nicht einmal einem gespielten. Und vor dem Mauerbau, der Errichtung des großen Damms gegen ihre Illusionen und Ströme von Tränen, war sie immer verschaukelt worden und verladen, von Freibeutern geentert fürs Leben und ausgesetzt am erstbesten Felsen, sie waren nicht einmal schlecht, nur zerstreut, sie schwankten zwischen Skylla und Charybdis und trieben steuerlos durch die Gegend, statt in den Hafen einzulaufen, wo sie von der Fischerin erwartet wurden, die Garn entwirrte und Netze knüpfte, doch da sie niemanden kommen sah, rief sie für teures Geld die Aufmerksamkeit und den Superdurchblick einer Strippensybille an, die so hellsichtig war, den Hochmut ihrer Allwissenheit nur zu horrenden Tarifen feilzubieten. Zu jeder Tages- und Nachtzeit wachte die Unfehlbare am andern Ende der Leitung, die Ohren gespitzt, den Blick geschärft, die achtundsiebzig Blatt gezückt, und machte kurzen Prozeß mit der Bebenden, Unbefriedigten, Erregten, die Fragen bewegten nach ihrem künftigen Weg, dem Mann ihres Lebens, der Anzahl ihrer Kinder sowie deren Geschlecht, gegen passende Penunze, versteht sich, und wenn sie die Geheimzahl ihres Sparstrumpfs auspackte, sollte sie jedes Detail des spannenden Programms erfahren. Als der Minutenzähler lief, weihte das Telefonorakel voll Mitgefühl, daß der Gezausten warm wurde ums Herz, und ohne noch länger zu warten, die Zarte in die Geheimnisse ihrer Seele ein, dieser inneren Harfe, die so empfindsam war, daß sie beim leisesten Anruf vibrierte und weinte beim ersten Stoß. Diesem Porträt eines Wesens mit überreizten, sensiblen Nerven, blankliegend unter der von Bestien zerrissenen Haut, konnte die Bebende nur zustimmen, doch vor allem erwartete die Erregte von der Unfehlbaren, daß sie ihr von der Rückkehr des letzten Freibeuters künde, der verschwunden war, ohne seine Adresse zu hinterlassen. Das zu tun aber hinderte die Hellsichtige am Hörer ihr Gewissen, da sie es sich zur Regel gemacht hatte (lauf, Zähler, lauf!), nie etwas anderes zu sagen als die blinde Wahrheit. Und die blinde Wahrheit besagte, daß es keine Zukunft gebe mit dem in Frage stehenden Filou, der übrigens in dem Moment die Hymne der Liebe auf einer anderen empfindsamen Harfe intoniere (lauf, Zähler, lauf!), aber das sei eine andere Geschichte. So war die Bebende, Erregte denn zu ewiger Enttäuschung verdammt? Dürfte die Unbefriedigte wenigstens, wenn es denn schon nichts würde mit der großen Liebe, eines Tags die angeblich unglaubliche Lust der Schwangerschaft erfahren? Die Unfehlbare am anderen Ende der Leitung mußte sich sammeln (lauf, Zähler, lauf!), die Herrscherin und der Gehenkte, der Teufel und die Hohepriesterin, die Welt und der Mond tanzten die Sarabande der Auguren und soufflierten dem weissagenden Mund, die Unbefriedigte solle säen, wenn sie ernten wolle, denn der Reichtum der Mahd beruhe auf der Güte der Saat, und sie müsse aufpassen, sich ausreichend Zeit zu lassen (lauf, Zähler, lauf!), dürfe aber dennoch nicht zu lange warten mit dem Beginnen, denn mit der Zeit könne die Zeit auch verrinnen. Um ihre Lebensgeister wiederzufinden, solle die Erregte, die Bebende in Verbindung treten mit dem waschenden Wasser, dem reinigenden Feuer, der lindernden Luft, der stärkenden Erde. Und wenn die Vereinigung mit den Elementen ihr nicht helfe, wieder hochzukommen, spräche nichts dagegen, daß die Unbefriedigte, von ihren Händeln mit den Lebenden Erschöpfte, Tische rücken lerne und sich einen Toten greife, um durch ihn mit dem Unsichtbaren Zwiesprache zu halten. Übrigens veranstalte die Sippschaft der Strippensibyllen aus schwesterlichem Mitgefühl regelmäßig Seminare, Liebeskonzile zum Schutz und Schirm aller Unbefriedigten an Körper und Geist. Gegen passende Penunze, versteht sich, machten die Telefonorakel was her und flößten den verlorenen Seelen einen Aufguß kabbalistischer Weisheit ein, die sie selbst mit Löffeln fraßen. Ob die Bebende, die Erregte sich für einen Drei-Tage-Kurs im Einklang mit Malve und Ginseng, Brechwurz und Löwenzahn, Engelwurz und Distel anmelden wollte? Oder hatte das zahlende Versuchskaninchen vielleicht das Bedürfnis nach einer Wiederaufladung mit positiver Elektrizität, einem kufischen Fluidum zum Vorzugspreis, mit verstärkter Wirkkraft, das in den Adern der Unbefriedigten den Fetisch der Begeisterung und die Religion des Optimismus verbreiten würde? Wenn die Glückswellen erst einmal die Distel in Engelwurz verwandelt hätten und die erregte Unbefriedigte zur vollerblühten Prunkwinde geworden sei, würden die Telefonorakel in ihren Trichter ein paar Tropfen konfuser Weisheit träufeln, Dialog mit dem Einsiedler und dem Gehenkten, Zukunftsprognose durch Stimmanalyse, Pendeln, Handauflegen, Botschaften aus dem Jenseits, Harmonie mit dem Kosmos und der ganze Wahnsinn, dank dem die ausgehungerte Schaluppe, wenn sie eintrat, jede Verzweiflung fahren ließ, um die Strahlen der Liebe zu empfangen. Denn, so sangen die Strippensibyllen, alles war Liebe, bei der Unbefriedigten angefangen, die zu sich selbst zu streng sei und ein bißchen mehr Milde walten lassen solle. Das war der Balsam, nach dem alle Verirrten gierten – am besten schmierte man sie am Ende der Sitzung damit ein. Und ihr Herz begann zu schmelzen. Ihre Kehle schnürte sich zusammen. Die Augen tränten. Und ihr Kopf vergaß die Schmerzensfrau. *Krack! krack!* Meine Kusine legte den Nußknacker weg und drehte am Radio, wo eine Mausstimme monierte, der Matetee habe sie matt gesetzt, und der ermattete Gatte habe, verletzt, die Matte verlassen und sich dem Schachspiel ergeben. *Krack! krack!* Da träumte man die ganze Zeit von der großen Liebe, und eines Tages wachte man auf und knackte Nüsse und versuchte sich einzureden, daß es das war – das Glück in der Tasche, glatt und rund wie ein Ei voll Süßigkeiten. Doch die Schale wurde rissig *krack! krack!* und drin nur Kröten, die man schlucken mußte. Vielleicht hätte man's doch wie Schwesterchen machen sollen, sich auf einen Sockel hocken, sein Herz mit einer stachligen Schale schützen und sich das Füßchen küssen lassen, und wenn man müde wurde, zog man es zurück, um es, ganz frisch, ganz glatt, anderen Lippen hinzuhalten, die weniger kitzelten, aber leidenschaftlicher waren. Oder mit dem Feuer spielen und sich, wenn man das sagen konnte, schrecklich die Hände verbrennen wie die Kusine mit ihrer Irrengeschichte. Und jetzt kaute sie an ihrem Stumpf und zehrte von ihrem Herzen *bitter, bitter, aber sie mochte es, weil es bitter war, und weil es ihr Herz war.* Niemand redete mehr darüber, über ihr Herz, das sie dem Erstbesten schenkte, der ihr über den Weg lief, ihrem Bruder, diesem Verrückten. Die reinen Herzen liebten einander zärtlich, was konnten sie machen, da sie doch Zwillinge waren? Die reinen Herzen spielten zärtliche

Liebe, was sollte man tun, wenn man den Bruder unter der Haut trug? Die reinen Herzen waren noch keine fünfzehn, als man sie hinterm elterlichen Schrank ertappte, wie sie Unzucht trieben, aufrecht an der Wand. Blut auf dem Boden, Blut auf den Schenkeln der Kusine, Blut auf der Lippe, in die er biß, an der er saugte, der Verrückte, der seinen Pflock in das kleine Schmuckkästchen getrieben hatte, die Hände lagen auf dem Hintern seines reinen Herzchens, und die hungrige Welpenzunge wühlte sich ins Ohr und in die Nasenlöcher seines kleinen Dings, dem bei jedem Stoß seines Pfahls Schmerz das Gesicht verzerrte und Lust Seufzer entriß. So standen sie da, eins ans andere geschweißt und gepanzert gegen die äußere Welt. Der Dreadnought ohne Furcht und Tadel lief ein, nahm die Enge, kam bis zum Ende des Kanals. Stimmen hinter der Türe kündeten vom Anmarsch des Feindes. Doch statt den Rückzug anzutreten, drang er, als die Türe aufging und die Schritte näher kamen, weiter vor, und sein Mund sog an der Lippe des Zwillings. Das Geschrei sprengte die beiden nicht auseinander. Sie hatte den Kopf bloß gesenkt, um ihre Lust zu verbergen. Man mußte sie schlagen und den Verrückten rückwärts zerren, bis die Zwillinge, die wie verwachsen waren, sich voneinander losgerissen hatten. Krack! Noch eine große Liebe zerbrochen. Und überall Blut, angefangen bei den Schenkeln der entflorten kleinen Jungfrau, fürs Leben gezeichnet von dem Propfreis, das sich an einem Sommerabend, als es draußen ziemlich heiß war, in sie bohrte. Sie hatten sich ins Zimmer der Eltern geschlichen, als die irgendwo auf Besuch gewesen waren, um in deren Sachen zu wühlen und ihre Kleider anzuprobieren. Sie hatten das blaue Hemd des

Vaters und das schwarze Kleid der Mutter mit den großen Blumen aus dem Schrank geholt, sie hatten sich vor den offenen Schrank gestellt, sie hatten einander an Arm und Bauch berührt, sie hatten sich auf Hals und Schulter geküßt, sie hatten das blaue Hemd und das Blumenkleid auf den Boden fallen gelassen, wo sie später noch lagen, und waren zurückgewichen, einander streichelnd und beißend, ganz zurück bis in die Ecke hinterm Schrank, das Schilderhäuschen, wo die zwei kleinen Soldaten, die sich so zärtlich liebten, einander allegro molto nehmen konnten, und sollten sie bei dem Scharmützel sterben müssen. Im tiefsten Grunde ihres Herzens wollten sie, daß man sie erwischte, sie tötete und aufeinanderspießte. Aber sie starben nicht an dem Skandal. Und nun zehrte die Kusine an ihrem Herzen, das *bitter* war, *bitter,* und rief den Zwilling an, der vielleicht *nichtirr* war, *nichtirr,* aber immerhin in einer geschlossenen Anstalt. Krack! krack! Nüsseknacken war gar nicht so schlimm. Das einfache Glück. Ekstase zu einem vernünftigen Preis. Handfeste Liebe. Eine kleine Sonatine, piano piano. Pech, wenn Schwesterchen gähnte, weil sie es wilder besser fand, und für die Kusine, die nur Nachtvögel schreien hörte. Das mußte es alles geben auf der Welt. Nußknackerinnen mit starken Händen rickrack!, solche, die mit ihren Beinen wie mit scharfen Scherenklingen schnippschnapp! Herzen brachen und solche, die sich mit einem *mea culpa* auf den Lippen täglich in die Brandung warfen! Sollten sie ruhig die Nase rümpfen, sie kamen doch jeden Sonntag zum Essen in das nagelneue Haus, von der Nußknackerin mit starker Hand erbaut. Schwesterchen fand das alles ein bißchen fade und blickte auf die blankgeputzte Heuchlerbude herab, in der sie sich trotzdem gerne aufhielt, weil die Vorräte unerschöpflich waren und ihr das Wasser im Mund zusammenlief von diesem Übermaß an Köstlichkeiten. Und die Kusine, die nur von ihrem bitteren Herzen zehrte, kam, um den anderen beim Essen zuzusehen. Wenn die nicht mehr hier antraben könnte, wüßte sie nicht, wohin am Sonntag (geschweige denn an den andern Tagen!), da spielte sie lieber Kassandra im nagelneuen Haus und zog den Spießern den Teppich unter den Füßen weg. Den übrigens müßte sie, die Nußknackerin, die Aufrichtige, Ergebene, die beste aller Töchter, wie Schwesterchens Spätzchen gezwitschert hatte, rot einfärben anläßlich der Ankunft König Lears, die nun doch im Herbst stattfinden sollte mit der doppelt erfreulichen Aussicht, dem Alten sowohl die Schwangerschaft als auch die Entbindung vorzuführen. Noch ein nagelneues Glück. Das Telefonorakel hatte verkündet (lauf, Zähler, lauf!), daß nach dem Hornochsenauftrieb und den in Selbstanbetung Erstarrten er kommen würde, der starke Mann, ihre sichere Bank. Seit die Liebe Wallanlagen aus alemannischem Hausverstand um sie errichtet hatte, war es vorbei mit der Tränenvergeudung und mit dem von Freibeutern auf Durchreise verursachten Kapitalschwund im Gefolge auch. Von da an hielt sie das Heft fest in der Hand. So bereitete sie die Sammlung ihrer Truppe vor und den Absprung König Lears, dessen letzter Brief, das fiel ihr jetzt ein, sicher im Schlafzimmerschrank zu finden war, unter einem Stoß Hemden vergessen oder in eine Manteltasche gestopft. Der Brief war mitten ins häusliche Chaos geflattert, in einen Wirbelsturm aus Kleidern, die mit Schwesterchens Hilfe entfaltet, im Zimmer verstreut, gesichtet und wieder zusammengelegt worden waren, ein paar hatte Schwesterchen anprobiert, nicht die Livreen eines geordneten Lebens, sondern Überbleibsel verflossener Zeiten. Der kurze, hinten gebundene Rock, das schwarze Kleid mit dem riesigen Rückenausschnitt, die enge Hose, die die schönen Stelzchen nicht versteckte, und das Defilee der tadellosen kleinen Oberteile, die scharf darauf waren, den schlanken Leib zu umfangen, der vor dem Spiegel stand, da die Besitzerin, von Liebe der alemannischen Art stark geworden und dick vom stillen Glück, sie als teuflischen Tand ansah, der ihr die Haut verbrannte, wenn sie so aufgedonnert durch die Straßen rannte. Die Kleine wühlte im Schrank. Weg mit dem dicken, gänsekackbraunen Kostüm, weg mit dem weiten Hemd in Sienaerde, weg mit dem mausgrauen Sackkleid und den schlammfarbenen Hosen. Den Aufputz des Anstands, passend zum einfachen Glück des nagelneuen Hauses, fegte die stöbernde Hand beiseite. Was Schwesterchens Augen glitzern ließ, waren die kecken, kessen Dinger, die Fetzen der wilden Jahre. Doch nie ließ Mademoiselle sich herab zu betteln. Sie strich mit der Hand über das Objekt ihrer Begierde, nahm es aus dem Bestand, hielt es sich vor dem Spiegel an den Körper, um die Wirkung zu studieren, und wartete auf den Vorschlag, sie möge es doch probieren, diesen sündhaft teuren, superkurzen Rock zum Beispiel. Eine lächerliche Laune, um einem Lümmel ins Auge zu stechen, der sich hatte vollaufen lassen, bis ihm – verdammt! – einfiel, daß er zum Candlelightdinner verabredet war – ungewaschen, unrasiert, mit nichts in den Händen, nichts in den Taschen, aber drei Stunden Verspätung kam er an, klappte vor Müdigkeit fast zusammen und verschüttete Champagner auf den superkurzen Rock, der am Po kratzte, um sich dafür zu rächen, daß er dem müden Krieger gar nicht aufgefallen war. Der Hintern von Mademoiselle hatte nichts einzuwenden gegen den teuren Rock, der aus dem Spiegel lachte, weil sie so gut zusammenpaßten, er und die schönen Stelzchen, nachdem er lange gezwungen war, sich mit einem Paar komplexbeladener Beine abzufinden, die Gott sei Dank ein dreister Steiß überwölbte. Der Brief war während Schwesterchens Anproben gekommen, die Ausbeute hatte schon merklich zugenommen. Sie konnte auf all die Kinkerlitzchen nicht einfach verzichten, wo doch ihr hübscher goldgebräunter Körper, der jedem Nichts Gestalt verlieh, tagtäglich die Tragödie *Ichhabnichtsanzuziehn* durchlitt. Zu gern wollte der schöne Leib die koketten Modelle, die ihm wie angegossen paßten, mit jugendlichem Schwung zur Wirkung bringen. Aber man mußte das Fräulein freundlich dazu drängen und in aller Form, ohne Dank zu erhoffen, weder gezwungen noch offen, weil diese schönen Sachen, das war klar, Mademoiselle zustanden von Rechts wegen. Sie nahm gerne Huldigungen entgegen und ließ sich ein wenig bitten, sich doch der Fetzen anzunehmen, die sich darum rissen, ihre koketten Kurven zu kleiden, nachdem es sich lange nicht vermeiden ließ, ins plumpe Fleisch zu schneiden, das der Besitzerin in ihrem stillen Glück gewachsen war. Die Plünderung war erfolgreich, ermuntert und tatkräftig unterstützt vom Opfer, das seine lustige Jugend begraben wollte, die Lumpen der Vergangenheit in den Wind schoß und seine reizende Mauser *Ichhabnichtsanzuziehn* überließ, die diesen *dem reiferen Alter angemessenen*

Verzicht begrüßte und gern das sexy Erbe antrat, das der hübsche goldgebräunte Körper wunderbar zu nutzen wüßte. Der Brief König Lears hatte die Plünderung unterbrochen, nach der nur noch die Häute der Bravheit hingen in dem von den Reliquien der Galanterie gesäuberten Schrank, passend zum stillen Glück der stets aufrichtigen, ergebenen Besitzerin des nagelneuen Hauses und bald auch eines kleinen Prinzen, der mit einem heftigen Fußtritt seine Ungeduld kundtat, als der Brief kam, den sie las, während Schwesterchen die Verehrer ans Telefon rief, um einen Abend zu versteigern, an dem der hübsche goldgebräunte Körper die neue Verpackung einweihen würde, die ihm große Klasse verlieh, doch der bloße Versuch, den Leib zu liebkosen, der einen Mormonen zum Glosen brächte, wäre der Gnadenstoß für den Gernegroß, der sich in ihn verschoß, doch nie auf seine Kosten käme, obwohl er diese, wenn auch erbost, übernähme. Als das Angebot an den Mann gebracht war, der Fisch am Haken hing und der Hörer auf der Gabel, schnappte Schwesterchen seinen Fang und verschwand, während der Brief in den Falten der Tugend hängen blieb, ganz hinten im Schrank.

Ein Fahrrad, das nicht fuhr. Was für ein Einfall! Noch eine von diesen Schnapsideen, die sich im Hirn König Lears verbreitet hatten, seit er dabei war, sich vorzubereiten auf das Wiedersehen mit den Prinzessinnen im Exil. Ein Fahrrad ohne Rad und Kette, das nicht einmal aus dem Haus kam. Importiertes Teufelswerk, teuer bezahlt mit dem Geld, das die ältere seiner Töchter dem alten Irren geschickt hatte, der glaubte, er bräuchte nur zweimal täglich in die Pedale zu treten, um in Hochform zu sein und große Sprünge zu machen wie eine Antilope, wenn er den Prinzessinnen endlich seine Hommage zu Füßen legen konnte. In Erwartung seiner Verwandlung in eine durch die Luft schnellende Gazelle verausgabte sich das alte Vatertier auf dem bizarren Apparat, was die Pumpe ziemlich mitnahm, und auch die schmerzenden Knochen ächzten. Das paßte dem Quieker gar nicht in den Kram, daß er dem Training des Champions für das Rennen in die Katastrophe beiwohnen sollte. Der Apparat stand in einer Ecke des blauen Hauses. Der Athlet trat und trat, um seine unbewegliche Maschine, die ihn jeden Tag näher zu seinen Prinzeßchen brachte, zur Höchstgeschwindigkeit zu treiben. Und jeden Tag stieg er gerädert und außer Atem wieder ab von seinem Gerät, den Kopf in den Wolken, als käme er aus dem Garten der Lust, wo er, frei wie die Luft, mit den wiedergefundenen Gazellen herumgesprungen war. Der Quieker sah das alles mit immer böserem Blick, aber es war klüger, nichts zu sagen, sonst hätte es Aalstreik gegeben. So kam der Quieker wenigstens in den Genuß der letzten, extra für ihn ausgesuchten und mit Liebe gegrillten Aale. Seit der verdammte Brief, der die Sirene des Wiedersehens hatte heulen lassen, die Synapsen König Lears kurzgeschlossen hatte, sprühten seine Neuronen verliebte Funken, und sein Hirn holte sich Energie nur noch aus der bevorstehenden Abreise ans andere Ende der Welt. Statt dessen würde er sich bald in einer anderen Welt wiederfinden, wenn er so weiterstrampelte auf seiner Höllenmaschine, um zweimal täglich seine springenden Gazellen einzuholen. Schon früh am Morgen schwang König Lear sich auf seine festgeschraubte Rakete, und hui!

war er fort, und eine endlose Schleife von Träumereien rollte vor seinem inneren Auge ab, er sah sich am anderen Ende der Welt, herausgeputzt wie der Lieblingsschauspieler seiner Prinzeßchen. Der Name war ihm entfallen, nur an den komischen Gang des Kerls mit dem zerknautschten Anzug und der Zigarette im Mundwinkel konnte er sich noch erinnern. Das ärgerte ihn ein bißchen, der Aufzug, den der Kerl auf der Karte trug, die er bekommen hatte. Daneben würde sein maßgeschneiderter Anzug alt aussehen. Außerdem hatte er aufgehört zu rauchen, um in Form zu bleiben. Er würde noch viel üben müssen vor der großen Reise – den maßgeschneiderten Anzug zerknautschen und sich daran gewöhnen, eine Zigarette aus dem Maul hängen zu lassen. Zur Zeit spornte König Lear, ausstaffiert wie ein Sportler, seine stählerne Rosinante, die nicht einen Huf vorankam, aber ihm sein Leben im rosigsten Licht erscheinen ließ. Er trampelte, strampelte, und die Elektrizität floß von den Beinen in seinen Kopf, der rauchte und rauchte. Rosa Wölkchen stiegen aus seiner Kalotte. Vom plötzlichen Liebeswahn zu seinen Prinzessinnen entflammt, loderte Lear lichterloh in seinem Irrsinn. Und je mehr er strampelte, desto stärker stieg ihm der Reiserausch zu Kopf. Und wenn er sich aus den Steigbügeln seines Stahlrosses schwang, war nicht Aalhunger der Grund, der allein den Quieker noch hielt. Nein, er kam nur von seinem Steckenpferd herunter, um ein anderes zu reiten. Der alte Irre hatte ein höllisches Trainingsprogramm, sowohl für den Körper als auch für seinen Geist. Viele Stunden täglich brachte er damit zu, im Wörterbuch zu blättern und sich eine alte Anthologie von Gedichten einzutrichtern, um sein vor Ungeduld dampfendes Hirn mit ein paar Wendungen der Mundart zu speisen, die man am anderen Ende der Welt sprach. Und der Quieker, der vor Hunger schon im Kreis lief, bekam nur ein paar Verse vorgesetzt *Wenn's morgen dämmert ... geh' ich fort.* In der Zeit blieb das Feuer kalt, die Aale zappelten kläglich, und der Quieker kaute an seinen Nägeln. Noch so ein Streich des Großen Tauben. Hätte Großmutter noch durchgreifen können in ihrer Strenge, hätten die Prinzessinnen König Lear in Frieden gelassen in seinem blauen Haus, doch die inzwischen verbleichte Bestatterin stinkreicher Leichen begleitete lieber ihresgleichen zum Bankett der Würmer, um dort als Hauptgericht zu dienen. Jetzt hielt nichts mehr die Launen der Launischen im Zaum. Unter dem Mantel der Vaterliebe hatten sie König Lears Hirn verwirrt und das süße Leben des Quiekers vernichtet, das jetzt von morgens bis abends von der fröhlich ausposaunten Drohung skandiert war: *Wenn's morgen dämmert... geh' ich fort.* Ein gelungener Streich des Großen Tauben. Dem Quieker seinen Aalbrater zu entführen, der nur noch davon träumte, ans andere Ende der Welt zu verschwinden, und sich ertüchtigte für seinen großen Tag, seine Waden befühlte, den Bizeps trainierte, die schmerzenden Knochen mit Wunderöl massierte und nie gehörte Wörter in den müden Schädel stopfte, die er in alten Gedichten fand. Der Quieker sollte ihm helfen. Er hatte damit geprahlt, er könne ein wenig radebrechen in der Sprache vom anderen Ende der Welt, da man ihn in seiner Jugend für sechs Monate dahin geschickt hatte zwecks evangelischer Vervollkommnung. Davon seien in den Gehirnwindungen des Quiekers Wissenssplitter hängengeblieben, die er gern in Lears Hirn implantieren würde, allerdings nur im Austausch gegen ein paar Scheiben fetten, rosagebratenen Aals. Und während die Schlangen rösteten auf ihrem Scheiterhaufen, trug der Quieker mit seiner fast erloschenen Stimme den *Flug der Gerfalken aus dem heimischen Beinhaus* vor. Und der Novize betete ihm nach. Es waren nicht viele, die dem heimischen Beinhaus entkamen. Nur den alten Vögeln, die Blei in ihren Flügeln hatten, öffnete sich gelegentlich eine Tür. Besser, man reinigte den Käfig von diesen mißgelaunten Nestbeschmutzern. Sollten sie sich doch mausern am anderen Ende der Welt, damit sie nach ihrer Rückkehr hinter den Gitterstäben andere Lieder im Schnabel hätten statt das trübsinnige Gekreische von den guten alten Zeiten, den alten Werten, den ganzen alten Kamellen, von denen Blaubart und seine Meute den Käfig längst gesäubert hatten. Eigentlich hätten sie wegen unwissentlicher Mitwirkung am großen Vorhaben der Demoralisierung der Jugend den Zerberussen vor die Reißzähne geworfen werden sollen, doch Blaubart tat nichts dergleichen, er ließ sie sogar entfleuchen ans andere Ende der Welt. Sollten sie sich doch aufschwingen, über die Meere fliegen und wiederkehren, um Blaubart aus der Hand zu fressen und dankbar zu piepsen für die Ätheratzung. Lear hockte auf seinem Stahlroß, glättete seine Federn, schlug mit den Flügeln und pfiff die Melodie vom *Flug aus dem heimischen Beinhaus*. Frühmorgens schlüpfte er in sein weißes Champion-Trikot, hüpfte auf seinen dünnen Beinchen, zog seinen hohlen Bauch ein, sog in vollen Zügen die Lust ein und ließ den Kummer des verlassenen Vaters aus seiner Brust, er roch an den Blumen in seinem Garten, die ihre Kelche weit geöffnet hatten, um dem freudig klopfenden Herzen König Lears zu lauschen, der sich gar nicht beruhigen konnte, erhört worden zu sein vom Großen Tauben, aus dessen Schnabel ihm fette Beute zuteil ward, eine Riesenüberraschung, ein üppiges Stück Glück. Herablassend mimte er den Stolzen und erstickte doch fast vor Heiterkeit, wenn er sich den Bauch vollschlug mit der vom blauen Zeltdach gefallenen Leckerei. Er glaubte an seine Wiederauferstehung, glaubte, er könnte das Grab verlassen, in dem er seit zwanzig Jahren lag. Schließlich hatte der Große Taube ihm das Vehikel geschickt, das Stahlroß ohne Rad und Kette, das ihn mit einem einzigen Hufschlag hoch zum blauen Zeltdach brächte, damit er sich dort auf ein Rosenblatt bette und mäste mit Liebe und Regen, wenn er vom Wiedersehen mit den beiden Büßerinnen träumte, die den Günstling des Großen Tauben mit der ihm zustehenden Ehrerbietung umhegen, pflegen, aufpäppeln und hätscheln würden. Und wenn er genug davon hätte, herumzupicken im Füllhorn am anderen Ende der Welt, kehrte er ins blaue Haus zurück, und vielleicht wären die kleinen Büßerinnen mit von der Partie, um mit eigenen Augen den Ameisenhaufen zu sehen, der während ihrer Abwesenheit von großem Leid geplagt war, doch von Blaubart, wie sie aus dem Käseblättchen wußten, als Muster arbeitsamer Tugend gepriesen wurde, das mit der Geburtszange dem Bauch des Obskurantismus entrissen, eine Dekade lang in den Kammern der Inquisition erzogen und durch regelmäßiges Anziehen der Schrauben geprüft worden sei. Vielleicht wären sie mit von der Partie, um mit eigenen Augen den verfallenen Palast zu sehen, wo der Regen aufs Bett fiel, das man deshalb umstellen und vor den Schrank schieben mußte, womit gleichzeitig die Tür verrammelt war. Sie wären mit von der Partie, wenn es galt, von den Aalen zu kosten, die um so schmackhafter wären, als sie dem Mund des Quiekers vorenthalten würden. Und die Prinzeßchen müßten das längliche Fleckchen Erde bewundern, das der alte Lear gewählt hatte für den Tag, an dem er sich zum König der Würmer krönen lassen würde. Ein fürstlicher Pfühl, mit dem trüben Wasser des Pfuhls zu seinen Füßen und dem entfernten Rauschen der Avenue des deux sœurs Trung am Kopfende, den Amazonen des Roten Flusses geweiht, die eine Armee von Kriegern ausgehoben hatten, um den Eindringling aus dem Norden zu vertreiben. Verraten von ihren Männern und vom Feind gefangengenommen, hatten sie sich am Ende selbst getötet. Doch der Waffengang im Ameisenhaufen, der vor zweitausend Jahren stattfand, scherte die Prinzessinnen im Exil, die am anderen Ende der Welt ein aufregendes Leben führten, wie nicht anders zu erwarten, einen feuchten Kehricht. Außerdem, was war nach all der Zeit von dem Ameisenhaufen in ihrem Gedächtnis geblieben? Ein Geschmack auf der Zungenspitze. Eine Melodie im Kopf. Augen voll Staub. Öffentliche Auktionen. Ein Durcheinander aus Akzenten. Buchstaben eines Alphabets (es war ihnen lange genug eingetrichtert worden!), transkribiert von einem Missionar, der vom anderen Ende der Welt gekommen war mit seinem *Katechismus, für Täuflinge erklärt in acht Tagen,* samt einer Methode, die Sprache der Ungläubigen in römischen Buchstaben neu zu notieren. Der fromme Mann! Der zwei kleinen Portugiesenpadres, die vom Großen Tauben viel zu früh zu sich berufen worden waren, ihr Transkriptionsverfahren abgenommen hatte, um den Heterodoxen in den Tropen anstelle der sinistren Hieroglyphen aus dem Reich des Nordens eine Reihe moderner Schönheiten zu schenken, Mehrlingssilben, geziert von kleinen Narben, damit man sie unterscheiden konnte, denn sie sangen von der Liebe *yêu,* die schwach und hinfällig machte *yêú* und in der Blüte der Jahre *yêú* zum Tode führen konnte. Lear war nicht mehr in der Blüte seiner Jahre. Und wurde zusehends schwächer vom vielen Fahrradfahren. Wenn er auf seiner Gurke sprinten übte, war er ganz atemlos, doch so rigoros, daß man richtig Mitleid bekam. Einmal, als er sich völlig verausgabt hatte auf seinem störrischen Esel und die Mauern seines baufälligen Palastes dreimal widergehallt hatten von seiner Drohung *Wenn's morgen dämmert... geh' ich fort,* schlich König Lear sich in die Kirche, um dem Großen Tauben, der seine Töchter nur entführt hatte, um sie ihm mit himmlischem Getöse wiederzugeben, seinen Dank zu blöken. Trompeten, erschallet! Auf seiner Höllenmaschine flog König Lear zum anderen Ende der Welt, um in einem Körbchen den gestohlenen Wurf zurückzuholen, dem das blaue Haus ein wenig ärmlich vorkommen würde und ein wenig seltsam mit den Blumen vorn und dem Scheiterhaufen für die Aale hinten im Hof. Er blökte für die Seele seiner Nachkommenschaft und sogar, Großmutter möge in Frieden ruhen, die verschiedene Bestatterin stinkreicher Leichen, die nichts Besseres zu tun hatte, als sich in einer Mücke zu reinkarnieren und König Lear laut surrend zu umschwirren, um ihn im Schlaf zu quälen und die beiden Statuetten zu reklamieren, die er gestohlen hatte und all die Jahre wie seinen Augapfel gehütet, bevor er sie der Spielkasse des Kults übergab.

Das ermöglichte einen Austausch des bauchigen Buddhas gegen ein Stück Windel vom Märtyrersohn des Großen Tauben, das zu Beginn des Jahrhunderts ein Kirchenräuber vom anderen Ende der Welt einer Puffmutter verkaufte, die fromm, quecksilbersatt und reich geworden war in den Tropen, wohin sie *(auf den Spuren ihres Vorbilds, des heiligen François-Xavier,* der ihr später, als sie schon völlig verheert war vom Spirochätengeschlängel, nachts unterm Mückennetz *in naturalibus* erschien) als gute Äbtissin *mit ihren Mädchen* gereist war, um die Verwalter zu retten, die mit der Blüte der Zivilisation im Knopfloch in der Höllenhitze zu verrecken drohten, und in letzter Sekunde ein Flagellantenkloster für Genießer einzurichten, die von der Sehnsucht nach Nönnchen von daheim gegeißelt wurden. Die Windel, die nach dem Tod der Äbtissin und der Verteilung des heiligen Plunders von Hand zu Hand ging, war schließlich im Hinterraum eines Ladens gelandet, dessen Besitzer, ein fanatischer Buddha-Jünger, nichts sehnlicher wünschte, als das Amulett der Frommen gegen das Lächeln des Fetten einzutauschen. Der Große Taube konnte sich freuen. Seine Bethütte enthielt immerhin eine Reliquie unterm Glassturz und einen Märtyrer in einer Jahrmarktsbude. Immer zahlreicher drängten die Gläubigen dahin, die geistliche Erpressung florierte, der Quieker saß in seinem Kabuff wie der andere auf seinem Haufen, kratzte an seinem wunden Herzen, spannte die müden Stränge seiner Nerven und fluchte der Fron des Menschen auf Erden. *Wenn ich mich legte, sprach ich: Wann werde ich aufstehen? Und der Abend ward mir lang; ich wälzte mich und wurde des satt bis zur Dämmerung.*

Alles, was sie von dem Ameisenhaufen im Gedächtnis behalten hatte, war das Mondfest. Da gab es dicke, weiche Kuchen. Obendrauf war ein weißes Quadrat, manchmal mit einer braunen Kruste und einem großen Schriftzeichen, innendrin Lotuscreme mit süßen Splittern. Das sah aus wie ein Siegel. Ein Siegel auf einem Pergament des Kaisers, das, von einem Soldaten in Windeseile überbracht, ein Todesurteil enthielt. Das weiße Siegel war biegsam und hinterließ einen frischen Geschmack im Mund. Das Goldbraun war eindrucksvoller, es wirkte dunkel und unerbittlich. Wenn man das Siegel aufbrach, gab es immer eine Überraschung. Manchmal fand man statt der süßen Creme eine salzige Farce mit einem Eigelb in der Mitte wie einem Vollmond. Aber eigentlich waren diese hübschen runden Kuchen mehr zum Ansehen als zum Essen, sagte meine junge Kusine, vom Nußteller knuspernd. Kuchen knabbernd wartete man auf den Abend, um die Kerze anzuzünden in der Laterne, die schon seit Wochen gekauft war, weil man eine nagelneue brauchte jedes Jahr. Wenn es dunkel wurde, kamen die Kinder mit ihrer Laterne an einer Binse aus den Häusern. Die Straßen waren erfüllt von roten Drachen, grünen Fischen, scharlachfarbenen Schmetterlingen und indigoblauen Vögeln. Das sah aus, als flatterte eine märchenhafte Menagerie mit Kerzen im Bauch durch die Stadt. Die Laternenträger sangen das Lied vom Mond, auf dem ein Tölpel hockte. Und wenn sie sich den Hals verrenkten, konnten sie tatsächlich seinen Schatten auf dem großen Eidotter im Tintentümpel entdecken. Die vielen kleinen Lichter hintereinander wirkten wie ein langer, leuchtender Wurm. Immer wieder kippte eine Kerze um, und eine Laterne ging in Flammen auf, der rote Drache spie Feuer, der scharlachfarbene Schmetterling versengte sich die Flügel, der blaue Vogel wurde von der Glut gefressen, der Schwanz des grünen Fisches zuckte in den Flammen. Und die armen kleinen Laternenträger weinten, wenn sie ihr Zaubertier so sahen, kläglich an seiner Binse hängend, die scharlachfarbenen Schmetterlingsflügel voller Löcher, der Fischschwanz in Rauch aufgegangen, die Krallen des roten Drachen zernagt von den Flammen. Doch rundherum ging das Fest weiter, Schatten zogen singend an den verkohlten Laternen vorbei. Es mußte etwas geschehen. Die Klügsten liefen nach Hause, um die Laterne flicken zu lassen, und wenn sie mit ihrem Falter wiederkamen, flatterte der mit zeitungspapierversteiften Flügeln. Andere trugen heulend ihr Elend und die halbverkohlte Laterne mit sich herum, doch der Wind fuhr in die Löcher und löschte die Flamme, der rote Drache wurde immer blasser, bis er einem zerfetzten Gecko glich. Iiiiih, diese Geckos! kreischte meine junge Kusine und spie den Kern einer aus der Schale neben dem Nußteller gemopsten Olive aus. Das waren diese kleinen Viecher, die über die Zimmerdecke liefen und ganz kalt waren und dir manchmal auf den Arm oder auf einen Schenkel fielen, iiiih! Und dann gab's noch die Grillen. Sie selbst hatte nie eine gefangen, aber es gab ja genug davon in kleinen Streichholzschachteln, von Knaben, die bis an den Zaun des blauen Hauses vorgedrungen waren, um ihr die eben aufgespürte Beute wie eine Opfergabe durch die Gitterstäbe zu überreichen. Sie besaß riesengroße und winzig kleine, versteckt in ihrem blauen Pult. Abends wählte sie drei von ihnen aus und ließ sie aus ihrem Haus, damit sie ihr etwas vorsingen konnten. Doch da sie nicht wußte, was Grillen fraßen, und wahrscheinlich, weil sie auch ein bißchen traurig waren in ihrem dunklen, engen Haus, starben sie wie die Fliegen. Ein ganzes Bataillon hatte sie selbst hingemetzelt. Daran war nur der kleine Schlingel schuld, der nie eine Grille für sie fing und sie nicht einmal ansah, wenn sie sich auf dem Weg zur Schule trafen. Sie hatte ihn einmal sagen hören, daß Grillen noch besser singen, wenn man sie mit einer Stecknadel sticht, aber man müßte wissen, wie, und Mädchen wüßten mit den Grillen in ihrer Schachtel doch nur zu spielen. Also hatte sie angefangen, alle Grillen, die ihr geschenkt worden waren, zu stechen, eine nach der andern. Doch die Gequälten starben, ohne einen Laut von sich zu geben, und machten Schweinereien auf den Kacheln. Geckos dagegen faßte sie nicht an. Einmal kriegte sie einen auf den Schenkel, als sie auf dem Fußboden saß und spielte. Er fiel vom Plafond und landete flapp! haargenau auf dem Stückchen nackter Haut zwischen Rock und Knie. Das war so grauenhaft kalt! Sie hatte gebrüllt und gestrampelt. Doch das eklige Vieh war liegengeblieben, auf dem Rücken, den weißen Bauch in die Luft gereckt, die kleinen Beinchen steif. Es war tot. Es hatte einen Stummelschwanz. Die Jungen fingen oft Geckos, um ihnen den Schwanz abzuschneiden, und ließen sie wieder laufen. Die kleinen Saurier liefen zwar weiter im Zickzack über die Wände, doch es sah komisch aus, ein bißchen bescheuert, ein bißchen beknackt. Mit dem Schwanzstummel konnten sie schlechter das Gleichgewicht halten, fielen herunter, krepierten und zeigten ihren weißen Bauch. Iiiiih! Meine Kusine rümpfte die Nase und mopste noch eine schwarze Olive aus der

Schale. Eines Tages hatte sie die Grillen satt und wollte Vögel. Die Jungen brachten Schwäne aus Papier oder Gänschen aus Bananenblättern an den Zaun des blauen Hauses, und wenn man das grüne Gefieder rupfte, stieß man auf eine durchscheinende, weiche Masse, die auf der Zunge zerging. Am liebsten hatte sie punzierte Vögel aus Metall, die ihre beschnittenen Flügel in leeren Konservendosen entfalten durften, rote, grüne, weiße Flügel mit Biermarken darauf. Für das nächste Mondfest wünschte sie sich einen großen blauen Vogel statt des roten Kaninchens mit dem zerfetzten Ohr, das sie schon zwei Jahre hintereinander spazierengeführt hatte. Doch vor dem Fest war Großmutter mit ihrem schönen Auto vorgefahren. Lears Augen waren so rot geworden wie Kaninchenaugen; er hatte versprochen, sie am Meer wiederzutreffen, wo es ganz viele Vögel gab, richtige Vögel, die ganz, ganz weit flogen. Und jetzt hatte sie eine Katze, die sich die Pfote leckte und zuhörte, wenn sie von ihrem Pech erzählte mit dem vom Himmel gefallenen Tyrannen, der punktgenau auf dem Flur der Interviewer gelandet war, ein kleiner Rohling mit Streifenhemd und Blümchenkrawatte, den die schönen Stelzchen nicht aus der Fassung brachten, wenn er kläffte wie ein ärgerlicher Terrier, weil die Fragemäuse morgens ihr Schnäuzchen zu spät durch die Tür der Kleininquisitorenkammer steckten und so die ehrgeizigen Pläne des unsäglichen Subjekts sabotierten, das der Nachlässigkeit den Kampf angesagt hatte und sehr daran interessiert war, die erwähnte Kammer zu einem *großen Meinungslabor* zu machen, das es nach seinen Vorstellungen zu führen gedachte, als Mann der Faust, Statistikenpanscher, Sortierer von Seelenzuständen, als moderner Haruspex, über die Eingeweide der Sezierten gebeugt, die Egoschmerzen hatten, wenn niemand in ihren Innereien wühlte. Der Kater hörte schwanzwedelnd zu und litt mit den schönen Stelzchen mit, auf die er von dem Futon die reizendsten Aussichten hatte. Die schönen Stelzchen verflochten und entflochten sich, erregt vom Klirren des Bettelarmbands, das sie um den Knöchel trugen um der Liebe dieses andern Tölpels willen, dessen Name allein genügte, dem empfindsamen Katzentier das Fell zu sträuben, daß es aufstand und die Krallen ausfuhr, bereit zum Angriff. Aber ein Tätscheln der Flanke reichte, und das süße kleine Biest war wieder anschmiegsam, rieb sich an den Stelzchen und kehrte hocherhobenen Hauptes zurück zu seinem Futon, von wo aus es zusah, wie die langen Beine sich träge aus ihrer hautfarbenen Hülle schälten, sich Richtung Dusche entfernten und wiederkamen, mit duftender Seife gewaschen, von einem weichen Handtuch getrocknet, dann mit einer dicken weißen Schicht bedeckt, die einen säuerlichen Geruch im Zimmer verströmte. Während der Schaum die häßlichen kleinen Härchen entfernte, um sie wieder hübsch zu machen, wirbelten die Stelzchen vom Spiegel zum Schrank, aus dem eine ganze Reihe kurzer Röcke hervorgezogen und unter enttäuschten Seufzern wieder weggehängt wurde. *Immernochnichtsanzuziehn*. Der Schaum, der inzwischen damit fertig war, den unschönen Flaum von den Beinen zu lekken, und begonnen hatte, die Haut anzunagen, mußte weg. Ein hölzerner Spatel nahm die dicke schwarzgesprenkelte Schicht ab, die Stelzchen entfernten sich Richtung Dusche und kamen wieder, nach Mandeln duftend, um sich am Fell des Verehrers zu reiben, der schnurrte, die Schnauze zu dem dunklen Tuff erhoben, der in der Bogenwölbung saß. Das süße kleine Biest liebte das Ritual der Enthaarung, diese Mischung aus Düften, und die samtigen Stelzchen, frisch gepflegt auf dem Futon, die ihn so freundlich empfingen in der Beuge unterm Knie, seinen Kopf zwischen die Schenkel nahmen und den Schwanz mit den Zehenspitzen liebkosten. Seit einiger Zeit aber fand das Ritual der Pflege seltener statt. Wie saures Gras sprossen die Härchen auf den schönen Stelzchen, die sich bedeckt hielten, in Jeans gesteckt, um sich vor der wühlenden Schnauze des Fleischerhunds zu schützen, den sein Herrchen, der Rohling mit dem Streifenhemd und der geblümten Krawatte, immer mit ins Büro nahm. Das dreckige Vieh schlich überall herum, kroch lautlos unter den Schreibtisch, leckte an den nackten Stelzchen und steckte seine Nase unter den Rock, besonders an Tagen, wo es dort ein bißchen streng roch. Ein Alptraum! sagte meine junge Kusine, da zur Tragödie *Ichhabnichtsanzuziehn* noch die Prüfung der Verhüllung kam, und dieser Akt der Entsagung knickte sie vollends – ausgerechnet zu einem Zeitpunkt, wo die warme Brise nichts lieber täte, als um die himmlischen Stelzchen zu fächeln. Welche sich traurig und fühllos tagelang von saurem Gras bewachsen ließen und ihr wahres Wesen erst an diesem Sonntag wiederfanden, als sie in die Fransenshorts fuhren, in frischer Glätte auferstanden. Schlechtwetter für die schönen Stelzchen. Von den Tiraden des Tyrannen und dem Hecheln des Fleischerhunds verfolgt, kehrten sie zum heimischen Herd zurück, nur um dort durch Pech-Theos klebrige Lamentos zu staksen. Und mit einem tiefen Seufzer ob ihres großen Unglücks bot meine junge Kusine sich an, den Salat zu schleudern im Garten, wo ein weißes Kätzchen, das durch die dichte Hecke geschlüpft war, sich in der Sonne auf dem Rasen wälzte.

Daß das Vieh bloß draußen blieb! Die ältere meiner Kusinen schloß die Glastür. Das Kätzchen hatte sich näher an die metallene Kugel mit dem Grünzeug drin herangepirscht, die in der untergehenden Sonne kreiste und einen feinen Regen sprühte auf die blauen Ballerinas und die langen nackten Beine. Das Kätzchen senkte den Kopf und sah dem Korb bei seinem fröhlichen Tanz zu. Die Tröpfchen kitzelten an der Nase. Das Kätzchen hob die Pfote, rieb sich die Schnauze und versuchte die Kugel zu fangen, als sie plötzlich anhielt. Verblüfft nahm es Reißaus und floh zum anderen Ende des Rasens. Meine junge Kusine öffnete die Tür einen Spaltbreit, stellte den Korb auf die Fliesen und kehrte zurück zu dem Kätzchen, ging in die Hocke und lockte es, die Hand ausgestreckt in Richtung des kleinen weißen Knäuels, das erschrocken rückwärts robbte unter den gelben Strauch ganz hinten im Garten. Im selben Moment gellten zwei Signale durch das funkelnagelneue Haus, dessen Besitzerin aufsprang, die Salatschleuder losließ, den launischen alten Backofen mit Fausthieben traktierte, bis er sich an seinem Gekreische verschluckte, und ins Eßzimmer stürzte, wo das Telefon zu Füßen des Sofas jaulte. De Profundis, der beharrliche Verliebte, war eine Stunde herumgeirrt auf der Suche nach einem Münzfernsprecher und forderte jetzt in höchster Erregung eine letzte Chance *schnell, schnell, er hatte nur noch drei Münzen* ein Treffen mit den göttlichen Stelzchen, die durch das verdunkelte Fenster zum Telefon gerufen wurden, aber nicht kommen wollten, weil sie mit dem erschrockenen Kätzchen, dem der Aufenthalt im nagelneuen Haus versagt war – *das krabbelt dir in jede Ecke und läßt ständig Haare, von denen du Juckreiz und Asthma kriegst* –, gerade eine Chaconne tanzten. Nachdem De Profundis zurückgestoßen war in seinen Abgrund und das Telefon wieder auf seinem Platz hinter den Gardinen, zerpflückte die ältere meiner Kusinen, zurück am Ausguß, den Kopfsalat über der Schüssel, die Augen starr und voll Abscheu auf das Paar gerichtet, das zärtlich durch die Wiese tollte. *Das wirkt so niedlich, dieses Tierchen, das kriecht dir zwischen die Beine und erstickt dich am Ende.* Der Teufel sitzt ihm unterm Fell und schleicht sich in dein Haus, wo du dich sicher fühlst. Lautlos kommt er, auf Sammetpfötchen, und auf einmal steht er vor dir in seinem schwarzen oder weißen Kleid, mit seinem Katzenlächeln und dem Maunzen eines kleinen Engels. Es hatte eine Zeit gegeben, da sie Katzen mochte, vor allem die ganz kleinen, frisch geschlüpften. Einmal hatte sie eines mitgebracht, als sie noch bei Großmutter wohnten, in die Höhle von Lady Schakal, die große düstere Wohnung am Waldrand. Ein weißes Kätzchen, ganz ähnlich dem Dämon, der draußen auf der Wiese immer wieder durch die spielerisch gespreizten Stelzchen schlüpfte. In der tristen Höhle des Schakals mit den dunklen Möbeln hinter heruntergelassenen Markisen erstrahlte das kleine weiße Knäuel in seraphischem Licht. Schwesterchen klatschte in die Hände. Einarm, die damals noch beide hatte und zu Großmutter geschickt worden war, um sie von dem läufigen Wildhund zu trennen, dem irre gewordenen Zwilling, schwieg ergriffen. Der Schakal aber rief *kschksch, weiche Satan.* Das kriecht dir zwischen die Beine, das maunzt wie ein kleiner Engel, das macht überall Dreck, das haart, hat überall seine Pfoten, das zerfetzt alles, was ihm unter die Krallen kommt, das pißt in alle Ecken, das rollt sich zum Knäuel, das frißt dich mit den Augen, ist scharf auf deinen Kadaver, das wirft nur, um einen Höllenspektakel zu machen, und tut sich dann mitsamt seinem Wurf an dir gütlich. *Kschksch, weiche Satan.* Dem Schakal kam so was nicht in die Höhle. Also mußte das kleine weiße Knäuel wieder zurückgebracht und ausgesetzt werden hinter der großen dunklen Wohnung, im Wald, wo die Holzfäller waren. Wenn es nicht ohnehin von einem fallenden Stamm erschlagen werden sollte, müßte es kaltblütig wie eine Wildkatze sein, geboren, um zu jagen und sich am Blut zu laben, statt zu schnurren, flüsterten die drei Parzen auf ihrem Weg in den Wald, begleitet vom Belfern des Schakals. *Kschksch, Tod dem Satan!* Im Wald war es dunkel und kalt. Die drei Parzen setzten das Kätzchen feierlich auf einem Verhau aus, nachdem sie ihm die Sakramente gespendet und mit ernster Miene das Fell gestreichelt hatten, und machten sich dann auf den Heimweg, um sich vom Schakal mit Galle säugen zu lassen. Das kleine weiße Knäuel war dem ganz ähnlich gewesen, das draußen im Garten tollte. Gar nicht mehr verschreckt, hob es die Pfote gegen die Klematis an der Trennwand, bis es kampfesmüde zurückkam und erneut die blauen Ballerinas umkreiste. Schwesterchen sprach leise mit dem Kätzchen und tat ihm schön im Abglanz der letzten Sonnenstrahlen. Eine Idylle. Als wäre ihr alles entfallen, der dunkle Wald, der kalte Wind, die weiße Katze auf dem Verhau und die drei Parzen, die sich die Finger in die Ohren stopften, als sie flohen, um nichts zu hören von der Stille des Waldes und dem Schweigen des Dämons, der ihnen, stumm wie ein Baumstumpf, nachsah, als sie sich von ihm entfernten. *Dring, dring.* Das Telefon fing wieder an zu wimmern. Bestimmt De Profundis, der den Mund schon aufgerissen hatte, um seiner großen Liebe hinterherzuröhren, die so gemein war. Und Einarm wollte die Höllenmaschine nie bedienen. Ein drahtloses Gerät in Küchenreichweite wäre schön, dann müßte man nicht jedesmal ins Nebenzimmer rennen und das Telefon an der Leine zerren bis zum blitzblanken Tisch. *Hallo? Hallo? Wie? Killing? Sagten Sie Killing? Mademoiselle Killing? Nein, tut mir leid.* Oh, diese Menschen, die nie aufpaßten, was sie … *Dring, dring.* Das war ja zum Mäusemelken. *Hallo! Nein! Hier gibt's kein Fräulein Killing. … Also hören Sie mal … Rufen Sie doch die Auskunft an, dafür sind die da … Wie bitte? … Ach, Sie finden meine Stimme zauberhaft. Um so besser, um so besser … Wie bitte? Der Zufall spielt manchmal die verwirrendsten Symphonien? Hmmm. Wie bitte? … Herzensharmonien? Hmmm … Ah! Sie mögen helle Stimmen voll geistiger Kraft. Hmmm … Frauen mit Hirn … Na gut, na gut. Entschuldigen Sie, aber Hirn esse ich lieber. Mit Gemüse. Und das muß ich jetzt erst einmal schälen. … Sie sind mir doch nicht böse, wenn ich Sie Ihre kleine Musik des Zufalls als Solo weiterspielen lasse?* Oh! diese Telefon-Casanovas! Tun so, als hätten sie sich in der Nummer geirrt, du bist dran, und schon geht die Serenade los. Ein bißchen den Kopf zu lüften am Sonntag tat aber gar nicht schlecht – und rechtzeitig Schluß zu machen, bevor die Sache eine bedenkliche Wendung nahm. Hauptsache, es waren keine Perversen, von Zwangsgedanken Gejagte oder, noch schlimmer, chronisch Angstgeplagte, die stammelten *bitte, bitte, legen Sie nicht auf,* dann erst gar nichts sagten, nur um Luft rangen am anderen Ende der Leitung und schließlich klagten, sie hätten solche Angst vor dem Tod und wollten ein letztes Mal mit jemandem reden, eine menschliche Stimme hören, nur noch ein einziges Mal. Sie hätten auch ihre Ex angerufen, aber die knalle ihnen immer den Hörer auf vor der Nase oder habe das Telefon längst abgemeldet. Bevor sie bei dir gelandet seien, hätten sie eine Reihe beliebiger Nummern gewählt. Und jedesmal habe ein Anrufbeantworter gepiept oder ein Faxgerät gefiept, oder es habe in eine schreckliche Leere hinein geklingelt, die wie ein Widerhall der Leere ihres Herzens war, der Wüstenei ihres Lebens. In ihrer Panik hätten sie auf Anrufbeantwortern Nachrichten hinterlassen, verzweifelte Hilferufe, daß diese glücklichen Stimmen, in ein triumphierendes *Wir sind nicht zu Hause* gehüllt, vor Verwirrung erstickten, vom Chor der verlorenen Seelen erwürgt. Doch die verlorenen Seelen waren den glücklichen Stimmen total egal. Sie wurden gebraucht in diesem Jammertal, das hörte man – *Wir sind nicht da,* schnurrten katzenfreundliche Stimmen, die unter der magnetischen Tagesdecke noch sanfter klangen. Und du, die ihnen Antwort gab, hinter dem Schutzwall aus *Wer ist dran?* kauernd wie eine Wache auf ihrem Posten, gequält von der Furcht, daß dir dein nagelneues Glück geklaut werden könnte; du, die in der blitzblanken Küche Zwerggemüse aus biologischem Anbau schälte, krumme Karotten, zähe Navetten und lasche Zucchini zum Lammhirn, ungewürzt, um den vollen Aasgeschmack zu erhalten; du, die das Ohr an die Radioschnarre legte, die den Blutstrom aus dem großen planetarischen Schlachthaus mit Plattheiten wegfegte, hättest du gern ein Stückchen verlorene Seele gekostet, sauer eingelegt, und ein Scheibchen Angst geschmeckt? Das Stückchen verlorene Seele, blau vor Angst und wie ein sterbender Hase zappelnd, bat dich, deinen süßen Senf dazuzugeben, es flehte dich an, sein Trostbedürfnis zu stillen am Telefon, nur ein paar Minuten, nur so lange, wie du dein Lammhirn dämpftest. Vor dem mit Schalen übersäten, nach Pferdemist stinkenden blanken Brett richtetest du kunstvoll das Liliput-Gemüse an, das aus gesunder Erde stammte und mit organischem Dünger gemästet worden war, überwachtest das Garen des Hirns (von einem Schäfchen, das nur reine Kräuter fraß, bevor man es abstach und ausnahm) und ließest dir dein eigenes Hirn von Miasmen namenloser Angst aus dem Hörer vergiften. Doch es war klar, daß der chronisch Angstgeplagte am anderen Ende der Leitung auf deinen karmischen Weg gesandt war, um dir zu gestatten, ihm etwas zu schenken: Du schenktest dem Einsamen, den Schwindel befiel, der Sternchen sah und dann nichts mehr außer einem großen schwarzen Loch, der sich kaum mehr auf den Beinen halten konnte, der sich abstützen mußte an der Wand, am Telefon, der sich an dir festkrallte, die ihm zuhören sollte, dein mitfühlendes Ohr. Das gab doch Gesprächsstoff für einen Abend in trauter Zweisamkeit mit der anderen Hälfte des *Wir,* die ihr Stück Hirn und ihre Portion Karotten verschlingen würde in einer Stille, daß die Wände weinten. Den Topos kannte der chronisch Angstgeplagte. Das tollkühne Abenteuer des *Conjungo.* Bis die *Agape* kalter Kaffee war. Bis die peristaltische Zerknirschung der anderen Hälfte des *Wir* Mordgelüste weckte. Und wenn die Gabel, die sich arglos ins Zwerggemüse bohrte, auf einmal wegflöge, die Hand am

Tisch festnagelnd, die Abend für Abend das Weiche vom Weißbrot zwischen den Fingern knetete? Und wenn das Messer, dessen Spitze sich sanft ins Lammhirn grub, den Adamsapfel aufschlitzte, der sich Abend für Abend in gefräßigem Ernst hob und senkte? Doch nichts geschah, und die beiden Hälften des *Wir* verzehrten ihr Stück Hirn und ihre Portion Karotten und sahen einander verstohlen an *Seit wann hatte er eigentlich diese violetten Äderchen im Gesicht? Und diese Art, Butterbrot in sich hineinzustopfen und mit der Zunge zu schnalzen in einer Stille, daß die Wände weinten? Seit wann hatte sie dieses Doppelkinn? Und den neumodischen Unfug aus dem Handbuch der Vegetierkunst? Grillen, von den Freundinnen in ihren Kopf gesetzt. Bald würde man seinen Pfirsich mit dem Besteck essen müssen. Seit wann machte er mit der Gurgel Geräusche wie ein mißgelauntes Ferkel? Und die Gewohnheit, daß er, kaum zu Hause angekommen, den alten blauen Trainingsanzug mit dem roten Hahn auf der Brust anzog, eine Reliquie aus Junggesellentagen? Seit wann? Seit wann war er überhaupt da? Seit wann war sie abhanden gekommen? Seit wann war ihr gemeinsames Bett mit kratzigem Fell überzogen? Seit wann saß dieser Witzbold mit dem Kopf eines epileptischen Froschs an ihrem Tisch? Seit wann hatte sich dem epileptischen Frosch das letzte Viertel des Kuchens zugesellt, das lippenlose Luder mit der falschen Stimme? Ach, wie lange war es her, daß die zwei Hälften des* Wir *ihr Stück Hirn und ihre Portion Karotten in einer Stille aßen, daß die Wände weinten? Nun war sie es, die weinte, der Kuchen schmeckte nach täglich Brot, und sie hatte Hunger nach Leichtherz, einer süßen Spezerei, die man gewöhnlich nach dem fünften Klimakteriumsjahr gab (5 x 9), wenn man ein drittes Kissen ins Ehebett legte für das große Kind, das dazugekommen war, ein Künstler bis in die Fingerspitzen, der sich kein Bein ausriß und gern an bei-*

den Ufern graste, der eine zerschlissene, unterm Hintern zerrissene Hose trug und mit verteufelt wollüstigen spitzen Künstlerlippen sich ein Stück vom Kuchen schnappte, den die zwei Hälften des Wir, *einander in seligem Geiz verbunden, jahrelang bewahrt und in Ehren gehalten hatten.* Nachschlag gefällig? Der chronisch Angstgeplagte war in luzider Verfassung. Die Schwindelanfälle hatten nachgelassen. Noch eine Bazooka auf das nagelneue Glück, und die Angst wäre pfeilschnell verflogen, um wie eine Weihe über der blitzblanken Küche zu kreisen und sich alsbald darauf zu stürzen. Jetzt warst du an der Reihe und rangst nach Luft, schwanktest und mußtest dich festhalten an der Wand, am Telefon, um die andere Hälfte des *Wir* zu rufen, die unterwegs war, um mit einem großen Kunden zu verhandeln oder auch mit einem kleinen Herzchen anzubandeln. Peng! das hat gesessen. Das hat sich ausgezahlt, die Zwerggemüse zu vergessen, um verlorenen Seelen dein Ohr zu schenken und deine Hand zu reichen. Jetzt haben sie dir auf den Kopf geschissen. Und vom Kot der Weihe wurde das blitzblanke Glück matt. O Elend des menschlichen Herzens! O Fußeisen des Mitleids! Lieber das Haltetau kappen und die Verbindung abbrechen, bevor der chronisch Angstgeplagte Obszönitäten losläßt, eine Litanei der Heiligen Jungfrau vielleicht, gebunden und entblößt bis auf die Knochen, die Kavernen erbrochen in einer abgedroschenen Scatophonie. O Elend der geschlechtlichen Einbildungskraft der Zweibeiner! Wobei in dieser Hinsicht keine Gefahr bestand, weil den Zweibeinern im nagelneuen Haus eine gute Haltung wichtiger war als eine schlechte Stellung. Zwar lag in der Schublade neben dem Bett ein Abriß des Kamasutra, aber ein spirituelles Verlangen und ein Gespür dafür, wie man sich lächerlich machen konnte, bewahrte sie vor diesem Drunter und Drüber mit Fuß an Kopf und Kopf an Fuß, auf Fersen hockend, auf allen vieren wie ein Spitz, der spitz auf seine Spitzin ist und ihr den Hintern küßt und sie umwirft, daß sie alle viere zur Decke streckt... nein, nein, im Tempel der Weisheit setzte man auf Haltung und hielt sich an die klassischen Varianten, Hygiene und Enthaltsamkeit. Da gab's keine Bocksprünge oder Schubkarren, Purzelbäume oder rollenden Räder sowie Forschungsreisen, die dich geradewegs in den von den Annalen der perversen Liebe gelobten siebten Himmel führten! Keinesfalls ließ einer den andern von seinen Säften kosten. Wie sollte man dem süßen Laster verfallen, wenn man doch ziemlich schlucken müßte allein bei dem Gedanken, mit der sauberen rosa Zunge, die geschaffen war für kulinarische Wonnen, in der Kloake herumzuwühlen, aus der das ganze Schmutzwasser der Maschine herausgeronnen kam. Nein! Nein! An Einarm konnte man sehen, was einem blühte, wenn einen der Blitz traf. Lange bevor man sie entdeckte, sie und ihren Irren, Unzucht treibend wie Wildhund und Wölfin im Lupanar, hatten sie schon begonnen, sich zu beschnüffeln. Als sie mit ihren Eltern zu Besuch kam in die düstere Wohnung am Waldrand, saßen sie Händchen haltend da, aneinandergeschmiegt, flüsterten sich Sachen ins Ohr und sprachen mit keinem. Selbst Großmama, die sonst nur ihre Augensterne sah, begann schwarze Blicke auf die Wölfchen zu werfen, die man besser an die Leine legen sollte, bevor etwas Unschönes geschah. Und der Vollzug unter Befugten, war der vielleicht schön, wenn auch mit Brief und Siegel gestattet, gestempelt und gelocht? Diese

Schweinereien zwischen Hund und Katz, die Nummern mit dem Gockel, der sich für einen geilen Bock hielt und die Stute vögeln wollte, bis sie an seiner Kandare schäumte, war das schön? O nein! Da kam die andere aus dem Garten angetanzt mit dem weißen Knäuel im Arm. Das Tierchen hatte Hunger, und die Schönste-im-ganzen-Land, die, kaum zu glauben, auch ein Herz besaß, wollte ein Tröpfchen Milch für das arme Ding, das zum Steinerweichen maunzte. Genau in dem Moment raunzte das Telefon. Ob das schon wieder der Schmutzfink war, der nach dem weißen Raben suchte, oder Schwesterchens Spatz in der Hand, de profundis tschilpend? Was für ein Aufstand! Was für ein Tohuwabohu! Der kleine Prinz war aufgewacht und trat mit dem Fuß gegen die Wand seiner Höhle. Nein, nein, sie sollte nicht immer gleich springen, wenn es rief. Man konnte es ruhig ein bißchen maulen lassen, das beruhigte sich schon wieder. Tetrapacks mit Milch standen im Schrank unter der Spüle. Hauptsache, das Vieh kam ihr nicht in die Küche!

Kschksch, machte die mürrische Königin, als sie die Milch im Tetrapack samt einem schartigen Schälchen durch die einen Spaltbreit geöffnete Tür schob. Arme Miez, hatte man sie nicht ermahnt, still zu sein, brav zum Knäuel gerollt in den Armen ihrer Beschützerin? Doch sie mußte zu Boden springen, das Schnäuzchen an die Scheibe pressen und einschmeichelnd miauen. Die Königin wollte nichts davon hören und wedelte mit den Händen, um das Kätzchen zu verscheuchen, das erschrocken einen Satz rückwärts machte und Zuflucht suchte zwischen den langen Beinen, die auch ausgeschlossen waren aus dem Paradies, in dem es so gut nach rosa Garnelen roch, die die Königin, von plötzlichem Heißhunger auf Meeresfrüchte befallen, aus dem Kühlschrank geholt hatte, um sie zu schälen und sich ein paar Häppchen zu machen. Arme Miez. Hätte sie mehr Glück gehabt, hätte ihr ein Bund rosa Schwänzchen zugestanden, vielleicht sogar eine ganze, frischgeschälte rosa Garnele. Doch Miez und Schönstelzchen mußten draußen warten, in der Verbannung, dazu verdammt, allein auf weiter Wiese mit ein paar Tröpfchen Milch zu überwintern, wie in den Geschichten, die sich Schönstelzchen selbst erzählte, als sie noch klein war, beim Mittagsschläfchen oder abends im Bett. Sie stapelte Kissen und Schlummerrollen um sich herum und baute sich daraus einen Unterstand. Da war wenig Platz, sie mußte sich krümmen wie ein Häkchen und, wenn sie hinauswollte, robben. Der Eingang war mit Sandsäcken verrammelt. Draußen schoß es aus allen Rohren. *Piff! Paff!* Es knallte überall. *Bumm! Tschinn-Bumm! Bumm!* Doch ihren Bau erwischte es nie. Was sie zum Überleben brauchte, hatte sie immer bei sich, einen Mondkuchen, ihre zwölf Farbfilzstifte, eine Grille in der Streichholzschachtel und einen Sack voll Wassermelonenkerne in ihrer blutroten Kugel. Mit dem roten und dem blauen Filzstift malte sie innen auf das oberste Glied ihrer Daumen, wo so ein kleiner Hügel war, zwei Soldatenköpfe. Links dicke rote Brauen und einen scharlachroten Mund, der aussah wie die Wunde, die sie sich einmal am Knie geschlagen hatte. Auf den rechten Daumen eine gerade blaue Nase, den Mund schmal wie ein Sparbüchsenschlitz, die Augen klein und ruhig wie die Schalen einer Waage. Soldat Rotkopf und Soldat Blauschopf beschossen sich *tack, tack, tack* … sie hieben mit Fäusten aufeinander ein *peng, bang* sie hauten sich auf die Nase *aua, aua, aua!* und wer am Schluß gewann, hatte das Recht, die Nacht im Mund der Kriegswaise zu verbringen, die ganz allein war in ihrem Bau mit ein paar Sachen zum Überleben. Ab und zu kroch die Waise aus dem Loch, doch es waren so ziemlich alle schon tot und zerlegt, da ein Arm, ein Fuß dort, eine kalte Platte mit Innereien, ein Ohr in roter Sauce und Stücke von Gehirn in einem Nest aus verkohltem Engelshaar. In der Weltküche roch es stark. Alles war roh und mit Pulverdampf gewürzt. Die Waise stieg darüber hinweg und planschte in den roten Bächen, die ihre nackten Füße kitzelten. Der Blutgeruch, der in der Luft hing, lächelte ihr zu. Schüchtern lächelte sie zurück ins Leere. Sie hätte gern jemandem von ihrem Leben im Bau erzählt mit Soldat Rotkopf, der auf der Zunge einen süßen Geschmack hinterließ, und Soldat Blauschopf, der in den Mund glitt wie eine Schlange. Sie malte sie jeden Morgen neu. Wenn sie aus dem Loch kroch, suchten sie kopfunter Deckung in ihren Hosentaschen. Aber da war keiner mehr, nur noch Schädel auf ihren Zähnen und ein unappetitliches Ragout auf dem erloschenen Barbecue. Beim Waten durch den rötlichen Schlamm traf sie ein Kaninchen, das sich einen Bau graben wollte. Es war ihr rotes Kaninchen vom Mondfest. Ein Ohr war zerrissen, aber es konnte noch gut hören. Sie versprach ihm, ihre Überlebenssachen mit ihm zu teilen, und lockte es so in ihren Bau. Die beiden Soldaten behielt sie lieber in den Taschen, damit es keine Eifersüchteleien gab. Im Bau bekam das Kaninchen eine Handvoll Kerne in roter Kugel zu knabbern. Dann begruben sie in einer Ecke des Baus gemeinsam die Grille, die schon lange tot war; sie hatte sie dabehalten, um abends durch die Schachtel mit ihr zu sprechen und ihr zu erzählen, wie Soldat Rotkopf Soldat Blauschopf k. o. geschlagen hatte. Dann war das rote Kaninchen gekommen, und sie konnte ihre Grille in die ewigen Jagdgründe schicken. Sie hatte schon genauso zu stinken begonnen wie das Gemeucheltengeschnetzel am Eingang zum Bau. Die Grille wurde im engsten Kreis bestattet, es gab weder Blumen noch Kränze. Die Waise sang ein letztes Mal für sie die Weise, die sie allabendlich in ihrem Bau geträllert hatte. Jetzt würde sie das Wiegenlied gern der armen Miez vorsingen, die im milden Licht der Abendsonne auf der Wiese ihre Milch schlabberte, aber sie konnte sich an nichts mehr erinnern, nur daß es die Klage einer Verlassenen war. *Âù ơ*, er war mit einer anderen fortgegangen und hatte sie allein zurückgelassen mit dem Kind. Arme Miez, Milch schlabbernd im milden Licht der Abendsonne, hatte sie je so eine Geschichte gehört? Alle Säuglinge des Ameisenhaufens schliefen mit dem Wiegenlied von der Verlassenen in ihren Ohren ein. Seltsames Land! Die Waise jedenfalls hatte niemanden mehr auf der Welt, der sie wiegte, außer dem roten Kaninchen mit dem zerfetzten Ohr, das ihr zuhörte, wenn sie *âù ơ* sang, die Klage der Verlassenen. Arme Miez, die sich die Tatze leckte vor dem leeren Schälchen, sie hatte ja keine Ahnung von *der tiefen Verlassenheit* der Waise mit den schönen Stelzchen, die ganz allein im Bau saß mit einem stummen Kaninchen. Jetzt hatte die Waise mit den göttlichen Stelzchen statt ihrer Höhle mit der toten Grille und dem halbtauben Nager eine Mansarde mit einem fetten Kater, viel größer als die arme Miez, und einem prächtigen Bandwurm, der (mit dem Wörterbuch in der Hand) de profundis seine *tiefe Verlassenheit* herausschrie, kaum daß man ihn zum Ausgang dirigierte. Dem Bandwurm, der de profundis schrie, war ihr erster Schröpfkopf genauso egal, wie daß sich die göttlichen Stelzchen jeden Morgen zum Marktforschungsinstitut schleppen und den Fleischerhund des Großinquisitors an ihrer Samthaut lecken lassen mußten, weil der Rohling, der jeder Nachlässigkeit abhold war, damit drohte, die göttlichen Stelzchen zum Klinkenputzen auf den Kiez zu schicken (anders gesagt, zur Hölle), wo man nur Schnecken ohne Hummeln im Hintern treffen konnte, klaustrophobe Kellerasseln mit Läusen auf der Leber, Streithähne mit geschwollenem Kamm, Schweine im Unterhemd mit stinkendem Rüssel und lüsternem Aug, häßliche Krähen, die alle fünf Minuten ins Treppenhaus stürzten in der Hoffnung, *Wenzumreden* zu finden. Da war immer eine, die sich dich krallte und dich am Ärmel in ihr Wohnzimmer schleppte, damit du dir das geblümte Sofa ansahst und die dazu passenden Tapeten mit den dunklen Flecken, *da, da und da. Unglaublich, daß in dem Alten noch so viel Blut war. Wenn der was im Kopf gehabt hätte, wäre der in den Keller gegangen, um sich's Hirn rauszupusten, da ist es leer und sauber und überall Beton. Aber nein. Der Schlappschwanz macht einen auf volle Hose und fällt seinem lieben Frauchen bis zum bittern Ende auf den Wecker und bekleckert die Tapete, dabei hat er einen ganzen Scheißtag gebraucht, um sie zu kleben. Sie konnte schrubben, wie sie wollte, das Blut des Alten kriegte sie nicht raus aus der Wohnung.* Aber dich. Mit deinem blöden Fragebogen über das Glück im dritten Lebensabschnitt wolltest du nichts wie weg, nachdem die Krähe geschworen hatte, sie sei *glücklich* und zähle zu den Glückspilzen der freudigen Mehrheit, zusammen mit den Schnecken, die den ganzen Tag vor der Glotze hockten, den Kellerasseln, die einem jeden Morgen vermasseln konnten, den Streithähnen, die die Polizei riefen, wenn man auf ihre Klingel drückte, und den Schweinen, die lebten wie die Maden im Speck, weil sie diebische Elstern waren, die dir die Federn vom Kopf fressen würden, wenn du sie ließest. Du machtest deine Kreuzchen und stecktest die entzückte gerupfte Krähe in die große Schublade derer, die zufrieden waren, sehr zufrieden mit *ihrem kleinen Leben und den großen Vorteilen, die es bot,* und du gingst ein Stockwerk höher, wo eine andere Krähe dich schon erwartete auf dem Flur, um sich dich zu krallen und dich am Ärmel ins Wohnzimmer zu schleppen, damit du dir ihren Papagei ansahst, den sie erworben hatte, als ihr Mann verschollen war. Der hatte grade eingekauft, um den Kaninchenstall zu renovieren, Wohnzimmer, Küche, Schlafzimmer, alles. Auf einmal war sie ihm so auf den Wecker gefallen, daß er alles stehen- und liegengelassen hatte, sie, den Leim und das Tapetenmesser. Da stand sie dann, ganz allein, ohne *Wenzumreden,* unter den abblätternden Blumen, die ihr zum Hals heraushingen. Da war ihr das mit dem Papagei eingefallen. Das arme Schätzchen schlief. Sie mußte tagsüber einen schwarzen Schleier über den Käfig legen, damit er seinen Schnabel hielt und ihr nicht ständig mit seinem *schatzibistdus? schatzibistduuus?* die Ohren zudröhnte. Du machtest deine Kreuzchen und stecktest die entzückte gerupfte Krähe in die große Schublade derer, die *sehr zufrieden* waren, wo sie sich die andere entzückte Krähe krallen konnte, die das gleiche kleine stille Leben hatte, nur mit dem Vorteil, daß sie Witwe war.

Im Stockwerk darüber keine Krähe, die sich dich krallte, sondern hinter der lackierten Tür voll präraffaelitischer Voluten ein Gezirpe *Die Liebe von Zigeunern stammt,* das dir das Trommelfell zermürbte. Du klingeltest, den blödsinnigen Fragebogen unterm Arm, doch die Vokalisen gingen unerbittlich weiter. Du klingeltest wieder und hobst deinen Scheißfragebogen auf, der auf die rosa, mit zartgrünen Friesen umrahmte Türmatte gefallen war, und die Tür ging auf vor einer Grille in einem langen schwarzen Kleid, den Hals verziert von einer Federboa, die dem blauen Mop glich, mit dem die Krähe ein Stockwerk tiefer ihre Sammlung kastagnettenklimpernder Zigeunerinnen abzustauben pflegte. Die Grille begriff den Sinn deines sinnlosen Fragebogens nicht. Sie war noch ganz in ihrer Kunst versunken, ihrem Singsang, und schwebte zehn Zentimeter über dem Boden ins wahre Leben, das anderswo war. Du machtest willkürlich deine Kreuzchen und stelltest sie mitsamt ihren Voluten, der Boa und den Vokalisen in die Ecke der Verlorenen und Verwirrten. Und während sie weiter spintisierte über ihre spanischen Dörfer, das wahre Leben und die verdammten Dichter, stiegst du ein Stockwerk höher, wo eine strohgelbe alte Krähe auf dich wartete, hinter der sich ein Ferkel im Unterhemd versteckte und ein Fleischerhund, der dem des Großinquisitors glich, die Lefzen feucht, die Reißzähne leuchtend im Dunkel. Du hättest dich am liebsten verdünnisiert, wärst die Treppe hinuntergaloppiert und hättest sie nicht weiter inkommodiert. Denn die strohgelbe Krähe hatte ihren Fleischerhund garantiert auf Bettler, Interviewer, Gerichtsvollzieher, Kalenderverkäufer und Spendensammler (in dieser Reihenfolge) dressiert. Da konntest du nur noch Fersengeld geben, bevor die Tierfreundin ihren Dingo losließ, der auf die göttlichen Stelzchen schielte, als wären sie ein ordinäres Hacksteak. Arme Miez – hatte keinen blassen Schimmer vom Glanz und Elend der schönen Stelzchen. Der Waise ging es viel besser in ihrem Bau, wo sie allein auf der Welt war mit dem Soldaten Blauschopf, der den Soldaten Rotkopf verdrosch, ein fröhliches Daumenreiben zu ihrem Vergnügen, sie zählte die Punkte und brach in ihr silberhelles Lachen aus.

Dreißig Jahre, seit der Schlaf von ihr gewichen war. Dreißig Jahre aufgerissenen Augs gewartet auf den Kuß des Trypanosoma. Zehntausend weiße Nächte. Ebenso viele schwarze Tage, Spektakel des Selbst, Gewitter unter der Schädeldecke, Höllenspuk zur vorletzten Stunde der Nacht und dann der Kummer im Morgengrauen, wenn man dem Schlummer von der Schippe gesprungen war und der weißen Brust des Traums entwöhnt. Dreißig Jahre. So stand's im Käseblatt. Ein schwieriger Fall für die salbadernden Quacksalber, die der Schlaflosen nicht helfen konnten. Zweimal hatte sie sich bereits in den See von Hanoi gestürzt, ohne daß es ihr gelungen wäre, die endlosen Tage abzukürzen und die schrecklichen Nächte, die sie damit verbrachte, den Wind anzuflehen, er möge ihr Sand in die Augen streuen, ein Schlaflied singen, ihr Lichtlein ausblasen. Mit kleinen Schritten hatte der Schlaf sie verlassen in jenem Jahr, da man das S des Landes durch ein Stacheldrahthalsband direkt unter der Drosselvene teilte S̶, den vom Fieber des Kommunismus hochroten Kopf abschnitt vom schmächtigen Rumpf, der sich krümmte in seinem

Wunsch nach Bücklingen vor dem letzten Kaiser und sich über die Beine stellte, die als brave Vasallen des Imperialismus der fremden Soldateska vorauseilten. Am ersten Tag des Jahres, in dem der große Umsturz stattfand, hatte sie zum letzten Mal die Augen geschlossen, am ersten Tag des Jahres, da der Kopf das Stacheldrahthalsband sprengte und versuchte, die Glieder mit dem Fieber des Kommunismus zu infizieren, den ausgemergelten Rumpf hochzureißen, der fast schon am Boden lag, weil er ständig so tat, als kröche er vor dem Gespenst des gestürzten Kaisers, und wäre der Rumpf erst im roten Fieber wiedervereint und mit dem Kopf verbunden, müßten nur noch die Beine in Marsch gesetzt werden, die auf der Straße standen oder Spaliere bildeten für die neuen Mandarine, diese gelackten und bis ins Mark verrotteten Lakaien, die Ärmel glänzend vom vielen Stiefelputzen bei der fremden Soldateska. Am Ende war das Fieber des Kommunismus hinterm Stacheldrahthalsband unter Kontrolle, der Rumpf geschwächt, aber katzbuckelfähig, die schlotternden Beine mehr denn je ausgerichtet unterm Sternenbanner. Das rote Fieber hatte sich in den Kopf verzogen, und in diesem Jahr wich der Schlaf für immer von ihr, in den Nächte spann sie Wolle, die sie tagsüber verstrickte, den Wind anflehend, daß er ihr Sand in die Augen streue, Wiegenlieder singe, ihr Lichtlein ausblase. Aber die Nächte und Monde zogen vorbei, und während sie Pläne ersann, mit dem Kopf voran an die Wand zu laufen oder in den See von Hanoi zu springen, wurde die Wolle, die sie spann, hart wie schlechter Drillich. Sie schluckte Schlafmittel, trank bittere Pflanzentinkturen, wusch sich mit Regenwasser, das mit Wunderöl parfümiert war, doch der

Schlaf kam nicht wieder. Nicht in diesem Jahr noch in dem Jahr, wo das Sternenbanner dank widriger Winde erschlaffte und die Soldateska heimlich Segel setzte, um die erste Phase der Operation *Gohome* einzuleiten, noch in dem Jahr, wo die Soldateska, das Feuer auf den Fersen, die Fahne in Flammen, in Windeseile ihr Bündel schnürte und abflog mit einer Wendung der Helikopter und über den Äther Sendung um Sendung jagte von der Vollendung der Operation *Farewelltohell.* Auch in dem Jahr, wo das Fieber des Kommunismus die Soldateska besiegte und den ganzen Körper ansteckte; auch in dem Jahr, wo der Kopf das Stacheldrahthalsband abriß und sich zum Herrn über seinen an den Imperialismus verkauften Körper aufschwang; auch im Jahr des Zusammenschließens und Herzergießens, um zwanzig Jahre Blutvergießens zu verbinden, blieb die Spinnerin im Dunkel und wartete mit aufgerissenen Augen auf den Kuß des Trypanosoma. Zehntausend weiße Nächte. Dreißig Jahre schäumend vor schlafloser Wut. So stand es in der Exilzeitung, die mit dem Käse, den sie brachte, auch noch ganz schön Kohle machte, mit einem Schmarren aus Gerüchten über die Feinde des Volkes, so daß der Leser dachte, das ganze Zusammenschließen und Blutvergießen habe haufenweise Monstren aus dem Ameisenhaufen sprießen lassen. Bevor das Käseblatt die Geschichte von den zehntausend weißen Nächten der Verwirrten ausgesponnen hatte, wurden die Schilfmatten der großen Tage ausgerollt, um den letzten Mißbildungsfall zu sezieren: Ein armer Teufel, keine zwanzig Jahre, kommt mit rundem Bauch und klassischen Schwangerschaftsschmerzen eines schönen Tages zu den Quacksalbern von Hanoi. Die schneiden ihn mir nichts dir nichts einfach auf und ziehen aus seinem Bauch einen totgeborenen Fötus, keine zwei Kilo schwer, ein Haarbüschel auf dem Kopf und die Knochen schon numeriert. Seit zwanzig Jahren trug der arme Teufel den Fötus seines Zwillings im Bauch, der gleichzeitig hätte zur Welt kommen sollen, aber – Wunder und Elend des Zusammenschließens und Blutvergießens – zu einem Tumor schrumpfte und, statt daß er zu schlüpfen versuchte, lieber Zuflucht suchte im Bauch des Zwillings. Das Krebsgeschwür des Kommunismus! Das Käseblättchen strickte fleißig weiter an der Metapher, verlangte die Ausschabung der Wucherung, die alles mit Brand angesteckt habe in der düsteren Dekade, ja noch immer an den Hirnen nage, die sich wegen ein paar kurzer Besserungsperioden Illusionen machten. Brrr! Erbarmen mit dem kleinen Prinzen, er durfte solche Greuel nicht hören! Meine Kusine legte die Hand auf ihren Bauch. Die Alterskrankheiten des Kommunismus sollte man sich ersparen, seine Fieberanfälle, schlaflosen Nächte, dantesken Niederkünfte, all diese Geschichten, die einem die Haare zu Berge stehen ließen auf dem Kopf, der ohnehin erschüttert war von den Grübeleien des Tages und kurz davor, von den Schultern zu fallen und unter den blitzblanken Tisch zu rollen oder noch weiter bis unters Bett und sich dort zu verstecken, um nichts mehr zu wissen vom Wiedersehen mit König Lear, der auch an Schlaflosigkeit litt, wie aus seinen Briefen hervorging. Er schlief immer kürzer, erwachte immer früher und saß dann im Dunkeln, um seine schmerzenden Knochen ächzen zu hören. Es knirschte im Gebälk, und das Faultier wußte nicht mehr, was es anstellen sollte. Es war noch nicht lange her, daß er nachts aufstand und durch die Stadt lief, um im Licht des Vollmonds die bunten Schilder der schlafenden Geschäfte zu bewundern, die aussahen wie geschlossene Lider, die sie vergessen hatten abends abzuschminken. Saigon hatte öfter das Make-up gewechselt als eine reife Schauspielerin, der die Rolle des *modern girl* aus den glorreichen Zwanzigern auf den Leib geschrieben war, den Jahren, da das ganze Kriegstheater ein Tingeltangel war und man dem Rotfieber Widerstand leistete, indem man Tango und Cha-cha-cha tanzte. Das *modern girl* lag den Herolden des Sternenbanners in den Armen und war hin und weg, daß sie *promise me, darling!* es retten wollten *of course, my love* vor den kommunistischen Mistbauern, die im Schatten hockten, bereit, sich auf das *modern girl* zu stürzen, es seiner Anmut zu berauben und in Sack und Asche zu stecken, in Lumpen, wie die Partisanen aus Hanoi mit dem verschlossenen Gesicht, die mit ihrem tack-tack-tack den Herolden des Sternenbanners Beine machten. In den glorreichen Zwanzigern war das *modern girl* der Star im Rampenlicht und schminkte seine von den durchwachten Nächten müden Augen ziemlich grell; nachts blinkten die Neonschilder, und die schlafenden Geschäfte blinzelten unter ihren leuchtenden Lidern hervor, um den Passanten schöne bunte Augen zu machen. Dann waren die Mistbauern eingefallen, und die Herolde hatten das Tanzlokal in Nullkommanix geräumt, in einer Hubschrauber-Parade, die am Himmel zum Abschieds-Foxtrott wurde, skandiert von einer Folge *shit! damn! fuck!*, die klang, als würde eine Exorzismusformel auf das Pandämonium geschleudert, wo die Kommunisten das *modern girl* verbrannten, nackt in ein Sternenbanner gerollt. Das war das Ende der glorreichen

Zwanziger und der Beginn der dunklen Dekade. Saigon packte die Schminke weg. Die Schilder wurden grau, die Stimmung heuchlerisch bescheiden und prüde, dann ehrlich trostlos, und die Lider senkten sich vor Läden, in denen es nur heiße Luft gab, Ratten, Staub und Kakerlaken. Die Schminke bröckelte allmählich. Der Anstrich zerfloß im Regen wie die Wimperntusche der Schauspielerin, die den Bühnentod stirbt. Das Blinzeln aus schön bunten Augen war nur noch Erinnerung. Die Läden schliefen am hellichten Tag, hoben eine Ecke des Lids, betrachteten trüben Blicks die Passanten und fielen wieder in ihren unruhigen Schlummer. In dieser Zeit entschied Hanoi, die Partisanin mit der scharfen Stimme, dem nebelverhangenen Blick, den Narben aus dem Krieg und ihrer kargen Tracht, alle Wahlen für sich. In einem Anflug von Koketterie und um dem neuen Herrn, der ihr einen ganz neuen Namen verpaßte, lang wie der Katalog der sozialistischen Errungenschaften, einen Beweis ihrer Unterwerfung zu liefern, hatte die Stadt Saigon, die weiter ihren alten Nom de guerre trug, in der ersten Zeit durchaus versucht, ihr Äußeres dem neuen Geschmack anzupassen und die Aushängeschilder zu wechseln, daß jeder Bazar die revolutionären Farben flaggte. Da war eine dicke Schicht veralteten Individualismus abzutragen, die Motti des millenarischen Aberglaubens (die an den Frontispizen der Geschäfte das Glück anriefen, den Reichtum, die Manen der Ahnen oder das himmlische Manna) mußte man mit genauso hochtrabenden Slogans auf husch-husch gemalten Schildern überdecken, die, geschmiedet von den Stachanows des Wortes, die sozialistischen Tugenden des Ex-*modern-girls* rühmten, unter der Schirmherrschaft des

Helden des Tages die Fahne des Volkes und das Banner der Solidarität schwenkten und in puncto Bereicherung nichts anderes begehrten, als den proletarischen Handel unter den hehren Idealen des Sozialismus voranzutreiben. Doch die Lädchen mit den hochtrabenden Slogans hielten nur Maulaffen feil und sanken von Tag zu Tag tiefer in den großen Schlaf; mit den Nasen der schlecht angemischten Farbe war auch bald der sozialistische Lack ab, doch das als Partisanin getarnte Ex-*modern-girl* verdrängte das zärtliche *Can't-helpfallinginlovewithyou* aus der Jukebox und lernte in einem Höllentempo den Parteijargon, strotzend vor wunderlichen Wörtern wie *Kremltowarischtschkolchose,* die Angst über die Schlangen vor den staatlichen Geschäften brachten, lang wie der Katalog der tausendunddrei Errungenschaften des Sozialismus, wo man für einen gelblichen Wisch mit einer Schicht Stempel eine Handvoll ungeschälten Reis und einen getrockneten Fischschwanz bekam. Am Ende dieser mageren Dekade wurden Saigon die Lider schwer vor Erschöpfung, doch dahinter lauerten die Augen auf das Signal für die Rückkehr auf die Rampe, den nächsten Auftritt mit einem strahlenden Lächeln auf den Lippen. Noch wurden die Fassaden ihrer Häuser schwarz, bekamen Sprünge, stürzten ein, und an den hohlen Zähnen schabte schmerzhaft der Wind, die Straßen vom Boulevard des maquisardes bis zur Venelle des commères, bleich und ausgehungert, lächelten mit zusammengepreßten Lippen, wie es der Situation entsprach. Doch es gab noch Ressourcen in der Stadt, in den Läden wurde heimlich damit begonnen, die Regale wieder aufzufüllen, hinter geschlossenen Lidern stapelten sich Schmuggelwaren, die nur darauf warteten, die schlummernden Gelüste des Ex-*modern-girls* zu befriedigen, das schon das Gras wachsen hörte und mit bebenden Nüstern die verlockenden Düfte der hundert Blumen des Kapitals schnupperte, die aus den Ruinen des Kommunismus erblühten. Schwarzmarktstände sprossen aus dem Boden wie die Lüste aus dem Leib Saigons, das in den Windeln einer neuer Ära krähte, heimlich Räucherstäbchen verbrannte und, vom Opium des Volks berauscht, darum betete, daß der Unternehmergeist die letzten Gespenster des Kommunismus vertreibe und es eine Metempsychose der Städte genauso gäbe wie die Seelenwanderung. Fühlte die Seele Saigons sich auch beengt in ihrer schäbigen Hülle aus rissig gewordenem sozialistischen Lack, hatte die Stadt doch zu lange gehungert und war zu verbraucht für eine Wiedergeburt als sorgloses *modern girl,* das auf seinen Befreier wartet. War sie dem senilen Kommunismus entkommen, würde sie nicht der infantilen Regression zum Opfer fallen. Nach und nach packte Saigon die Schminke wieder aus und knipste die Schilder an, die ein Stück mit hochtrabendem Titel versprachen, *Đơi mơi, Neues Leben.* Die Schauspieler stolperten über Stichworte, die *up to date* klingen sollten und auf gut Glück zusammengeschustert waren aus einer gelungenen Kreuzung zwischen den ewigen Dogmen der Partei und einem modisch aufpolierten Pidgin. Saigon kehrte zurück auf die Rampe, streifte unter dem Mantel der hundert Blumen des Kapitals allmählich das *von-der-dunklen-Dekade-ruinierte*-Ex-*modern-girl* ab, um den veränderten Zeiten gerecht zu werden, und stand als *business-woman* wieder auf, als wirbelnder kleiner Drache, der mit simonischer Flamme am Katalog der sozialistischen Dogmen leckte und das Herz des Landes mit dem brennenden Wunsch entflammte, in den Ruinen des Kommunismus Geschäfte zu machen und im Pazifik das heilige Feuer zu entfachen, wo ein Kartell kühner kleiner Drachen schon mit gespaltener Zunge sprach. Inzwischen sanierte Saigon seine hohlen Zähne, die, schnell plombiert, in reinem Weiß erstrahlten, und rieb sich die Augen vor den in Wellen einlaufenden Waren. Die Lädchen mit den hochtrabenden Namen tauchten aus dem großen Schlaf auf, klapperten mit den Lidern und verlangten nach neuer Schminke, passend zum Feuereifer des kleinen Drachen. Die Stunde der Slogans hatte geschlagen, vor denen man nicht mehr im Stehen einschlief. Man mußte das Kind beim Namen nennen, den kleinen Drachen stach der Hafer, und statt der alten Steckenpferdchen des Kommunismus lag ihm der Wortschatz aus dem Giftschrank auf der Zunge, so daß vom Boulevard des maquisardes bis zur Venelle des commères die Straßen bald vom Gold der Zauberwörter glänzten, die einem den Mund wäßrig machten *fitclubfreeshopfastfoodrentacar.* Der wirbelnde kleine Drache zuckelte zickzack zwischen marxistischem Fisch und kapitalistischem Fleisch hin und her wie ein zügelloser Zombi nach zig Jahren kommunistischer Zwietracht, die nun unter der Sonne des Kapitals im Zenith den Swing der Simonie zu tanzen anfing. Von Zeit zu Zeit zog ein Zornesgrollen der Partei über den kleinen Drachen hinweg; dann warf er sich flach auf den Boden in der traurigen und resignierten Pose jener Phase, da er bloß eine halbverhungerte Schlange vor den Staatsgeschäften war, zitternd vor Angst und lang wie der Katalog der Todsünden gegen die Revolution. Und wenn das nicht reichte, um das Toben von oben zu dämpfen, dann setzte der kleine Drache eben seiner Geschäftigkeit einen Dämpfer auf und löschte für ein paar Tage die Flamme des Handels und Wandels mit einer kleinen nostalgischen Träne für die Jahre der Unschuld, die tugendhafte Dekade, wo die Geschäfte, wenn ein Kunde vorbeikam, schamhaft ihre Lider senkten, eine kleine Träne in Form eines *Clips,* in dem ein Tolpatsch und ein Ohrfeigengesicht arglos glucksend im Mondlicht ein *gloria in excelsis* grölten für Onkel Hô, ein todernstes Rührstück, das nur so troff vor tödlicher Langeweile und tugendhaftem Schleim und in der Kloake des Kapitals ersoff, dieser Talmiflut, auf der die einst an den Pranger gestellte, jetzt in den Himmel gehobene Clique der Kaufmannsklone karriolte, die prosperierte wie die kleinen bunten *Kleenex*-Schmetterlinge, die seit kurzem in die Auslagen schwärmten, wo sie die schwarzen Falter der dunklen Dekade verjagten und die nostalgischen Tränen des kleinen Drachen trockneten, der sich, den tödlichen Trancen des Kommunismus glücklich entronnen, in einem Freudentaumel auf den Basar des Übergangs mit seinen ständig wechselnden Schildern und einem Überfluß an Wegwerfgefühlen stürzte. In großen Wolken kam Kleenex über die Grenzen, um abzustauben von dem neuen Gesicht Saigons, den fluoreszierenden Neonleuchten, die dem neuen Zeitalter zublinkten, den Klimaanlagen, die brummten wie die Jäger vorm Ausklinken der Torpedos, den Säulen aus Stuck, die ein aus dem Boden gestampftes *business* stützten in einem Wirbelsturm von kleinen grünen Scheinchen, deren Knistern so angenehm in den gespitzten Ohren der Türsteher kitzelte, die allenthalben aus den Bürgersteigen wuchsen und niesen mußten in dem Zugwind, der die letzten sozialistischen Skrupel wegfegte und sie in Staub, in die Auspuffgase knatternder Mopeds und den schwärzlichen Rauch der neuen Fabriken auflöste unter der Sonne des Kapitals im Zenith. Nachts wandte Saigon dem tintenschwarzen Himmel das neue Antlitz zu, leuchtend in seiner Neon-Aureole, mit den frisch gefärbten Bäckchen, einer von neuen scharlachroten Lettern gezierten Stirn und dunklem Mund, der im Morgengrauen Nachtschwärmer ausspuckte, in gekünstelte Verzweiflung und weißes Leinen gehüllte Lord Jims, die im Whiskynebel an feinen, schwarz gekleideten Lianen mit einem schrillen Lachen und scharfen Ohren für das Knistern der grünen Scheinchen hingen, *Strangers in the night* auf den Lippen, wenn sie die schimmernden Schlangen an ihrem Unterarm zurechtrückten. Schwankend und schnaufend wie ein Tanker vor dem Untergang, suchte Lord Jim in den Augen der Ranken, die noch an der dunklen Dekade krankten, nach einem Zaubertrank gegen das Übel des Okzidents. Doch die Augen der zarten Lianen träumten nur von Make-up made in Paradise. Mochten die Liebenden nachts verhangene Blicke tauschen und an romantischen Gestaden landen, so dämmerte mit dem Morgengrauen doch die Einsamkeit einer Elite, die jeden Abend Karaoke sang *Strangers in the night, Lovers at first sight* über den Ekel und die Müdigkeit des Reisenden mit den Ansichtspostkarten seiner Verzweiflung, den wasserlöslichen Abführtabletten, der Mückenschutzsalbe mit Zitronenmelisse und dem Amokblick, sollte eine Anopheles es dennoch wagen, ihn auf den Hals zu küssen. Die Stimme der schlanken Liane rankte sich um den Reisenden, doch am Ende wankten sie als *Strangers in the night* über eingebrochene Bürgersteige, auf denen sich Schatten in Lumpen regten, der ruhmreiche Ausschuß, aus ungewissem Schlaf gerissen, und rasch ihren Krempel zusammenlegten, wie Warzen wucherten die Schatten bei Einbruch der Nacht aus dem Gesicht Saigons, mitleidlos ausgebrannt vom ersten Morgenlicht, das sie in alle Himmelsrichtungen zerstreute, beinlose Krüppel auf ihrer knapp überm Boden rollenden Platte, kränkliches Kroppzeug im Schlepptau schwächlicher Mütter, Ex-Jägerpiloten mit einem fehlenden Arm, konvertiert zu Kippengrapschern, die im Sturzflug Attacken unternahmen auf Abfallhaufen am Straßenrand, zahnlose Greise, die einst Polizeispitzel waren in fremdem Sold, dann um ihr unrecht Gut erleichtert und bereichert durch eine Umerziehung nach sozialistischen Grundsätzen zurückgeschickt wurden in die Schule der Straße. Schlaftrunken rollten die Schatten in Lumpen ihre schmutzigen Matten zusammen, befreiten den Bürgersteig vom Gestank ihrer Verzweiflung und standen auf wie ein Mann, um den Liebenden der Nacht das Geleit zu geben und ihre Stimme zu erheben zu einem improvisierten Hochzeitsständchen *moneymoneymoney,* wofür sie von Lord Jim sofort fürstlich belohnt wurden mit einem Obulus aus grünen Scheinen, sehr zum Verdruß der feinen Liane, die ihm zum Beschuß mit Kupferschrot geraten hatte. Doch er, der Grandseigneur, vom geschmuggelten Whisky schwer, düngte den Bürgersteig mit seinen grünen Scheinen, und die *monimonimoni* schnorrenden Bettler schossen im Vorübergehen aus dem Boden wie Winden im Schlick. Mit dem Lumpenzug hub der Morgen an, unruhig zu werden, der Ruf des Suppenverkäufers erscholl, das Knattern der Mopeds, das Schnurren der Kräne und das Murmeln von Marktschreiern, die ihre Stimme aufwärmten. Saigon legte sein Tages-Make-up auf, die Läden öffneten die festverschlossenen Lider, die Liebenden der Nacht trennten sich scherzend, und der Zug der Armen krallte sich beherzt *monimonimoni* in den Schwanz des tapferen kleinen Drachen, der quicklebendig erwachte und ohne Erbarmen das *monimonimoni*-Gesindel aus seinen Schuppen schüttelte.

Das weiße Kätzchen draußen war ganz versunken in die Betrachtung Schönstelzchens und von deren Hüftschwung trunken. Ein Schritt vor. Ein Sprung nach hinten. Ein Satz zur Seite. Die Schnauze getätschelt. Ein Küßchen mit gespitzten Lippen. Behext wedelte das kleine Biest mit dem Schwanz. Wenn es der blitzblanken Küche nicht zu nahe kam, ergatterte es vielleicht doch noch eine von den nackten Garnelen, die errötend auf der blanken Platte lagen, bespült von einer Welle des *Konzerts für die linke Hand.* Meine Kusine schaltete das Radio aus und legte Hand an den Teig der Beignets nach Großmutters Rezept, die es sonntags oft gab. Lady Schakal pflegte die rosigen Garnelen in einer Mischung aus Mehl und Zutaten ihrer Wahl zu ersticken und sie ins kochende Öl zu werfen, wie man Kätzchen in einen Fluß wirft, dabei erzählte sie Geschichten von Hexen, deren Hände nächtens verschwänden, um Seelen zu entwenden. Hexen und Gespenster hat Großmutter ständig im Mund geführt, sagte meine Kusine und tauchte ihren kleinen Finger in den Teig, um ihn mit einem Ausdruck des Mißvergnügens abzulecken. Versalzen. Außerdem fehlte das geheimnisvolle Kräutlein, das Großmutter dem Mehl beifügte, wenn sie erzählte, wie die Hexenhände sich nächtens aus den Gelenken lösten und hinaus in die Dunkelheit flogen auf der Suche nach einer Seele. Wenn sie einen im Schlaf erwischten, merkte man nichts als ein heftiges Brennen im Herzen, doch in der folgenden Nacht löste die eigene Hand sich vom Körper, um ein schlafendes Herz zu fangen, kam zurück und klinkte sich wieder am Handgelenk ein, bevor der Tag erwachte. Sie mußten sich beeilen, die Hände, sie durften sich nicht damit aufhalten, das Gesicht oder den nackten Oberkörper ihrer Opfer zu streicheln, denn wenn eine Hexe sich verliebte, blieb ihre Hand am Herzen des Schläfers hängen, und statt ihn zu brennen, wurde sie selbst verzehrt, und wenn es dämmerte, war nur noch eine Handvoll Asche von ihr übrig. Verliebte Hexen sahen ihre Hand nie wieder, doch das war selten: Sie verliebten sich nur in ihresgleichen, ihre menschliche Hälfte; gaben sie ihr die Hand, zog die Liebe sie auf den Status von Kranken herab, und sie verloren alles, die Hand, ihre Kräfte und ihre menschliche Hälfte, die sich von der Liebesnacht nie mehr erholte, wahnsinnig wurde oder sich dem Tod anheimgab. Hexen und Gespenster führte Lady Schakal ständig im Mund. Sie quollen zwischen ihren schmalen Lippen hervor wie eine Farandole von Scherenschnittfiguren und tanzten einen Totenreigen über den im Kreis postierten kleinen Schüsseln mit einer Zutat, einem Gewürz, einer Spezerei, aus denen Großmutter im Handumdrehen einen leichten Teig, eine duftende Suppe, eine sämige Sauce zaubern konnte. Die Küche der großen düsteren Wohnung am Waldrand füllte sich mit verlockenden Gerüchen, der Dunst der verschiedensten Düfte umhüllte die Seufzer der verliebten Hexen in ihrer Trauer um die tote Hand und das beschwörende Gemurmel der Gespenster mannbarer Prinzeßchen, wiedergekehrt, um die Umarmung zu schmecken, die ihnen verwehrt geblieben war. Die leeren Schüsseln füllten sich mit den Tränen verliebter Hexen, die sich ihrer Hand erst entsannen, als es bereits zu spät war, als das Hexenherz in Liebe erglühte für die menschliche Hälfte und die Asche der verkohlten Hand in die Nacht flog, die Gespenster mannbarer Prinzeßchen kamen aus Zuckerdosen und Gewürzgläsern zum Tanz um die brennenden Gelüste und riefen mit ihrem ganzen Begehren die Liebe an, die sie vergessen hatte. Zu Tapioca-Perlen erstarrt, rollte ihr Getuschel in ein Bett aus Mais, mit Creme bedeckt und aufgebahrt für den Genuß am Schluß. Das Vorspiel zu dem Geflüster war die Klage der reinen Leiber, in langen leuchtenden Strähnen fiel ihr Engelshaar in die dampfende Quelle einer mit Zauberkräutern gewürzten Suppe, serviert mit einem Frikassee aus Hexenherzen, die noch vor Liebe bebten. Diesmal aber stand nicht Hexenherz auf der Karte, sondern Lammhirn, das besser paßte zu einem Meditanten nach der Andacht. Mit ein bißchen Grünzeug drumrum fühlte das arme Ding sich sicher nicht mehr so entwurzelt. Und zur Überbrückung der Wartezeit bis zur Rückkehr des Jägers der Weisheit gäbe es in Mehl gewälzte rosa Garnelen, die sich nach einem Tauchbad in dem mit siedendem Öl gefüllten elektrischen Höllenkessel krümmen würden in ihrer knusprigen Hülle, um dem Biß der drei Teufelinnen mit den scharfen Reißern zu entgehen, besonders der jüngsten, welche draußen mit dem weißen Kätzchen tobte (das auch auf rosa Fleisch scharf war) und sich schon die Lippen leckte vor Freude, bald in den Goldkokon einer angst-triefenden Garnele zu beißen, die sich fragte, ob sie jetzt wohl am Ende aller Überraschungen angelangt sei, vom Kühlraum des Fischgeschäfts, wo vereiste Hummer sie über die ganze Länge ihrer Scheren maßen, bis zu der blanken Platte, auf der sie lag, des Panzers ledig, die Beinchen beschnitten und kopflos, aber nicht unzufrieden, dem Los zu entgehen, das Hübscheren drohte: Sie behielten den feinen Panzer, die Beinchen, den schönen Kopf mit dem Antennenkrönchen und mußten am Ende auf gelblichen Kissen in einer grünen Wiege liegen – nein, nein, da war es schon besser, im Elektrokessel zu schmoren und herauszukommen in einer wärmenden Hülle, mit der man wenigstens incognito in den Bauch der Jüngsten reisen würde, die, vom Duft der Beignets angelockt, ihre Nase durch die Küchentür steckte, als das Telefon zweimal jaulte und verstummte, um anschließend desto schlimmer loszuheulen. Das konnte nur De Profundis sein, der am Boden einer Telefonkabine hockte und am Kabel zerrte, das zu steif und zu kurz war, um daran Erhängen zu spielen. Er verfluchte die drei Satansweiber und gab Schönstelzchen die Knute zu spüren, weil sie, vom Theotropismus genesen, nicht zurückkehren wollte in die Schäferei, wo der hungrige Wolf sie erwartete mit dem gewetzten Stahl. Nein, nein und nein! Die Satansweiber ließen ihn hängen. Da konnte der graue Wolf seinen ganzen Jammer aus den Tiefen der Kabine heulen, Schönstelzchen verzichtete auf ihren Klotz am Bein. Das Haus hallte wider von seiner gellenden Klage. Die ältere meiner Kusinen stellte das Radio wieder an und labte sich an einem Bruchstück der *leçons de ténèbres,* das von einer Schnulze mit der Frage, *Ob die Toten wohl auch so einsam wie die Lebenden sind,* überblendet wurde. Von den Beignets auf dem Teller in der Mitte des Tisches war nur eine Ölspur übriggeblieben. Meine Kusine flickte eine Serviette, ließ sie jedoch in einem fort sinken, um sich mit schmerzverzerrtem Gesicht eine Hand auf den Bauch zu legen. Schönstelzchen hatte sich frisiert und war mit glänzenden Lippen und frischgewaschenen Händen wiedergekommen, die den Duft saurer Drops verströmten. Sie spielte Knöchelchen mit Knöpfen aus dem Nähkästchen. Die ältere meiner Kusinen streckte die Hand aus, um die Lampe über unseren Köpfen einzuschalten. Das weiße Kätzchen hatte seine Schnauze ans Glas gepreßt und kratzte an der Tür. Es starrte die drei Gestalten im Lampenschein an und streifte dann lieber über die Wiese, die der Abend mit Fledermausflügeln verhüllte. Die Schnulze war verstummt, mit einer Handbewegung in die Versenkung geschickt. Die Knöchelchen flogen und fielen *quiek!* unter die schwingende Lampe, die einen zerstreuten Blick auf das vor mir aufgeschlagene Buch warf *(Wir sind Figuren eines Spiels, das der Himmel spielt, Man amüsiert sich mit uns auf dem Schachbrett des Seins, Dann kehren wir zurück, einer nach dem anderen, in die Schachtel des Nichts).* Nur das Geräusch der Knöpfe zerriß von Zeit zu Zeit die blitzblanke Stille, wenn sie auf den Tisch klackerten wie ein launisches Morsegerät. Das Telefon fing wieder an zu schrillen. Der Knopf, der in der Luft hing, fiel neben die Hand und zu Boden. Die Nadel stach den Finger, der die Serviette hielt. Die Stiche färbten sich rot. Meine Kusine erbleichte und hob den Finger an ihre Lippen. Schönstelzchen ging zu Boden, um nach dem Knopf zu suchen. Das Telefon schrie weiter erbittert; erzitternd hörten's die drei Gestalten unter der Lampe. Die Katze erhob sich auf die Hinterpfoten, preßte den Bauch an die Scheibe und miaute herzzerreißend in den Pausen zwischen den Klingelzeichen. Der Knopf blieb verschwunden, vom Dunkel unter dem Tisch verschluckt. Die Nacht näherte sich auf den Spitzen ihrer Ballerinas. Das Telefon war an seinen Klagen erstickt. Die Gespenster mannbarer Prinzeßchen tanzten an den Wänden der blitzblanken Küche. Ihr langes Haar wehte um die drei Parzen, und ihrem Mund entrang sich eine düstere Kantilene, der Flickerin ins Ohr geflüstert, die in ihrem Nähkästchen nach einer Schere suchte und, da sie keine fand, den Faden einfach mit den Zähnen abbiß. Das hübscheste der mannbaren Gespenster löste sich von der Gruppe um die Flickerin, der ihr Gesang ganz gleichgültig war, und streichelte die säuerlich riechende Hand, die sich eben erhob, um den Knopf zu fangen, den sie in die Luft geworfen hatte. Das Knöchelchen stieß an ein nicht sichtbares Hindernis und fiel auf den Tisch. Das hübsche Gespenst nahm mit kindlicher Stimme die düstere Kantilene wieder auf, eine stochastische Folge unerhörter Töne, die von der Spielerin mit den verschlossenen Ohren nur als Kitzeln wahrgenommen wurde und mit einer ärgerlichen Handbewegung verscheucht. *Kschksch, weiche Satan.* Das weiße Kätzchen draußen machte einen Satz und verbarg sich am anderen Ende des Gartens. Der Schwarm der Gespenster floh in einem Durcheinander, was niemandem auffiel, weil die Flickerin versuchte, ein Knäuel verwickelter Fäden zu entwirren, und Schönstelzchen gähnte, der dummen Knöchelchen müde. *Kschksch, weiche Satan.* Die Schnauze von Lady Schakal erschien, von einem breiten

Lächeln des Triumphs geschmückt, über dem Wirrwarr aus Fäden und kreiste dann um die säuerlich riechenden Hände, die gerade die Knöpfe nacheinander ins Nähkästchen legten. Die schmalen Lippen schrieben rätselhafte Worte in die Luft, die ihre Zähne bleckten, um den schläfrigen Augen der schönen Spielerin, die sich mit einem Seufzer der Langeweile reckte, eine blutige Träne zu entreißen und der Flickerin ins Herz zu beißen, die das Knäuel fallen gelassen hatte und sich mit einer Grimasse des Schmerzes den Bauch hielt. Die rätselhaften Worte mit ihren schwankenden Aufstrichen, überm Abgrund hängenden Hauptstrichen, Akzenten wie eine Träne am Wimpernrand und Rundungen wie ein gramverzerrter Mund bewegten sich auf einem leuchtenden Faden, der zwischen der Flickerin und der schönen Schlafenden gespannt war. Doch die Silben versanken in Schweigen, die Botschaft blieb dunkel, und Lady Schakals schmale Lippen verzogen sich wieder zu einem triumphierenden Lächeln, dem Lächeln, das sie einst zeigte, wenn sie Gewürze im Mörser zerstampfte und vom Kummer der Hexen erzählte. Seit Menschengedenken weinten sie um ihre menschliche Hälfte, die sie in einer einzigen Nacht geliebt hatten und verloren. Die Tränen flossen die Wangen hinunter, liefen über die Brüste, perlten von deren Spitze und fielen auf das noch glühende Herz. Verliebte Hexen wurden von ihrem Stamm verbannt und waren dazu verdammt, als Parias unter den Sterblichen von der Erinnerung an ihre tote Hand am Herz ihrer menschlichen Hälfte zu leben. Sie konnten die Gespenster verstehen, und das Kribbeln in ihrem Stumpf kündigte Katastrophen an, wenn es auch nicht mehr in ihrer Macht stand, sie zu beschleunigen oder zu verhindern. Lady Schakal lachte über die gescheiterten Hexen mit der Weisheit von Witwen und ihren wirren Warnungen, die niemanden wirklich erschreckten. So schleppten sie sich dahin, Madonnen des Verfalls, zerfressen von ihrem Neid auf alle Beutemacherinnen, Betörerinnen, Brüterinnen, Abenteuerstrickerinnen, Schmerzanfacherinnen, Insfleischschneiderinnen. So schleppten sie sich dahin, Kinder der Finsternis, und verzehrten ihr Herz, das bitter war, bitter, aber sie mochten es, weil es ihr Herz war und weil es bitter war. *Kschksch, das macht die Liebe aus Träumerinnen,* sagte Lady Schakal mit einer Träne im Auge, die sie über die im Mörser zerstampften Spezereien vergoß. *Kschksch,* machten die schmalen Lippen, die an der linken Schulter der Flickerin steckten, gekrönt von einem leuchtenden Augenpaar voller Freude über das neuerliche Telefongeseufze aus dem Dunkel, in dem der Rest des Hauses versank. Im Umkreis der Lampe wickelte die Flickerin den von ihr entwirrten Faden auf. Die schöne Spielerin betrachtete ihre von den blöden Knöchelchen erlösten Hände, deren Spiegelbild das Licht auf den blitzblanken Tisch warf. Die schmalen Lippen erhoben sich von der Schulter der Flickerin und ließen sich auf der letzten Seite des Buches nieder, das aufgeschlagen vor mir lag *(Die Schicksalsschere hat die Sehne ihres Zelts durchtrennt, und der Hoffnungshändler hat es für ein Lied verkauft).* Die Ameisen hatten wieder damit angefangen, am Ende des schon entzündeten Stumpfs zu nagen, den ich vorsichtig am Schnitt des Buchs rieb. Mitten auf der Seite zählten die schmalen Lippen, die mit den Mundwinkeln an den Halbversen hängengeblieben waren, ungeduldig verzerrt die Klingelzeichen des Telefons. Laut klappte ich das Buch zu.

Doch die schmalen Lippen waren schon weg. Ein düsteres Lachen war von den Seiten hochgeflogen, hatte sich in der blitzblanken Küche breitgemacht und kreiste nun um die Flickerin, die nichts anderes hörte als das verzweifelte Klagen des Telefons. Die schöne Spielerin strich sich über die Haare, taub für die Seufzer aus dem Nebenzimmer ebenso wie für die Salven düsteren Gelächters, das die rätselhaften Worte nachschrieb in der Luft, den geschliffenen Hauptstrich, die Bauchungen mit den stachligen Akzenten und den schönen Aufstrich, der sich wie ein Band um eine Bombe legte. Die Bombe tickte im Dunkel. Unter der Lampe schwenkte der Reigen der rätselhaften Worte die versiegelte Botschaft, die nur darauf wartete, daß eine Hand den Umschlag erbrach, das Band löste, den Hörer abnahm. Doch von den Karyatiden rührte sich keine, eine vor dem Nähkästchen in seiner schönen Ordnung, eine vor dem zugeklappten Buch, eine vor der Leere, den Hornstößen verschlossen, die ein Ohr zum Hören verlangten, wie auch dem Knirschen der Reifen auf dem Kies, das nach der Rückkehr des Meditanten klang. Die schmalen Lippen schwangen sich mit einer letzten Salve düsteren Gelächters auf und entschwanden in dem mit schrillen Klagen gespickten Dunkel des Eßzimmers, kauerten sich in die Falten der geschlossenen Gardinen und lauerten auf das Erscheinen des Meditanten, der von der Stille im Sanktuarium verwirrt im Finstern stolpernd zum Telefon stürzte und dem Gejaule des Opfertiers den Garaus machte, worauf eine metallische Stimme ein Telegramm aus Saigon durchgab.

König Lear hatte sich im Morgengrauen auf sein Fahrrad geschwungen, das nicht fuhr. Nachts war das Gewitter losgebrochen, warme Schauer peitschten die Blumen in seinem Garten, die ihre Köpfe hängen ließen und mit dem Gesicht auf der Erde lagen. Der Regen kam durchs Dach, tropfte auf den Tisch und bildete eine Pfütze auf der Anthologie, die seit drei Tagen an derselben Stelle aufgeschlagen war: *Ich gehe durch den Wald, ich gehe durchs Gebirge.* König Lear stieg auf zum lyrischen Gedankenflug *Ich kann nicht länger fern sein von dir;* da brach das Traumgesicht ab, der Schauspieler im zerknautschten Anzug schlug der Länge nach hin, die Hand auf dem Hemd, von einem Loch im Herzen gerötet; die Zigarette fiel ihm aus dem Maul, die verdrehten Augen flehten um Hilfe, aber der Große Taube mochte keine Filme, die schlecht ausgingen. Er hatte den Saal vor dem Ende verlassen. Der Schauspieler mit dem geröteten Anzug flog in den Rinnstein. König Lear flitzte mit seiner Höllenmaschine wie der Blitz, der feurige Girlanden auf dem Himmel zog. Der Quieker war mitten in der Nacht von einem Donnergrollen aufgewacht, das sich in seinem Halbschlaf mit dem Trommelwirbel mischte, der die öffentliche Enthauptung des rebellischen Dichters am Hof von Huê ankündigte: *Dreimal rührte sich die Trommel, und das verdammte Schicksal hatte sich erfüllt, ein Säbelhieb, und das verfluchte Leben war verloren,* das hatte er vor dem Einschlafen wiedergelesen. Der Quieker war aus dem Schlaf hochgeschreckt, mit ausgestreckten Händen, um den Kopf des Dichters aufzufangen. Doch seine Hände umfingen nur die Feuerraute, die das Tintenrechteck im Fensterrahmen zerbrach. Tastend und mit schlotternden Beinen erhob sich der Quieker – er hätte schwören können, daß der Große Taube einen gemeinen Streich vorhatte, das spürte er an der Last, die ihm die Brust eindrückte, eine Stele ohne Inschrift, aber schwer von Drohung und schwarz von Ahnung. Es war noch dunkel in der Baracke. Der Regen trommelte aufs Dach. Der Quieker ging hinaus, ohne den Kopf zu bedecken, durchquerte den glitschigen kleinen Hof, betrat die Kirche durch die Hintertür und brach mit leeren Augen auf einem Stuhl in der vordersten Reihe zusammen. Die Stele drückte auf seine Brust. Er spürte seine Knochen brechen, die Luft ging ihm aus. Er öffnete seinen Mund, um zu beten, und heraus kam ein langer Schrei wie das Geheul eines Tiers, das in der dunklen Bethütte widerklang. Brüllend stand er auf und kippte Stühle um, zerriß Gebetsbücher, stürzte sich auf den Altar, schlug Devotionalien kurz und klein und stieß den Retabel herunter, bevor er ein Bund Streichhölzer daranhielt mit wutzitternder Hand. Das Feuer leckte an dem in Tränen aufgelösten Antlitz der Madonna, es kitzelte die blutüberströmten Füße des Gekreuzigten, und der abplatzende Lack enthüllte die darunterliegende Schicht des Altaraufsatzes, ein Bild Onkel Hôs, das Bärtchen wurmzerfressen, die Brauen geschwärzt, die Lippen vom Eifern bleich. Das Feuer fraß beide Messiasse mit einer Flamme, Bärtchen und Dornenkrone, Kreuz und Sichel. Er schrie sich heiser, der Quieker, brüllte, blies ins Feuer, das die elektrischen Leitungen entlanglief und sich zwischen den Säulen weiterfraß, stieg vom Altar, schichtete die Stühle aus den ersten Reihen zu einem Scheiterhaufen, begoß sie mit Wein, der gleich entflammte, während der Große Taube über dem Gewölbe wieder einen Trommelwirbel anstimmte, *und das ver-*

dammte Schicksal hatte sich erfüllt. Beim Klang der Trommel schwang König Lear sich auf sein Stahlroß ohne Kette und Rad, das leicht wie eine Seifenblase vom Strohhalm aufstieg zum blauen Zeltdach, wo der Große Taube niemanden empfing, und schon gar nicht den Vogel Lear auf seiner Stange, die davonflog im Klang der Trommeln und Trompeten. Das Stahlroß stieg zum Himmel, der vollhing mit Feuergirlanden *Ich kann nicht länger fern sein von dir,* und die Schilder erbebten vom Getöse des Donners. Der kleine Drache, im Schlaf überrascht, verkroch sich in seinen nassen Straßen, ohne auf den Rauch aus der Kirche zu achten, wo Samson außer Atem die Höhle des Großen Tauben zerstörte, quiekend gegen den verräterischen Tod, der über Nacht gekommen war, ihn seiner Kraft und der Gesellschaft des Freundes zu berauben, den die Höllenmaschine entlang dem leuchtenden Strahl am Zeltdach entführte, das statt der Feuergirlanden nun wieder sein azurnes Blau trug. Der Scheiterhaufen aus Stühlen verbreitete beißenden Rauch in der Kirche, und Samson, halb blind und keuchend wie ein Todgeweihter, warf alles ins Feuer, was er zu fassen bekam, Devotionalien, Altarblumen, Gebetsbücher, nur den Fetzen Windel unter dem Glassturz nicht. In Saigon wurde es langsam Tag. *Scheißleben!* sagte der Schauspieler in dem schäbigen Anzug. Das verdammte Schicksal hatte sich verdrückt und ließ ihn im Rinnsal krepieren, mit offenem Maul und einem Loch im Herzen. Und König Lear auf seinem Stahlroß, das sich den Weg nach oben bahnte, lächelte, als er den Lieblingsschauspieler seiner Prinzeßchen so sah, den Kopf an der Bordsteinkante, den Anzug im Dreck. Das Fahrrad schwebte zum blauen Zeltdach wie ein Nachen der

Lüfte ins Bett der Windsbraut, die der Große Greis in seiner langsam schwindenden Wut geweckt hatte, um die von den furchtbaren Feuersbrünsten der fünften durchwachten Nacht gefegten Häuser wiederanzufachen. So strampelte der Maat auf seiner Rahe, die Nase im Wind, zwanzigtausend Meilen über dem wüsten Toben der Stadt und dem Gewimmel wuselnder Vibrionen, die den Wahnsinnigen da oben auf seinem rasenden Fahrrad, weit weg zwischen weißen Schleiern, keines Blicks für würdig befanden. Der selige König Lear war auf großer Fahrt zum blauen Zeltdach, während wildzerzauste Vibrionen auf winzigen wirbelnden Drachen reitend durch das Gewirr der Gäßchen sausten und über die breiten Boulevards brausten, wo das wirre Wogen bei Flut bis über die Bordsteinkanten schwappte. Der König des Hochflugs schwebte über der Stadt, staunend über die Kräne, die von fern wie Kompasse aussahen, und die Villen, weißer als neue Radiergummis, Straßen, gerade wie Lineale, und überdachte Märkte, die wie Streichholzschächtelchen mit Grillen wirkten, so daß man Lust bekam, die Hand hineinzustecken und den Deckel abzuheben. Weit vor ihm der schlammschwarze Fluß ließ ihn an die Tinte denken, die vor langer, langer Zeit seine Prinzeßchen vergossen hatten im Streit. Sie war über den ganzen Tisch geronnen (auf dem König Lear, als er ging, das Buch mit den Gedichten offen liegengelassen hatte), und versteinert hatten die Zänkischen zugesehen, wie das Holz die dunkle Spur aufsog. Und die Fluten der Tränen, die über die Wangen rannen, waren in dem schwarzen Strom gemündet, der den Tisch zerschnitt. König Lear hatte die Hände auf die gesenkten Köpfe gelegt und eine Geschichte erfunden von einer Stadt an einem schwarzen Fluß, schwarz wie die Tinte, die in das Holz des Tisches eindrang und die Ellbogen der Zänkischen befleckte. Der Fluß trennte zwei Verliebte, Prinz und Prinzessin, die in der Stadt lebten. Einst waren die Ufer durch eine Brücke verbunden gewesen, doch hatte der letzte Krieg in der Errichtung einer bis in den Himmel ragenden Mauer geendet, die die Brücke versperrte. Prinz und Prinzessin trafen sich an den Ufern des Flusses und tauschten lange Blicke, und der Fluß floß gleichgültig zwischen ihnen hindurch. Dann wurde der Prinz krank. Da er wußte, daß er verloren war, schob er ein paar Verse *Ich kann nicht länger fern sein von dir* in ein Schilfrohr, das er dem Lauf des Wassers folgend der Prinzessin sandte. Am nächsten Tag brachte der Strom ihm im gleichen Schilfrohr eine Klage, die mündete in ein *Komm!* Er baute eine Barke und ließ sie zu Wasser. Doch die zierliche Barke scheiterte an den Pfählen, die während des letzten Krieges ins Flußbett gepflanzt worden waren. Vor Fieber zitternd, kehrte der Prinz nach Hause zurück. Er war zu schwach, die Mauer hochzuklettern, und träumte des Nachts, sich mit Hilfe einer langen Stange in einem unerhörten Sprung über die Mauer zu katapultieren. Nach dem Erwachen verlangte er nach großen Zeichenrollen, um einen großen Drachen zu entwerfen. Er wollte sich Flügel machen, große schillernde Flügel, um auf die andere Seite der Brücke zu gelangen. Trotz Fiebers und Erschöpfung machte er sich gleich ans Werk. Darüber vergaß er sogar das Treffen an den Ufern des Flusses, und die wartende Prinzessin weinte vor Sorge. So viele Tränen vergoß sie, daß der Fluß anschwoll und aus seinem Bett trat. Und als der Prinz endlich abflog und sich flügelschlagend in die Luft erhob, sah er vom Himmel aus die Überschwemmung, sah seinen Palast versinken und leblose Leiber im schwarzen Wasser treiben. Da hörte er auf, mit den Flügeln zu schlagen, der bunte Vogel fiel kreiselnd in den schwarzen Fluß, und die im Schlamm versinkenden Flügel bildeten eine Brücke, die beide Ufer verband. Der Schatten des fliegenden Verrückten auf seinem stählernen Geschoß tanzte auf dem blauen Paravent wie eine Fata Morgana aus weißen Voluten. Der König setzte seine Reise fort, vom Brausen der Stadt begleitet, das in dem Maße anstieg, da das Gewitter sich verzog. Mitten im morgendlichen Baustellenkrawall erscholl eine Fanfare, die das Ständchen der Straßenverkäufer ebenso übertönte wie das erste Hupkonzert. Der grelle Klang der Trompete hatte ein schrilles Zetern des Blechs entfesselt. Die Blaskapelle des jüngsten Gerichts weckte die Stadt, ganz in Weiß gekleidete Hornisten und Trommler zogen vorbei und versperrten den Trompetern den Weg, die ihr Instrument jedesmal ansetzten, wenn der Zeremonienmeister ein Zeichen gab. Mit seinen weißen Handschuhen, mit seinem makellosen Käppi dirigierte er die Choreographie der sechs Träger, die, ein wenig beengt von ihrer weißen Uniform, im Gleichschritt marschierten, den schweren Sarg auf eine Schulter gestützt. Dahinter eine Prozession von schmerzerfüllten, weißverschleierten Gestalten, die Fanfare übertönte das Schluchzen der Klageweiber, doch König Lear auf seinem Stahlroß hatte nur Augen für den Schwanz des Trauerzugs mit dem wirbelnden Schwarm kleiner Mädchen in Weiß, die sich in die Taille zwackten, mit dem Ellenbogen stießen, vor Ungeduld hopsten und einen Lachanfall unterdrückten, während sie zwischen den Fingern das Ende eines langen Trauerbandes zwirbelten, das ihren winzigen Kopf umschlang. Im Zickzack wie ein Drache, dessen Maul die Flammen der Hölle spuckt und dessen Schwanz vor Leichtsinn zuckt, schob sich der Trauerzug voran zur Kirche, im Rhythmus des Apokalypsentingeltangels mit dem Schmerzenskrakeel der Klageweiber, das die Mädchen vor Lachen fast explodieren ließ. Die Kirchentore waren verschlossen, immer zahlreicher wurden die Gaffer vor dem Hort des Großen Tauben, dem ein beißender Rauch entströmte. Von innen war Gebrüll zu hören und ein großer Radau, gefolgt von einer langen Stille. Dann quietschte das Portal in seinen Angeln, und die Flügel gaben den Blick frei auf die dunkle Höhle, die übersät war von den Überresten umgeworfener Stühle. Im Hintergrund prasselte der Scheiterhaufen. Da entfaltete der Quieker seinen großen Schatten, trat heraus mit seinem schwarzen, von Asche gesprenkelten Gewand, entfernte sich unter Mißachtung der stummen Fanfare des Staunens, überquerte die Straße und bog in ein Gäßchen, wo seine hohe Gestalt sich in der Menge verlor. *Und damit hatte das verdammte Schicksal sich erfüllt.*

Geschrieben in großer Einsamkeit, beendet am 1. April 1997, gewidmet der heiligen Katharina von Siena und ihr wieder entzogen vor der Entscheidung nach St. Salomon, es dem Licht der Welt auszusetzen (und überstandener Versuchung der Veröffentlichung unter Pseudonym), fand dieses Buch in den Wochen nach seiner Vollendung einen etwas dramatischen Epilog – drei Monate Bestürzung und Verwirrung –, dem ich ohne die Hilfe einiger Freunde und eines Arztes nicht gewachsen gewesen wäre. Dank also an das Trio von Rue Oudinot, Quai de Grenelle und Rue du Val-de-Grâce. An Christian Bourgois für seine Geduld. An Jean-Claude Demant für seine Ratschläge. An Olivier Rolin, daß er auf einen verzweifelten Anruf an einem Sonntag reagiert hat. Und an den Abwesenden, dessen Gemurmel diese »entsetzliche Stimme, die man gewöhnlich das Schweigen nennt«, übertönen konnte.

Linda Lê

IRRE REDEN

Roman

Aus dem Französischen von Brigitte Große

1998. 240 Seiten

ISBN 3-250-60018-0

Meridiane 18

Ätzender Haß und ein unstillbares Liebesbedürfnis binden Mutter und Sohn aneinander. Sie, ein alterndes Luxusweibchen, exzentrisch, egomanisch, hypochondrisch, rächt sich an ihm für die Gleichgültigkeit seines Vaters ihr gegenüber. Er, ein Wurm, ein Rohrkrepierer, ist an den Rollstuhl gefessselt und von ihrem Tisch verbannt, weil sie in ihm den Ausdruck ihres eigenen Versagens sieht.

Ein sado-masochistisches Spiel von äußerster psychologischer Finesse nimmt seinen Lauf, in dem jeder der beiden nach Kräften versucht, Oberwasser zu behalten. Atemberaubend gemein und dabei befreiend komisch ist Linda Lês verbaler Parforceritt durch die sensibelsten Zonen der Familienhölle.

Ammann Verlag

Ulrich Peltzer

BRYANT PARK

Erzählung

2002. 160 Seiten

ISBN 3-250-60035-0

Meridiane 35

Nachmittag in Manhattan. Im Bryant Park laufen die Vorbereitungen fürs Open air-Kino; ein Mann sitzt in der Public Library und durchforstet Namensregister, seine Gedanken schweifen ab. In der 36. Straße stürzt ein Gerüst zusammen. Ausnahmezustand. Städtische Katastrophenmeldungen, live und in Farbe, stoßen Erinnerungen an weiter zurückliegende, selbst erlebte Geschichten an: ein gescheiterter Drogendeal in Neapel, der allmähliche Verfall und Tod des Vaters. Und sie verweisen auf das, was an Brüchen noch kommen wird. In einer atemberaubend klaren Sprache macht Ulrich Peltzer sinnlich nachvollziehbar, wie Wirklichkeit entsteht und auf welch schwankendem Boden sich Lebensläufe aufbauen.

Ammann Verlag

Matthias Zschokke

EIN NEUER NACHBAR

2002. 216 Seiten

ISBN 3-250-60036-0

Meridiane 36

Mit diesen Prosastücken, Erzählungen, Geschichten und Aperçus, gelingen Matthias Zschokke betörend poetische Preziosen, in denen einer von seinen Windmühlen berichtet, gegen die er anzukämpfen und vor denen er alltäglich zu bestehen trachtet, ein Großstadt-Flaneur und Landschaftsgänger, der das Absichtslose und das ihm Zufallende an seinem Weg zum Gegenstand seiner Dichtung macht. Und kommen in die Texte auch kämpferische Töne, so verraten sie den Dichter, der sehr wohl darum weiß, wofür es einzutreten und was es zu verteidigen gilt. Kunstvoll ist solches Erzählen, dem sich gerne überläßt, wer Literatur als Kunst zum Nennwert nimmt.

Ammann Verlag